Peter Gallus Verlag

Erste Auflage, Juli 2007

Lektorat: Peter Dürbaum
Layout: Stefan Rensing

Peter Gallus

Going Upstairs

Der Afrikanische Exodus

Roman

Für Katharina

Sehet, ich gebe Euch das Land das vor euch liegt. Gehet hin und nehmet es!

Fünftes Buch Mose

Am 14.07.2006 entdeckte Carlo der Fischer in den frühen Morgenstunden vor Barbados ein mauretanisches Cayuco, das der immerwährende Passat vor sich her trieb. Boote vor der Küste waren an sich nichts Ungewöhnliches und Carlo schenkte dem fremden Gefährt zunächst auch keine Beachtung, sondern behielt es eher gleichgültig im Auge, in der Erwartung, der Kopf des Besitzers würde schon irgendwann über die Planken schauen.
Hand über Hand holte er sein Netz ein und fluchte. Der Fang war schlecht, ein paar fliegende Fische und als Beifang einige Seeigel, kaum genug für ihn selbst. Mürrisch goss Carlo einen Schluck Rum in seinen zahnlosen Mund und äugte wieder zu dem fremden Boot hin. Am Bug waren unleserliche Schriftzüge. Es war bunt bemalt und der Atlantik wiegte es auf grünen Wellen. Was mochte es damit auf sich haben?
Carlo blickte sich um. Hier und da dümpelten Fischerboote in der Bucht vor dem Leuchtturm von Ragged Point und in allen Booten saßen Fischer, warfen die Netze aus oder holten sie ein. Nur auf diesem bunten Boot rührte sich nichts.
Nachsehen kann nicht schaden, dachte Carlo und lieber wollte er sich eine Kokosnuss auf den Kopf fallen lassen, als eine Gelegenheit verpassen. Und wenn es auf dem fremden Boot auch nichts zu holen gab, so hatte er doch vielleicht eine neue Geschichte, die er abends in Jacks Bar erzählen konnte.
Er schob seine Kappe zurecht, kratzte mit der Linken an seiner behaarten Brust und stieß mit dem nackten Fuß das Netz zur Seite, um an den Enterhaken zu kommen. Das Ding wie eine Angel in der Hand, sah er sich noch einmal verstohlen um.
Der Palmenstrand mit seinen braunen Hütten war weit entfernt, die Brandung grollte leise herüber.
Carlo ruderte näher an das Boot heran. Gerade zog er es mit dem Enterhaken heran, als er mit dem Fuß in einen der Seeigel trat. Er brummte Verwünschungen in sich hinein und zog mit den Fingernägeln den Stachel aus dem Zeh. Dabei blickte er über den Schandeckel hinweg in das Boot.

Mit einem Schlag wurde sein Gesicht zu starrem Entsetzen. Die Augen weit aufgerissen, den Mund zum Schrei geöffnet, die Stimmbänder gelähmt, gurgelte er: „ha, ha, ha!“
Carlo wäre in dieser Stellung, eine Hand am Deckbalken, die andere am fremden Boot, den Mund aufgerissen, bis zum Jüngsten Gericht erstarrt, wäre nicht der Enterhaken ins Wasser gefallen. Das platschende Geräusch holte ihn aus dem Reich des Schreckens zurück und er fischte den Haken aus dem Wasser, die Gesichtszüge noch immer entstellt.
Dann wandte er sich erneut dem Boot zu, doch diesmal mit halb ängstlicher, halb neugieriger Miene, auf der Zunge einen modrigen Geschmack.
In dem Boot lagen Tote. Carlo zählte acht. Ihre Körper klebten am Boden des Bootes und an die Sitzbänke angeschmiegt wie zerlaufener Käse, von sengender Sonne getrocknet, von Seeluft konserviert. Ihre Gesichter glichen Schrumpfköpfen, die Augen hatten die Möwen ausgepickt. Ihre Zähne waren gebleckt, als wollten sie ihr Boot noch im Tod verteidigen.
Carlo stellte verwundert fest, dass die Toten nicht stanken. Da war nur dieser modrige Geruch. Allmählich überwand er Angst und Ekel.
Vorsichtig untersuchte er das Boot. An Bord befanden sich diverse Ausrüstungsgegenstände, Regenkleidung, ein Navigationsgerät, ein Kompass, ein Gaskocher, ein aus einer Radkappe gebastelter Grill und leere Wasserkanister. Unter dem Schandeck lag eine blaue Plastiktonne, deren Verwendung Carlo nicht klar war. Einige Tote trugen Jeans und auf ihren Pobacken zeichneten sich Portemonnaies ab.
Carlo ging eine Zeit auf seinem Boot auf und ab und sein Blick bekam nach und nach etwas Lauerndes. Der Gedanke an einen Gott, der alles sieht, streifte sein Hirn, wurde jedoch abgewiesen.
Carlo eignete sich den Gaskocher und das kostbare Navigationsgerät an.
Dann untersuchte er die seltsame, blaue Tonne. Sie enthielt ein Manuskript von vielleicht drei Zentimetern Dicke in einer un-

bekannten Schrift. Carlo musste an die Schriften der Ägypter denken und meinte auf einen Schatz gestoßen zu sein.
Er verbarg die Tonne mit den Papieren auf seinem Boot zwischen den Netzen. Dann fuhr er zum Hafen zurück und informierte die Polizei.
In den folgenden Tagen gingen Nachrichten um die Welt, wonach es sich bei den mumifizierten Leichen um Flüchtlinge aus Afrika handele, doch Genaueres sei nicht feststellbar.
Carlo vernahm die Nachrichten mit Gruseln und er überlegte, ob es nicht besser sei, das Manuskript wegzuwerfen. Was hatte er schließlich von dem alten Papier dieser seltsamen Flüchtlinge. Andererseits hätte er zu gerne gewusst, was sich in dieser unbekannten Schrift verbarg. Wenn es ihm gelänge, das zu entschlüsseln, davon konnte er jahrelang in Jacks Bar erzählen. Aber wozu?
War es nicht besser das Manuskript zu verbrennen? Die Toten und ihre Geheimnisse ruhen zu lassen?
Schließlich siegte Carlos Neugierde. Er kopierte einige Seiten, trug sie zum Lehrer des nahen Colleges und nahm enttäuscht dessen Unwissenheit zur Kenntnis. Carlo sprach daraufhin einen Wissenschaftler der Universität Cave Hill an. Dieser rätselte ein paar Tage herum, sagte dann, es handele sich um die Schriftzeichen einer gestorbenen Sprache und woher er das Papier habe. Carlo sagte, er habe sie in einem Brief erhalten und der Wissenschaftler sagte, da habe sich wohl ein Archäologiestudent einen Scherz erlaubt.
Carlo ging heim, in der Überzeugung, einem großen Geheimnis auf der Spur zu sein. Die nächsten Tage verbrachte er fiebernd und mit Träumen von Fernsehinterviews, Dollarnoten und in Ruhm schwelgend, und er wechselte täglich das Versteck des Manuskriptes. Bald schien ihm kein Ort mehr sicher.
Es war eine Woche später, als Carlo in Jacks Bar die Geschichte mit dem Boot zum dutzendsten Mal erzählte und verspürte, wie seine Erzählung von Mal zu Mal besser wurde. Plötzlich wurde es still im Raum, und Carlo blickte verwundert auf. Ihm gegenüber stand ein Fremder, der ihn unver-

wandt ansah. Der Fremde war so schwarz wie das Ebenholz auf Jacks Klavier. Schwarz waren viele auf Barbados, doch dieser hatte etwas Besonderes an sich. Als er jetzt auf Carlo zukam, bewegte er sich geschmeidig wie eine Raubkatze.

Er habe sich durchgefragt, sagte der Fremde, er sei doch Carlo, der Fischer, der Mumienfinder. Und wenn schon, entgegnete Carlo, was geht das einen Fremden an. Der Fremde war nicht unfreundlich, doch die Art, wie er redete, war Carlo unheimlich. Er suche ein Manuskript, das einem Freund gehöre.

Manuskript, Manuskript, das sei doch etwas Geschriebenes und er, Carlo, habe außer der Bibel nichts Geschriebenes im Haus. Woher er denn komme?

Das spiele noch keine große Rolle, sagte der Fremde. Der einzige Grund, warum er gekommen sei, wäre nämlich, das Manuskript zu holen, und das würde er tun. Er habe alle Zeit der Welt.

Carlo wurde die Situation peinlich. Er konnte unmöglich hier vor seinen Freunden zugeben, etwas verschwiegen, ja, gelogen zu haben. Carlo stand auf und ging hinaus auf die Holzveranda.

Draußen weideten Kühe auf abgeernteten Zuckerrohrplantagen, auf der staubigen Straße spielten Kinder in blauer Schuluniform und dort stand auch der Mini Moke, mit dem der Fremde offensichtlich vorgefahren war. Auf der anderen Seite des Hauses schillerten die Wellen des Atlantiks im Lichtspiel der Sonne.

Also, sagte der Fremde, der hinter Carlo getreten war. Woher er denn wisse, dass er, Carlo, das Manuskript habe. Bisher habe er es nur geahnt, sagte der Fremde, jetzt wisse er es sicher. Carlo merkte, dass er sich verraten hatte. Doch er zögerte noch, um zumindest den Schein zu wahren. Der Fremde ließ nicht locker. Schließlich fuhren sie mit dem Mini Moke zu Carlos Haus, und er gab dem Mann die Aufzeichnungen in dieser seltsamen Schrift, die niemand lesen konnte.

Jetzt, meinte Carlo, jetzt könne er doch sagen wer er sei und was er mit dem Papier vorhabe.

Der Fremde überlegte einen Augenblick und sagte dann: „Sie können ihren Freunden erzählen, Sie hätten Frank Talk kennen gelernt."
Damit ging der Mann zur Türe hinaus und wandte sich dem Mini Moke zu.
„Frank Talk?", rief Carlo, die Stirn gerunzelt, „Moment mal, Moment mal. Ja, so warten Sie doch!"
Carlo lief dem Fremden hinterher: „Sagten Sie Frank Talk? Der afrikanische Journalist? Nicht möglich. Sie wollen mich veralbern."
„Keineswegs, ich bin Frank Talk", entgegnete der Fremde und stieg in seinen Wagen.
„Aber Frank Talk, der ist seit zwanzig Jahren tot!"
„Dann erzählen Sie Ihren Freunden, Sie hätten einen Toten kennen gelernt."

Es war Montagmorgen, der dritte Oktober 2004, als der Journalist Elias Justin um 9:30 vor der Redaktion der Cameroon Pictures, einer bis zu diesem Tag unbedeutenden Zeitung von Douala, in der Rue de Trieste verhaftet wurde. Die Männer, die ihn festnahmen, wiesen sich als Ermittler des DSC[1] aus, einer militärischen Einheit, die Insidern für Folter, Vergewaltigungen, extralegale Hinrichtungen und Grausamkeiten jeder Art bekannt war.

Die Männer erklärten ihm weder seine Rechte, noch sagten sie etwas zum Grund für die Festnahme. Doch den glaubte Elias zu kennen: Sein Artikel über die Ölpipeline, die vom Tschad quer durch kamerunischen Regenwald bis nach Kribi ans Meer führte, wo inzwischen 200.000 Barrel pro Tag zum Schleuderpreis auf die Tanker internationaler Ölkonzerne gepumpt wurden.

Konstantin Justin, sein Onkel und Inhaber der Gazette, hatte Elias gewarnt und ärgerlicherweise Recht behalten.

„Über das Erdölprojekt willst du schreiben? Du wirst Scherereien bekommen. Es gibt hundert Arten des Wahnsinns, doch nur einen gesunden Menschenverstand und der sagt mir, schreibe über Fußball!“ Dabei wies Konstantin mit dem Daumen über die Schulter, wo ein verblichenes Poster von Roger Milla an der Wand hing.

„Kamerun braucht eine unabhängige, unzensierte Presse. Waren das nicht deine Worte? Wo objektive Berichterstattung fehlt, sprießen die Legenden. Hast du das nicht gesagt?“

„Kann schon sein, dass ich das gesagt habe. Ist aber lange her“, erwiderte Konstantin, legte seine Daumen hinter die Hosenträger, streckte sich und blickte blasiert unter weißem Haarkranz hervor.

Du Grandseigneur der kamerunischen Presse, dachte Elias, ich schaffe dich: „Wo sich Menschen auf die Lippen beißen, gibt es keine Demokratie. Auch von dir!“

---

[1] Douala Special Command

„Heute denke ich anders und du solltest meine leidvollen Erfahrungen nutzen“, erwiderte Konstantin, „Demokraten glauben, viele Dumme würden einen Schlauen machen. Demokratie passt zu uns wie ein Holzbein. Es wächst nicht an und man humpelt.“
Elias schloss einen Moment die Augen. Nur seine pulsierenden Nasenflügel verrieten seine Erregung. Dieser verbohrte alte Narr wollte ihn doch nur testen; den weisen Sparringspartner spielen.
„Ihr habt doch früher auch solche Artikel geschrieben“, stieß Elias erneut vor, denn er kannte die Geschichte der Cameroon Pictures, „du und Vater."
Konstantin Justin ging ans Fenster, sah auf die Straße hinaus, vergrub die Hände in den Hosentaschen. Die Ausbeulungen verrieten geballte Fäuste.
„Wir haben so etwas schon mal in die Samstagsausgabe gesetzt. Dann haben wir die Redaktion abgeschlossen und sind vier Wochen im Busch abgetaucht. Wenn wir zurückkamen, hatte man den Artikel vergessen, und vergessen heißt verzeihen. Heute haben die ein besseres Gedächtnis. Es ist zu gefährlich. Ich sage: Nein!“
Elias überlegte, ob es Sinn hatte, die Diskussion weiterzuführen. In vielen Punkten waren die beiden einig: Kamerun war ein Staatsgebilde mit 200 Volksstämmen, ebenso vielen Sprachen, Dutzenden Religionen und unzähligen Parteien, einer Klientelregierung und mit Betrug als Staatsprinzip. Das Land konnte durch objektive Berichterstattung nur gewinnen. Die Unfähigkeit der dummen Beamten musste aufgedeckt werden, die Korruption der cleveren Beamten und die Gleichgültig der Masse, die ruhig blieb, solange der Magen nicht knurrte.
Die Unterentwicklung im reichen Land war hausgemacht und nicht hinnehmbar. Doch bei aller Einigkeit über das Wohl und Wehe des Landes, die zwischen Elias und Konstantin bestand, war letzterer ein Patriarch, der seinem Neffen auf kalkulierte Distanz hielt.

„Onkel", begann Elias erneut, „du hast den Artikel nicht einmal gelesen."
Konstantin nahm den Bericht zur Hand und warf widerwillig einen Blick darauf: „Ich bin Konstantin Justin und Chef dieses Hauses und das da kommt nicht in die Cameroon Pictures und damit basta."
Elias schwieg und tat, als gebe er sich geschlagen. Doch er dachte nicht daran aufzugeben: „Du bist der Boss", erwiderte er scheinbar resigniert, und seine Unterlippe hing noch weiter hinunter als sonst. Dann ging er in sein Büro, krempelte die Ärmel seines blau karierten Hemdes auf und schaltete den Laptop an. Elias war groß und breitschultrig, doch im Augenblick kam er sich klein vor und seine behaarten Unterarme erschienen ihm wie die eines Affen.
Er begann den unglücklichen Tag mit einem Artikel über Fußball. Er schrieb drei Stunden, doch kein Satz wollte ihm gelingen. Schließlich löschte er die Datei und schlug erneut die Erdölgeschichte auf. Was gesagt werden musste, sollte gesagt werden, und er wollte sich nicht den Schneid abkaufen lassen, auch wenn er einen größeren Krach mit dem knorrigen Alten riskierte.
Elias wartete bis zur Mittagszeit. Dann promenierte Konstantin wie gewohnt in die Kneipe an der Ecke, wo er seit dreißig Jahren sein Fingerfood nahm und ein Bier trank.
Elias nutzte diese Zeit, ging in die Druckerei und ließ den Artikel auf die Seite vier setzen, von der wusste er, dass sein Onkel sie niemals Korrektur las. Die Druckerei verließ er danach mit erhöhtem Blutdruck.
Das war Freitag gewesen. Nun begannen offensichtlich die von Konstantin prophezeiten Scherereien und Elias schwitzte, wenn er an die Standpauke dachte, die er vom Alten zu erwarten hatte. Die beiden Beamten mit den Handschellen erschienen ihm dagegen geradezu harmlos. Er fuhr mit der Hand durch die wolligen Haare, zog seine Journalistenweste aus und hängte sie in den Wagen: „Entschuldigen Sie, der Tag wird warm werden."

„Don't give an talk", sagte der jüngere der Beamten in reinstem Oxfordenglisch.
In Elias Weste befanden sich zwei Diktiergeräte mit Aufzeichnungen, Handy, Digitalkamera und ein 256 MB-Stick, der ihm ermöglichte, von jedem Internetcafe aus zu arbeiten. Zu schade, diese Sachen in die Hände von unterbezahlten Staatsdienern fallen zu lassen.
Er bat die Beamten, beide größer und breiter als er, ihm die hingehaltenen Handschellen zu ersparen, er würde ihnen auch so folgen. Die beiden nahmen ihn zwischen sich, und ihre Hände schwebten nahe über den Pistolenholstern.
Im Criminal Department wurde er zwei Vernehmungsbeamten übergeben. Der dickere der beiden trug seine Abzeichen auf der Brust wie einen Schuppenpanzer, hatte einen Pickel auf der Nase, und Elias dachte an ein Rhinozeros. Der andere war lang und mager wie eine Manguste.
Das Rhinozeros hielt Elias den verhängnisvollen Artikel unter die Nase: „Sie haben den Vertrag zwischen Tschad, Kamerun und dem US Konsortium Exxon Mobil veröffentlicht, in dem der Bau und die Verwendung der Ölpipeline zwischen Tschad und Kamerun geregelt sind. Woher haben Sie die Information?" Das Nashorn versuchte einen strengen Blick.
Elias hatte lediglich den Teil abgeschrieben, in dem es hieß, der Vertrag stehe im Konfliktfall über dem nationalen kamerunischen Recht.
„Ich habe es gehört. Jemand hat es mir erzählt."
„So, haben Sie Bekannte in Regierungskreisen?", fragte die Manguste.
Elias erhielt Informationen von Amnesty International, Human Right Watch, oder Hinweise aus der Bevölkerung.
„Nein", erwiderte er „zumindest habe ich bis jetzt nichts davon bemerkt. Oder säße ich sonst hier?"
„Ganz ruhig, Bürschchen. Die Fragen stellt hier dein großer Bruder", warnte das Nashorn, „unter den Artikel haben Sie zudem einen Preisvergleich zwischen kamerunischen Öl und

OPEC Öl angestellt und behauptet, unser Öl würde verschleudert."
„Nein", wehrte sich Elias, „ich habe lediglich die Frage gestellt: wird kamerunisches Öl verschleudert? Darunter habe ich eine Preistabelle gesetzt."
„Und diese Kalkulation?", das Nashorn grinste, „ist Ihnen wohl zugeflogen? Heraus mit der Sprache! Noch meint dein großer Bruder es gut mit dir. Wer hat Ihnen das alles vorgelogen?"
Am besten informiert waren katholische Priester und Elias fragte sich, ob dies mit der Ohrenbeichte zusammenhing. Jedenfalls war alles, was sie sagten, wahr oder stellte sich später als wahr heraus.
„Wir hören nichts", mahnte die Manguste mit spitzer Stimme und lehnte sich zu Elias hinüber.
Mein Gott, der Kerl roch ja auch wie ein Erdmännchen. Elias strich über seine Nase.
„Ich habe einen Taschenrechner, und, man wird doch wohl noch fragen dürfen?"
„Sagte das Reisigbündel, bevor es ins Feuer kam", antwortete das Nashorn, zündete sich eine Zigarette an und blies kunstvoll Kringel in die Luft: „Lassen Sie uns Freunde bleiben. Wer hat gequatscht?"
Elias zeigte achselzuckend die Handflächen: „Man erfährt viel in Kamerun, die Leute reden, ich kann mich nicht erinnern."
„Entweder Sie können uns den Namen nennen, oder wir nehmen an, Sie hätten sich diese Geschichte ausgedacht, um die Auflage zu erhöhen."
Elias schwieg verbissen. Niemals würde er einen Informanten nennen, auch nicht wenn ihm Haft drohte.
„Sie glauben gar nicht, was Leute alles erzählen. Douala ist die reinste Quatschbude. Einem Journalisten quasselt man die Ohren voll."
Die Manguste schien seine Gedanken zu erraten: „Haben Sie schon mal vom Douala Bell gehört?"

Natürlich hatte Elias von dem berüchtigten Gefängnis gehört. Unter anderem von seinem Onkel. Es hieß, es gehe dort zu wie auf einem Sklavenschiff, doch für ein paar Tage würde er das schon aushalten, bildete er sich ein. Schließlich hatten auch seine Idole Nelson Mandela und Steve Biko im Gefängnis der Willkür ihres Staates getrotzt.
„Man wird wohl kaum einen Unschuldigen einsperren. Außerdem: dazu bedarf es eines Urteils."
Das Nashorn schüttelte sich minutenlang vor Lachen. Der Pickel auf der Nase schien größer zu werden. Dann grinste es plötzlich bösartig: „Letzte Chance! Schreiberlein! Sag den Namen! Sonst wird dein großer Bruder ganz bös mit dir."
Die Folterdrohung war nicht zu überhören, doch Elias ließ sich nicht einschüchtern. Sein Informant war ein Beamter der Finanzbehörde von Douala, der der Meinung war, das staatliche Gehalt sei zu klein bemessen und dürfe ruhig gelegentlich aufgebessert werden. Wenn er dessen Namen nannte, so würde der Mann einfach verschwinden und mit ihm eine wichtige Quelle. Auch würde die Indiskretion sich herum sprechen.
Man verhörte Elias ohne Unterbrechung. Elias schwieg. Nach 48 Stunden Verhör setzte man ihn auf freien Fuß, und er ging heim in dem Glauben, alles sei noch einmal gut gegangen.
Eine Woche später erhielten Konstantin und Elias Justin einen Strafbefehl. Man verurteilte sie zu einer Geldstrafe von einem Jahresgehalt, auszurichten in CFA- Franc. Elias erteilte man darüber hinaus zehn Jahre Berufsverbot.
„Da hast du den Kladderadatsch!", tobte Konstantin, „Zehn Jahre, und in fünf Jahren liege ich vielleicht schon unter der Erde! Wer soll dann die Pictures weiterführen?"
An diesem Tag fuhr Elias in den Feierabend wie ein geprügelter Hund und betrat seine Wohnung in der Seemannsmission mit hängenden Schultern.
Im Apartment lief er eine Zeitlang auf und ab, kochte sich einen Tee, marschierte wieder, ging auf den Balkon. Er war verzweifelt und wusste im Augenblick nicht weiter. So hatte er sich das Ende seiner Karriere als Journalist nicht vorgestellt.

Sein Blick schweifte vom Balkon in die Ferne. Der Mount Cameroon mit seiner gewaltigen Schneekappe lag heute klar unter blauem Himmel. Da waren die fruchtbaren Hänge des Berges mit seinen Plantagen: Kautschuk, Bananen, Kakao, Palmöl und Tee. Lavaströme pulsierten über Jahrhunderte hinweg von der Bergkuppe zum Meer, wo sie zu grauen Schlangen erstarrten, bis die Natur sie mit grünen Pflanzen und prächtigen Blüten überwucherte. Alles gedieh in der Vulkanasche, die Gott wie seinen Garten goss.
Elias grübelte. Kein Mensch von Format hatte sich je auf seinem Weg behindern lassen. Weder Steve Biko, noch Nelson Mandela, noch Desmond Tutu, noch andere Mutige. Sie hatten gekämpft, gelitten, waren ermordet worden oder hatten gesiegt; und das gegen sehr viel größere Widerstände als läppische Berufsverbote. Er musste die Herausforderung annehmen. Sich diesem System stellen, musste kämpfen, immer wieder und immer wieder und nach jedem KO erneut aufstehen. In der fruchtbaren Asche des Vulkans würde alles gedeihen und er würde daraus hervorgehen wie Phönix.
An diesem Abend arbeitete Elias bis Mitternacht, und legte sich seine Strategie zurecht. Das Berufsverbot würde er umgehen, doch sein Name durfte natürlich nicht mehr in Erscheinung treten. Er brauchte eine eigene Zeitung, Vertriebswege, Netzwerke, Informanten, Mitstreiter und Geld. In dieser Nacht starrte Elias die Decke an ohne ein Auge zu schließen, denn er fürchtete die Debatte mit Konstantin Justin, die unweigerlich bevor stand.

Konstantin Justin machte am anderen Morgen einen übernächtigten Eindruck, und seine Tränensäcke hingen faltenreich über den Wangen. Die schlaflose Nacht hatte ihn jedoch nicht besänftigt: „Eine hervorragende Ausbildung ist für die Affen. Freie Meinungsäußerung, freie Presse und Demokratie, alles schön und gut, doch haue nicht dem Mann auf den Kopf, zwischen dessen Zähne deine Finger sind!“

„Soll ich mich fürchten zu tun, wozu ich mich im Recht glaube?“, fragte Elias. Er spürte seinen Blutdruck steigen.
„Selbst das Huhn, das grade Eier legt, kommt eines Tages in den Kochtopf!“, antwortete Konstantin und zog dabei die Stirne kraus, dass seine Ohren wackelten.
„Im Übrigen“, fügte er hinzu, „im Strafbefehl steht, du hättest falsch zitiert. Lass dir gesagt sein: das meiste Öl, das durch diese Pipeline läuft, stammt aus dem Tschad. Deine Recherche war schlampig, nicht überprüft. Merke: Die sorgfältige Recherche ist der Lebertran des Journalismus. Aber dieser Rat kommt jetzt wohl zu spät. Was willst du jetzt anfangen?“
„Ich werde weiterhin Artikel schreiben.“
„Ja wo denn? In meiner Zeitung?“
„Ich werde eine eigene Zeitung gründen“, rückte Elias heraus, „die Cameroon Objective. Ich werde unter Pseudonym schreiben und ich werde sorgfältiger recherchieren. Ich werde schreiben, und die Cameroon Objective wird die größte Zeitung des Landes werden.“
„Nur zu, nur zu“, sagte Konstantin Justin, „je kleiner die Eidechse umso größer ihre Hoffnung, ein Krokodil zu werden. Aber sag, Elias Justin, wo willst du diese Zeitung denn drucken lassen?“
„Lieber Onkel“, entgegnete Elias und lächelte charmant, „ich hatte an deine Druckerei gedacht.“
„Sieh da, wie süß ein Straußenküken flöten kann! Und wie viele Seiten willst du pro Woche schreiben? Und wo ist dein Vertrieb?“
„Wenn ich ein kleineres Format nehme kann ich leicht 15 Seiten füllen und wenn du mir deine Zeitungsjungen leihst, ist der Vertrieb auch geregelt.“
„Aller Anfang ist dilettantisch. Wer soll denn deine Leserschaft sein? Willst du da auch auf meine zurückgreifen?“
„Ich schreibe für die kulturelle Elite und es stört mich nicht, wenn sie auch Fußball mag.“
Konstantin Justin verschränkte die Arme, überlegte, sah Elias schräg von unten an: „Das klingt alles, als hättest du heute

Nacht auch nicht geschlafen! Aber egal. Was willst du schreiben?"
„Über die Korruption", begann Elias, „sie ist die Wurzel allen Übels. Sie muss aufgedeckt und die Schuldigen müssen bestraft werden."
„Gegen diese menschliche Schwäche sind Afrikaner genauso widerstandsfähig wie Indianer gegen Schnaps und somit unschuldig."
„Schreiben heißt, das Unsichtbare sichtbar machen: Willkür, Rechtsbeugungen, Klientelwirtschaft, alles was in Kamerun nicht stimmt."
„Ja, willst du denn tausend Jahr alt werden?"
„Wenn es sein muss."
„Ein großer Kopf ist eine schwere Last", seufzte Konstantin und fügte bekümmert hinzu, „keine Fünfunddreißig wirst du werden, und wir werden dich sehr vermissen! Doch du hast ein Recht auf deine eigenen Dummheiten. Trotzdem! Du wirst mir jeden Artikel zur Genehmigung vorlegen."
„Ich werde mir nie das Rückgrat verbiegen! Niemals!"
„Denk an das Huhn und trenne nicht Kopf und Zunge, dann hast du meinen Segen, vorläufig!"
Vorläufig, dachte Elias zweifelnd, das kann ein Tag sein, ein Monat oder ein Jahr. Ich werde diesen alten Pygmäen überzeugen müssen, und das geht am einfachsten mit einem harmlosen Thema. Da wird mir doch etwas einfallen.

Zu Anfang des 21. Jahrhunderts begann eine der größten und traurigsten Völkerwanderungen der Geschichte. Menschen verließen Afrika, den reichsten aller Kontinente, um auf selbstmörderischen Wegen zum armen Europa hinauf zu flüchten.
In Elias Bekanntenkreis gab es keine Familie, keinen Stamm, keine Nachbarschaft, keine Firma, aus der nicht mindestens ein oder zwei junge Leute diesen Weg beschritten hatten, von dem es für Viele keine Rückkehr gab.

Was war der Grund für diese Flucht? Warum verließen die jungen, starken Frauen und Männer ihre Heimat?
Elias recherchierte mehrere Wochen und schrieb. Er analysierte die Situation und schrieb. Er verwarf bisher Geschriebenes und schrieb neu, immer mit den Satz seines Onkels im Kopf: Recherche ist der Lebertran des Journalismus.
Im Hafen von Douala warteten Hunderte von jungen Männern auf die Gelegenheit, sich als blinder Passgier auf Containerschiffen zu verstecken, um zwischen Kakaosäcken und Bananen zum Norden zu fahren.
Der Kontinent hatte Jahrhunderte der Unterdrückung und Sklaverei überlebt, die Karawanen, die Millionen Sklaven zu den weißen Brüdern brachten, wo sie auf Baumwollplantagen, in Bergwerken oder als Haussklave fronten. Jetzt gingen die Menschen freiwillig.
Sie kamen von Nigeria, Somalia, Kongo, Ghana, Uganda, oder anderen Ländern, über die Marlbororoute[2] oder am Atlantik vorbei durch die Westsahara, sammelten sich an den neuralgischen Punkten der Emigration, Agadez, Tamanrasset, um von dort per Lkw, oder zu Fuß, in den Norden zu gelangen, um in Ceuta oder Melilla über die Zäune zu klettern. Andere flohen von Tanger nach Gibraltar, oder von Tunesien nach Lampedusa.
Junge Männer und Frauen, gesund, stark, mutig, angefüllt mit werbeinduzierten Träumen, aus dem Bildschirmschnee herausgelesen, unterstützt und vermarktet von einer skrupellosen Schleusermafia.
Die Flüchtlinge sammelten Geld und schlossen Wetten ab, ob sie es schaffen würden. Die Familien sparten, oft die Nachbarschaft, denn das Geld, das ihre Söhne und Töchter aus dem Norden zurücksandten, wenn sie ihn denn erreichten, war dreimal mehr als die Entwicklungshilfe Europas.

[2] Schmugglerweg

Der Weg konnte Jahre dauern und endete oft in der Kriminalität, in der Prostitution, bei Billigjobs, oder schon früher: Verhungert in Slums, verdurstet auf dem Meer oder ertrunken. Europa wehrte sich durch Mauern, Stacheldraht, und Gesetze, doch ohne Erfolg. Politiker des Nordens erarbeiteten Strategiepapiere, machten die Grenze täglich dichter, fachsimpelten über Perspektiven für Menschen der Herkunfts- und Transitländer, setzten Radaranlagen und Infrarotsichtgeräte ein, befestigten ihre Mauern, doch Nichts schien die Migranten abzuschrecken. Der Egoismus der Kolonialherren hatte ihre Enkel eingeholt.
Die Frage nach dem Grund der Völkerwanderung wurde für Elias drängender, je mehr er sich mit dem Thema auseinandersetze. Er wandte sich an Konstantin: „Warum fliehen so viele von unserem Kontinent?"
„Korruption ohne Grenzen, Dummheit ohne Grenzen, Fehden ohne Grenzen, Politiker ohne Grenzen, ergibt Flüchtlinge ohne Grenzen", kommentierte der Onkel, „Europa ist für unsere Jungen die Sonne und Afrika ein schwarzes Loch."
„Aber die schwarzen Löcher haben doch die größte Anziehungskraft", protestierte Elias.
„In ihnen wird Raum, Zeit und Licht verschluckt", stellte Konstantin fest, „und wenn ich jung wäre, ich würde auch zur Sonne gehen. Unsere Völker haben als Stämme funktioniert, seit Jahrtausenden! Heute besteht unser Kontinent aus aufgepfropften Staatsgebilden in willkürlich von weißen Herren gezogenen Grenzen. Der Westen drängte uns den Kapitalismus auf, der Osten den Marxismus. Beide wollten unsere Ressourcen, nicht uns. Wir leben auf Schätzen aus Gold, Erdöl, Eisen und Kohle. Alles hat der Herr uns gegeben. Doch mit jedem Schatz den wir entdecken, stirbt ein Stück unserer Kultur. Das ist unser Fluch."
„Ich werde über Fußball schreiben."
„Nein, Elias! Nur das Kind verschließt die Augen vor dem Schrecklichen. Du musst deinen Job zu Ende machen!"

Am darauf folgenden Samstag erschien die Cameroon Objective mit der ersten Folge: „Der Afrikanische Exodus."
Der Redaktionsteil nannte den Journalisten Frank Talk als verantwortlichen Herausgeber.
Mit Erscheinen der Zeitung aktivierte Elias die Radiosender: Radio Television Douala, Radio Reine und andere, um seine Zeitung bekannt zu machen. Innerhalb von Tagen war die Cameroon Objective in aller Munde. Die zukünftige Auflage schien garantiert.
Konstantin Justin reagierte mürrisch: „Was ist schon eine einzelne Reportage? Ein einzelner Armreif klappert nicht. Und wer zum Teufel ist Frank Talk?"
„Es ist das Pseudonym Steve Bikos und heißt freie Rede. Biko wurde in Kapstadt ermordet."
„Pass auf, dass es dir nicht ebenso geht! Aber wegen einer Auflage von 5000 Stück wird man dir nichts tun."
Elias meinte, so etwas wie Neid aus der Stimme seines Onkels heraus zu hören. Das machte ihn stolz: „Ich bin doch bloß eine Eidechse."
„Ein Krokodil bist du jedenfalls noch nicht", erwiderte der Onkel, „doch deine Augen sind schon so groß. Trotzdem will ich dir einen Tipp geben. Gehe an die internationalen Agenturen heran! Reuters, Pana, AFP, Belga und ANSA."
Elias war überrascht über diesen Rat, denn der Verleger Konstantin Justin hatte nie die Kühnheit besessen, den Riesen der Nachrichtenbranche seine Dienste anzubieten.
Nach kurzer Überlegung besorgte Elias sich die Adressen solcher Agenturen, klickte sich auf deren Homepages ein und machte sich mit dem Procedere des Nachrichtenhandels vertraut. Dann kam er zum Thema zurück.
Durch das Pseudonym fühlte er sich sicher vor Repressalien. Er würde die Gründe für die Flucht seiner Landsleute schonungslos aufdecken. Unter dem Leitsatz: „Der Afrikanische Exodus" würde er nun Missstände anprangern, wo immer er sie fand. Das Finden war nicht schwierig.

Elias beobachtete die Ereignisse des Landes, sprach mit Politikern, Geschäftsleuten, Polizisten und vor allem mit Bürgern, immer mit seinem Lieblingsspruch auf den Lippen: Hast du Kamerun gesehen, hast du Afrika gesehen. Nirgendwo sonst erlebte man Afrikas Gesichter so dicht beieinander wie hier: Tradition und Moderne, Arm und Reich, Philosophie und Vodoozauber, Korruption und Wissenschaft. Kamerun war zudem ein großartiger Tiergarten, in dem sich exotische Arten phantasievoll ihr Überleben sicherten. Auch die Kameruner selbst waren nicht ohne Phantasie, wenn es um ihr Auskommen ging.

Die Kameruner Polizisten machten es sich zur Gewohnheit, Touristen anzuhalten und „Gebühren" zu verlangen.

Elias recherchierte. „Harmlos", sagte der Onkel, Elias schrieb.

An Grenzen und Flughäfen wurden Touristen erst bedient, wenn sie Bakschisch zahlten.

Elias recherchierte. „Richtig", sagte der Onkel, „das stinkt wie Kamelpisse." Elias schrieb.

Leute des richtigen Stammes wurden Beamte. Da sie meist keine Ausbildung für den zugeschobenen Posten hatten und die Eingaben der Regierung nicht lesen konnten, blieben sie ihrem Büro oft wochenlang fern. „Monsieur le Directeur et en brousse", sagte ein Schild an der Bürotüre.

„Denen muss man es geben", grimmte der Onkel, Elias schrieb.

Die Gerichte kannten englisches Recht, französisches Recht, und kamerunisches Recht. Sie entschieden nach Stammesrecht, noch erhalten in Köpfen alter, weiser Männer. Wenn nichts von dem Rechtssalat passte, so wandte man Militärrecht an. Auch ließen sich die Richter mit Geld von Schuld oder Unschuld überzeugen.

Elias recherchierte. „Mit der Justiz anlegen?", entsetzte sich der Onkel, „für Verleger so gefährlich wie Milzbrand für den Büffel." Elias schrieb.

In Yaouande wurden studentische Demonstrationen gewaltsam aufgelöst. Die Akademien waren mit Spitzeln der Spezi-

aleinheiten durchsetzt, die Dozenten wurden „auf Linie“ gehalten.
Elias recherchierte, der Onkel verweigerte seine Zustimmung, Elias schrieb.
Der Präsident manipulierte die Wahlen und änderte die Verfassung, um an der Macht zu bleiben. Sodann erließ er ein Dekret zur Erziehung der Jugend. Tage später richtete ein Sonderkommando der DSC drei Jugendliche wegen Marihuanarauchens hin.
Elias recherchierte, Konstantin verweigerte erneut die Zustimmung, denn er sah sich schon im Gefängnis. Elias schrieb trotzdem.
Große Teile des Regenwaldes gehörten seit Kolonialzeiten einer Familie Chirac aus Frankreich. Sie schlug die Edelhölzer und verhinderte ein kamerunisches Gesetz mit dem Inhalt, diese Hölzer im Land zu veredeln.
Elias recherchierte, der Onkel lamentierte, weinte, Elias schrieb, der Onkel verschwand im Busch.
Die Regenzeit kam, und an einem Gebäude nahe dem Flughafen wurden Fundamente unterspült und 50 Leichen freigelegt. Die Tat, extralegale Hinrichtung von Verdächtigen, ging auf das Konto der Antiterrorbrigade Nord.
Elias recherchierte, der Onkel war noch im Busch, Elias schrieb.
Als Konstantin Justin wieder auftauchte gab es ein Palaver wie beim Stammesgericht: „Du gräbst etwas aus“, zürnte der Alte, „Missstände sagst du. Schön, gut, ehrenvoll, Reporter ohne Grenzen. Doch was gräbst du aus? Immer das Schlechte. Wenn Du immer das Schlechte ausgräbst, so wirst du ein falsches Bild schaffen und man wird irgendwann glauben, alles sei schlecht. Wenn du Nachrichten bringst, sagen wir: Schießerei in Bosnien, Bombenattentat in Londonderry, Politikermord auf Korsika, so wird niemand behaupten, in Europa gäbe es Unruhen. Bringst du diese Nachrichten über drei Staaten in Afrika, so wird die ganze Welt glauben, in Afrika sei Bürgerkrieg. Schluss jetzt! Wir dürfen uns nicht schlecht reden.

Schreibe endlich über das Gute Außerdem möchte ich meine Kochbananen in Ruhe verzehren.“
Elias beschloss, eine Schreibpause einzulegen. Bisher war er trotz aller Brisanz seiner Artikel ungeschoren geblieben. Das mochte daran liegen, dass Frank Talk, den niemand je gesehen hatte, inzwischen zu den meist diskutierten Journalisten Kameruns gehörte, und die Cameroon Objective hohe Auflagen erreichte, doch Elias wollte sein Glück nicht herausfordern, lieber ein paar Tage ausspannen und nachdenken.

Douala war an diesen Tagen heiß, lärmend und staubig wie ein Buschtaxi. Zerlumpte Bettler vor Luxushotels, elegante Mercedesfahrer, armselige Wellblechbuden neben Boulevards, posierende Kinder vor Touristenkameras, hektischer Verkehr. Zerbeulte Autos kämpften sich durch Schlaglöcher und aus dem Lautsprecher des Isenbeck- Werbewagens drang Marschmusik: „Schwarzbraun ist die Haselnuss, schwarzbraun bin auch ich.“
Elias wollte seinen Urlaub mit etwas Nützlichem verbinden. Seine Recherche in Sachen Pipeline war, ehrlich vor sich selber, im Anfangsstadium stecken geblieben. Eine Reise in den Norden würde Aufklärung bringen. Er machte sich auf den Weg. Wie immer trug er einen 10.000 Francschein im Hemd, um Räuber und Polizisten zufrieden stellen zu können. Größere Summen waren in der Jeans eingenäht.
Mit der TransCamerounais fuhr er zum Norden, einmal durch sein geliebtes Kamerun hindurch. Rotsandige Straßen durch grüne, endlose Weiten, über Hügel und Täler, weiter, immer weiter zum Horizont, wo Straße, Grün und Blau des Himmel in einem Punkt verschmolzen; Savannen, wo in Samenruhe verborgene Pflanzen auf Regen warteten, um dann explosionsartig zu blühen und zum betörenden Bild des Paradieses zu werden. Dann schwammen Fische in Seen, die noch Monate zuvor eine vor Trockenheit aufgeborstene Erdkrume waren.
Elias besuchte den Waza Nationalpark, die Grenzstadt Pouss, ein Rundhüttendorf bei Maga und den berühmten Witchdoktor

von Roumsiki. Der Wahrsager prophezeite Elias ein langes Leben, viele Frauen und noch mehr Kinder und Elias wusste, dass der würdige Alte log, denn Elias war homosexuell, eine Tatsache die er in Kamerun verbergen musste.
Auf dem Rückweg mietete er einen Jeep und kam auf seinen Job zurück: Die Pipeline!
Er fuhr die Trasse entlang. Das Rohr durch den Regenwald brachte Milliarden ein, doch anscheinend kam davon kein Franc bei den Armen an. Die Vertriebenen der Trasse vegetierten in Wellblechbaracken neben Sümpfen mit dem bläulichem Schimmer der Ölverschmutzung. Elias registrierte und fotografierte: Bettelnde Pygmäen, Buschtaxidächer voll gewildertem Wildbret, Hirseanbau in Brandrodungen, Kahlschläge und Bodenerosion.
Besonders die Kahlschläge waren auffallend. Sie gingen oft kilometerweit über die Ränder der Trasse hinaus. Warum hatte man die Schneisen so breit gemacht?
Als diese Wunden mehrfach auftauchten, hielt Elias den Jeep an und nahm die Karte zur Hand. Er schätze die Größe der Einschläge und die geschlagenen Festmeter.
Sein Standort war etwas südlich der Stadt Meiganga. Bis die Röhren das Meer bei Kribi erreichten, mussten es noch 500 km sein. Wenn sich die Einschläge so fortsetzten, dann hatte man Millionen Festmeter Wald abrasiert. Warum? Für Wen?
Elias folgte dem Leitungsverlauf und verließ ihn erst auf der Höhe Yaoundes. Das Bild der breiten Schneisen wiederholte sich ständig.
In der Hauptstadt brachte er den Wagen zurück, steckte den Presseausweis der Cameroon Objektives ein und ging mit seinen Fragen zum Chambre d' Agriculture.[3]
Dort war man ungehalten, sagte, er solle seine Nase nicht in der kamerunischen Wald stecken und wies ihm die Tür.
Elias überlegte kurz, welche Rechte ihm als kamerunischen Bürger laut Verfassung zustanden. Dann ging er einige Stra-

[3] Landwirtschaftministerium

ßen weiter zum Inspection Generale de L'Etat[4] und erkundigte sich nach der Verwendung der Holzerlöse aus dem Leitungsbau.
Man sagte, das falle noch nicht in die Zuständigkeit der Behörde, da gewisse Abrechnungen noch nicht vorlägen.
„Vodoozauber und Denguefieber", fluchte Elias und fuhr unverrichteter Dinge nach Douala zurück. Dort holte er 100.000 Franc vom Konto der Western Union und fuhr zu seinen Gewährsmann von der Finanzbehörde in der Avenue Du General De Gaulle. Der Gewährsmann zierte sich, lamentierte, es sein nahezu unmöglich, über Finanzvorgänge solcher Größenordnung Informationen zu bekommen, noch dazu sei er mit den zuständigen Kollegen von Yaouande nicht grade befreundet, auch sei das ein anderer Stamm. Schließlich steckte er das Geld ein und versprach, die gewünschten Informationen zu beschaffen. Es könne ein paar Tage dauern, er werde sofort anrufen, wenn er etwas erfahre.
Dieser Anruf erreichte Elias drei Abende später auf dem Handy, als er auf dem Balkon der Seemannsmission saß und zum wolkenverhangenen Mount Cameroon hinüber sah.
Elias sprach fast eine halbe Stunde mit dem Finanzbeamten, dann setzte er sich an seinem Laptop und schrieb den Artikel für die kommende Samstagsausgabe, wohl wissend, dass ihm morgen Früh ein Disput mit Konstantin bevorstand.

Noch bevor in Douala der Verkehr zum täglichen Chaos wurde, machte Elias sich auf den Weg zur Redaktion. Die hohe Schwüle am Morgen kündete die nahe Regenzeit, und die Stadt erwachte allmählich. Vor einer Schule umringten Kinder eine weiße Touristin, bis ein Lehrer erschien und zum Unterricht rief.
Ein Buschtaxi fuhr den Boulevard entlang, den Dachgepäckträger voll gepackt und obendrauf ein quiekendes Schwein.

[4] Rechnungshof

Ein Mann fuhr zum Markt, drei lebende Hühner an das Lenkrad gebunden.
Elias sah dies alles und sah es doch nicht. Seine Ungewissheit über des Onkels Reaktion ärgerte ihn, so dass er schneller lief, je näher er dem Büro kam.
Konstantin Justin saß am Schreibtisch und blickte mit gerunzelter Stirn auf, als er seinen Neffen ungestüm zur Türe hinein kommen sah, und sein weißer Haarkranz flatterte in der Zugluft, als wolle er zum Fenster hinaus fliegen.
„Guten Morgen", grüßte Konstantin, „so früh?" Es klang mürrisch.
„Es ging nicht anders", erwiderte Elias, griff in seine Kollegmappe und legte den Bericht auf den Schreibtisch seines Onkels: „Sieh mal, was ich ausgegraben habe!"
Konstantin Justin warf einen flüchtigen Blick auf das Papier, schob es dann zur Seite und juckte an seiner Nase, aus der ein widerspenstiges Haar heraus lugte.
„Finanzbehörde, willst du dich wieder anlegen?"
„Lies es doch wenigstens einmal", erwiderte Elias und schob das Blatt zurück.
Widerwillig nahm Konstantin das Papier zur Hand. Er überflog den Artikel, und als er aufsah, meinte Elias alle Falten der Welt auf einer einzigen Stirn zu sehen.
„Nun?", fragte Elias unsicher.
„Was hat es schon auf sich, wenn der Finanzdirektor von Douala ein Haus in Kribi hat und einen Wagen fährt?"
Elias schob sein wuchtiges Kinn vor und sah für einen Augenblick aus wie ein Preisboxer.
„Er hat ein Wochenendhaus in Kribi, 20 Hausangestellte und eine Nobelkarosse. Es ist das neueste Modell. Habe ich in der Webseite von Mercedes nachgeschlagen, dazu ein Stadthaus was Millionen gekostet haben dürfte, und er sitzt erst seit zwei Jahren auf seinem Sessel."
„Ein Löwe, der am Fluss liegt, läuft nicht zu einem entfernten Wasserloch", sagte der Onkel, legte das Blatt weg und kratzte wieder an seiner Nase.

„Das ist kein Wasserloch, das ist ein See“, erwiderte Elias, „bei Ebolowa hat man entlang der Pipeline an die 10 km² Regenwald geschlagen, weiter zum Norden herauf noch mehr. Alles Edelhölzer: Bongossi und Mahagoni. Es müssen ganze Schiffsladungen gewesen sein und die Außenhandelskammer hat keinen Nachweis, wo dieses Holz geblieben ist, noch welche Gelder geflossen sind, geschweige denn auf welche Konten. Es sei Sache der Finanzbehörde. Der Rechnungshof behauptet, von den Vorgängen keine Kenntnis zu haben, doch ich habe herausgefunden, dass die Gelder auf Schweizer Konten gingen.“
„Hast du wieder diesen Finanzmann gefragt?“
„Das auch, und, im Hafen liegen Jahrhundertstämme, die gar nicht ausgeführt werden dürften, 80.000 Hektar Wald im letzten Jahr, die Hälfte der Ausfuhr ist gestohlen, es wird ungesetzlich geschlagen, und die Pygmäen, die vom Regenwald lebten, hungern, verdingen sich als Waldarbeiter und betrinken sich. Wilderer kommen in die Trassen und schießen die letzten Gorillas, aber es kommt noch schlimmer.“
„Schlimmer kann es doch nicht mehr kommen.“
„Doch“, triumphierte Elias, „doch! Die Schweizer Konten gehören angeblich unserem Präsidenten.“
„Unserem was?“
„Paul dem Beti.“
Konstantin Justin ging eine Weile im Büro auf und ab, kratzte mal an seinem Haarkranz, mal an seiner Nase, aus der noch immer das Haar heraus lugte und tat, als müsse er intensiv nachdenken.
"Wenn du das bringst, stampfen sie dich ein, mitsamt der gesamten Auflage“, sagte er dann, „und mich gleich dazu.“
Wie schuldbewusst er gucken kann, dachte Elias. Alter macht klein und feige. Der Onkel wich Elias Blick aus, denn dessen Augen waren auf einmal klein und die Nasenfalten, zum Mund hinunter gezogen, zeigten Trotz und Verachtung.
„Im März wurde Le Front Independent geschlossen“, sagte Konstantin, „angeblich wegen 21000 CFR zu spät gezahlter

Steuern. Der wirkliche Grund war ein Artikel gegen einen Finanzbeamten, der Geld vereinnahmt haben soll.“
Konstantins Stimme klang kraftlos. Elias bemerkte es mit Befriedigung: Ich kriege ihn dahin, wo ich ihn hinhaben will. Er steckte die Hände in die Taschen, weil er glaubte, so seine Aufregung verbergen zu können.
„Ich kann es nicht glauben“, erwiderte er dann, „ich kann nicht glauben, dass du jetzt auf einmal kneifst.“
„Ach Junge“, sagte der Onkel resigniert, „ich habe in meiner Laufbahn Millionen an France gezahlt, bin mindestens zwanzigmal verprügelt worden, war achtmal im Gefängnis. Soll ich dir erzählen wie es dort aussieht?“
„Ich kenne deine Erzählungen“, antwortete Elias, „doch wenn du nicht mitspielst mache ich es ganz auf eigene Faust. Ich finde schon eine andere Druckerei und auch andere Zeitungsboten. Es wird mir etwas einfallen.“
Der Onkel ging wieder auf und ab. Das Haar im Nasenloch ärgerte ihn anscheinend noch immer, und er knibbelte an seinem Nasenflügel.
„Na gut“, sagte er nach einer Weile, „setzt dich hin, ich diktiere, was wir schreiben werden.“
Elias spürte, wie ein Lächeln über sein Gesicht ging. Der Onkel, hatte *wir* gesagt. Konstantin Justin war mit im Boot.
„Okay, okay, du diktierst, ich schreibe.“ Elias setzte sich und nahm einen Notizblock vom Regal.
„Also schreibe: Überschrift, Finanzdirektor von Tripolis in Haft. Wie in gut unterrichteten Kreisen bekannt, wurde der hohe Beamte gestern festgenommen, nachdem man ihm nachweisen konnten, dass er entlang der Pipeline, Moment mal“, Konstantin suchte auf der Afrikakarte mit dem Finger, bevor er weiterdiktierte: „entlang der Pipeline von Sabha nach Tripolis mehrere hundert Quadratkilometer des Regenwaldes schlagen ließ und nach Europa verkaufte.
Nach unseren Informationen gibt es für die Abwicklung des Geschäftes keinerlei Dokumentation, weder Rechnungen, noch Exportpapiere, noch Collilisten.

Die Erlöse für die Edelhölzer wurden offenbar direkt auf ein Schweizer Konto eingezahlt. Die unterschlagenen Beträge liegen im dreistelligen Millionenbereich.
Man sollte nicht glauben, dass es solche Korruption in einem afrikanischen Staat gibt. Natürlich werden unsere Leser fragen, ob eine solche Veruntreuung auch in Kamerun möglich ist. Wir von der Redaktion der Cameroon Objective meinen Nein!"
„Onkel Konstantin", sagte Elias, „in Libyen gibt es weder eine solche Pipeline noch Regenwald."
„Ach ja?", fragte der Onkel, „dann muss es wohl woanders passiert sein. Schreibe es so und setzte dein Frank Talk darunter. Und dann gehst du für mindestens vier Wochen in den Busch. Besuche Freunde oder meinetwegen die Pygmäen oder gehe nach Kribi. Wenn jemand fragt, ich weiß von nichts."

Elias konnte Kribi wegen der neuen Hafenanlagen kaum wieder erkennen. Die Pipeline hatte das Paradies seiner Kindheit durchschnitten. Die gewaltigen Gräben hatte man zwar wieder zugeworfen und die Rohrleitung kam erst auf der Pumpstation, weit draußen vor der Küste, wieder zum Vorschein, doch die Menschen hatten sich verändert.
Im Sporthafen lagen Segelyachten reicher Ausländer, und Touristen tummelten sich in Bars und Pubs. Vor den Restaurants standen die Jeeps amerikanischer Ölarbeiter, die hier am Wochenende mit einheimischen Mädchen eine Ehe auf Zeit lebten. Das Emblem Pipeline Chad - Cameroon stand auf ihren Jeeps und ihren Mützen, und sie warfen mit Geld um sich.
Die Restaurantbesitzer und Kneipiers erhöhten daraufhin die Preise, bis kein Einheimischer mehr in die Lokale kam.
Elias besuchte einen Bekannten, den alten Assido, der als einziger im Dorf einen Fernsehapparat besaß. Assido verdiente gut, denn er fuhr morgens die Pygmäen in den Busch, noch bevor die ersten Touristen kamen und holte sie abends nach der Arbeit wieder ab. Tagsüber lief Assido am Strand entlang, schleppte Touristen zu den Fischlokalen und warb für Boots-

fahrten zum Pygmäendorf, wo Kameruner sich den Touristen im Sitzen präsentierten.
Kinder spielten am Strand, holten Kokosnüsse von den Palmen, sammelten Krebse und Muscheln, das erinnerte Elias an seine Kindheit und Jugend.
Hier war Elias am 15.01.1970, genau zehn Jahre nach der Unabhängigkeit Kameruns, als erster Sohn Alexander Justins geboren und unter Palmen aufgewachsen, begleitet von der Melodie „Palm trees on the Shore."
Seine Mutter sang dieses Lied mit weicher Stimme und er hatte sie innig geliebt; sie und die Ballade. Doch seine Mutter war kurz nach dem Vater gestorben. So etwas kam häufig vor, seit es diese Krankheit gab, die so viel veränderte.
Nur die Palmen beugten sich noch immer graziös dem rollenden Atlantik entgegen, dessen Wasser nie kälter als 25 Grad wurde.
Mit seinen Freunden hatte Elias sich die Strandabschnitte aufgeteilt in San Fransisco, St. Tropez, Epamena und Malibu, sie hatten Kokosnüsse gepflückt, Krebse und Muscheln gesammelt, bis die Abendbrise die Schwüle des Tages hinwegwehte und die Lichter der Trawler und Ankerlieger weit übers Wasser schimmerten.
Nun reichte die Zeit nur noch, um mit dem Schimpansenbaby des Nachbarjungen zu spielen und dann kam die Mutter, sie ins Bett zu holen. Ihn und seinen jüngeren Bruder.
Sie lächelte sanft, wenn er ihr des Abends bei der Gutenachtgeschichte erzählte, er werde einmal der größte Fischer Kameruns werden.
Sein Verhältnis zum Vater war immer etwas gespannt, und Elias hatte das Gefühl, der Vater würde den jüngeren Bruder vorziehen. So genoss der jüngere Bruder mehr Aufmerksamkeit und nur der wurde beauftragt, die Zeitung beim Nachbar auszuleihen, damit der Vater erfuhr, worüber die Konkurrenz schrieb. Später bekam Elias noch vier Schwestern und mit jeder Geburt wurde der Vater ihm fremder.

Elias verbrachte nun viele Abende am Strand. Die Geräusche des Regenwaldes sangen herüber, die Wellen des Atlantiks umspülten die Klippen und der Leuchtturm schickte seine Signale in den Nachthimmel, drei Blitze mit 12 Sekunden Wiederkehr. Wenn dann die Sonne durch die Mangroven schien, zog sich das Meer in morgendlicher Tiede mit einem riesigen Atemzug zurück. Dann konnte man am Sandstrand entlang bis zu den Wasserfällen laufen, wo bereits Frauen auf rundgeschliffenen Kaskaden ihre Kleider wuschen. Auch Elias Mutter war dabei, der Schimpanse des Nachbarjungen und Elias Schwestern.

Elias besuchte die Schule der Presbyterianer, dann die Secondary School, dann die Akademie für Wirtschaft und Recht der University Yaouande.

Beim Tod des Vaters war Elias erst im fünften Semester. Er beendete sein Studium ohne Abschluss und ging als Volontär zu seinem Onkel. Der hatte einmal Theologie studiert, war allerdings aus unbekannten Gründen nicht Priester geworden. Doch darüber wurde in der Familie nicht gesprochen.

Elias zog nach Douala, dem Schmelztiegel verschiedenster Ethnien. Er engagierte sich in der CAM[5] und sammelte Unterschriften für die Rechte der anglophonen Bevölkerung. Zu dieser Zeit war er neunzehn Jahre und hatte die Absicht, ein zweiter Nelson Mandela zu werden. Der lebte um diese Zeit auf der Gefängnisinsel Robben Island und mobilisierte gegen die Apartheid.

So viele Jugendträume kamen Elias in den Sinn, wenn er jetzt am Strand erlang ging.

Während der Wochen, die er untergetaucht blieb, erhielt er Kenntnis von neuen Ereignissen über Handy: er schrieb über einen Neunzehnjährigen, den man wegen Widerstand gegen die Staatsgewalt erschossen hatte, über einen Fahrraddieb, den der Mob gelyncht hatte, über 500 illegale Hinrichtungen von angeblichen Straßenräubern durch die Antiterrorbrigade Nord.

---

5 Cameroon Anglophone Movement

In der siebten Woche rief dann Konstantin Justin an, sagte, es sei ruhig geblieben und man habe den Artikel wahrscheinlich gar nicht zur Kenntnis genommen. Er solle zurückkommen.
Noch einmal besuchte Elias die Presbyterianer Schule und die Kirche und den Friedhof mit dem Grab seiner Eltern. Daneben stand ein verblichenes Holzkreuz: Wilhelm Friedmann, geb. 14.07.1884 Ascheberg, gest. 20.02.1916 Kribi.
„Das war die schönste Zeit für Kamerun", hatte sein Vater einmal gesagt.
Als er nach Douala zurück fuhr, hatte er das Gefühl nie mehr zurück zu kommen, doch so sehr er auch nachdachte, fand er für diese Ahnung keine Begründung.
Schließlich hatte Konstantin nichts vernommen, was auf eine Reaktion der Behörden hindeutete. Elias verscheuchte die düsteren Gedanken und als er in die Rue de Trieste einbog, war er bester Laune.
Vor der Redaktion stand ein Verkehrspolizist und kam an den Wagen.
„The Flashing light does not work, give me 100 Franc", behauptete er und wies auf das vordere Blinklicht.
Elias bestätigte den Blinker, stieg aus und stellte fest: „Excuse me, but it works properli."
Der Polizist ging nach vorn, trat den Blinker ein und erhöhte seine Forderung: „The Flashing light does not work, give me 500 Franc."
Nachdem Elias gezahlt hatte, wies der Polizist sich als Agent des DSC[6] aus und nahm ihn fest. Diesmal bekam Elias weiche Knie, als er den gefürchteten Ausweis sah. Er fühlte, sein Pseudonym würde ihn nicht mehr schützen.

Aus Erzählungen wusste Elias, dass ihn nichts Gutes erwartete: Verhör, Prügel, schlechtes Essen, zwei Jahre U-Haft ohne Gerichtsverhandlung, manche Gefangenen wurden einfach vergessen. Die Gefängnisse waren bis zum Zehnfachen über-

---

6 Douala Special Command

füllt, gleichgültig ob das Bertoua Gefängnis, mit 750 Gefangene, das Bafoussam mit mehr als 3000, das Kondengui mit über 1200. Elias Kehle war wie zugeschnürt, als man ihn durch den Nebeneingang des Douala Bell trieb, die Handschellen auf dem Rücken. Das Douala Bell hatte den schlechtesten Ruf von allen Haftanstalten Afrikas. Verschwommen dachte Elias an seine Journalistenweste, versuchte nach den Taschen zu greifen, doch die Handschellen schürften an seinen Unterarmen. Dann fiel ihm ein, dass er die Weste im Wagen gelassen hatte. Er murmelte ein Stoßgebet. Im Wagen konnte Konstantin die Weste finden und in Sicherheit bringen. Nicht auszudenken, wenn die Aufzeichnungen in die Hände der Polizei gerieten. Er fasste wieder etwas Mut und fragte heiser nach einem Anwalt. Man lachte und steckte ihn in eine der ersten Zellen auf dem Korridor.

Der Bau stammte aus der Kolonialzeit, war für 750 Insassen ausgelegt, jetzt jedoch mit mehreren Tausend Menschen belegt: abgeurteilte Schwerstkriminelle, Untersuchungshäftlinge, kleine Gauner, Männer, Frauen, teilweise mit ihren Töchtern oder Babys. In Elias Zelle hockten, standen und lagen an die 100 Menschen beiderlei Geschlechts und aller sozialen Schichten. Einige waren apathisch, andere phantasierten im Malariafieber, viele hatten Ekzeme und Wunden, Gaumenspalten, Gesichtstumore; Krankheiten, die schnell zum Ausstoß aus der Gesellschaft führten.

Unaufhörliches Geschnatter in verschiedenen Dialekten und ein bestialischer Gestank umnebelten Elias. Er suchte nach einem freien Platz und fand ihn neben dem Kloeimer. Der Topf war mit Kot bespritzt. Elias würgte es, doch nach einer Stunde ließ er sich dort nieder.

Man musterte ihn, ließ ihn jedoch in Ruhe. Stündlich brachte ein Kalfaktor den Eimer hinaus, leerte ihn und stellte ihn zurück, wo er nach kurzer Zeit wieder voll war. Gegen Abend war Elias in der Lage, jeden seiner Mithäftlinge am After zu erkennen.

Die erste Nacht verbrachte er in der Hocke hellwach neben dem Toilettentopf. Er hatte Angst überfallen zu werden, denn er hatte sein Geld in die Jeans eingenäht. Gegen Mitternacht ging die Türe auf, leise, vorsichtig. Irgendetwas wurde in die Zelle gelegt, die Tür wieder verschlossen. Es scharrte, Papier knisterte und Essensduft verbreitete sich. Elias schnupperte: gebratenes Hühnchen, Bataten, Sauce, dann dezentes Schmatzen.

Gegen sechs rumpelte ein Handwagen über den Korridor. Eimer und Töpfe schepperten, und sogleich erhob sich in den Zellen wildes Geheul. Kalfaktoren brachten das Frühstück. Elias drängte sich an die Tür: „Ich will meinen Anwalt sprechen!“

„Hey, weg von der Tür! Es gibt Frühstück“, schnarrte der Kalfaktor. Elias wurde von anderen zurück gezerrt. Die Häftlinge schlugen sich lautstark um den Fraß. Es gab verschimmeltes Brot, braunes Wasser aus einer Teekanne und angefaulte Früchte. Elias verspürte keinen Appetit. Er hockte wie betäubt neben dem Koteimer.

Ein Mann, dem ein Ohr fehlte, bot ihm Tabak und Papierblättchen an, doch Elias dankte. Er wäre nicht in der Lage gewesen, sich in dieser Zelle eine Zigarette zu drehen und zu rauchen. Der Mann senkte den Blick, und suchte sich, Verwünschungen zischend einen anderen Platz, wobei seine Augen hasserfüllt mal nach links, nach rechts und mal zu Elias blitzten.

Nach dem Frühstück kehrte eine gewisse Beruhigung ein. Der Tabakmann blitzte jedoch noch immer und schimpfte leise. Kurz darauf bahnte sich ein großer, muskulöser Mann den Weg durch die Gefangenen. Einige machten ängstlich Platz. Elias wusste vom Vortag, dass der Mann Hämorriden hatte und so etwas wie ein Zellenbulle war. Der Muskelprotz baute sich vor ihm auf.

„Du hast deine Zellgebühren noch nicht bezahlt.“

„Welche Gebühren?“

„Hier hat jeder seine Gebühren zu bezahlen.“

„Ich habe kein Geld dabei."
„Wovon willst du dann einen Anwalt bezahlen?"
„Nach kamerunischen Recht steht mir ein Anwalt zu", stellte Elias fest.
Der Muskelprotz lachte: „Ein Studierter, ein Kopfgesteuerter, ihm steht ein Anwalt zu. Ha, aber mir stehen die Zellengebühren zu. Mein Gombo, mein Motivation, mein Le Tchoko."
Die genannten Vokabeln verwendete man für jede Art von Bestechung. Sie beeindruckten Elias nicht: „Von solchen Gebühren steht nichts im kamerunischen Recht und was Sie versuchen, erfüllt den Tatbestand der Nötigung. Soll ich Ihnen den entsprechenden Paragraphen nennen?"
„Mister Akademiker", der Zellenbulle bleckte die Zähne und zeigte die geballte Rechte, „hier gilt nur mein Gesetz und darin steht: Paragraph eins, du musst zahlen!"
„Ich sagte schon, ich habe kein Geld."
„Dann besorge welches."
„Wie viel?"
„Kannst du Dollar besorgen?"
„Ich bin arm."
„Deine Joggingschuhe sind jedenfalls neu."
„Ich kann es versuchen. Was bekomme ich denn für die Gebühr?"
Der Muskelmann grinste: „Für 50 Dollar lassen wir dich leben, für 100 Dollar bekommst du zu essen, eine ganze Woche lang, für 200 kannst du eine Frau haben, für 5000 Dollar lassen wir dich frei."
Elias dachte an das eingenähte Geld. Das reichte für Leben, eine Woche essen und eine Frau. Doch wenn er zugab, Geld bei sich zu haben, so würde man ihn im Schlaf überfallen und es wegnehmen. Er musste leugnen.
„Ich muss nachdenken."
„Denkst aber lange nach. Kommt deine Frau nicht und bringt dir etwas?"
„Ich habe keine Frau."
„Kommt überhaupt jemand zu dir?"

„Ich weiß es nicht."
„Du hast bis Morgen Zeit. Dann musst du zahlen, sonst wird dein Aufenthalt in diesem Hotel unangenehm", der Muskelmann, „äußerst unangenehm."
Auch die folgende Nacht verbrachte Elias schlaflos neben dem Kübel. Wie sollte er Geld bekommen? Wusste Konstantin von seiner Verhaftung? Wenn er keinen Anwalt sprechen konnte, wie sollte der Onkel von der Verhaftung erfahren? 50 Dollar um zu leben, 100 Dollar für Essen, Elias rechnete in Naira um. Kein Problem für Konstantin. Der würde auch mehr zahlen. Elias hob den Kopf, denn von der anderen Zellenseite kamen eigenartige Laute.
Eine der Frauen prostituierte sich mit mehreren Männern. Elias hörte die Kopulationen und kam zu diesem Schluss, obwohl die Geräusche auch andere Annahmen gerechtfertigt hätten.
Für die Frauen machte es keinen Unterschied, ob sie sich im Gefängnis oder in Freiheit mit einem Mann einließen, sie waren so oder so unfrei: beschnitten, zwangsverheiratet, gezüchtigt, vergewaltigt.
Die Frauen rächten sich. Sie setzten ihre Neugeborenen aus. Man fand Babys als schreiende Bündel auf Müllhalden, in Kirchen, auf öffentlichen Toiletten.
Hast du Kamerun gesehen, hast du Afrika gesehen, der Satz ging Elias wieder und wieder durch den Kopf und er empfand Schmerz, Ekel und Scham.
Gegen Mitternacht wiederholte sich das Spiel mit dem Fresspaket. Diesmal roch es nach Lammfleisch mit Reis.
Am Morgen schleppten ihn zwei junge Aufseher zum Verhörraum. Der Beamte dort hatte Schweißflecke unter den Achseln. Er musterte Elias von den Joggingschuhen bis zum krausen Haar und malte wortlos in einer Akte.
„Warum bin ich hier?", fragte Elias.
„Je suis le Directeur des prisonières", erwiderte der Beamte, „ich sehe mir alle Gefangenen persönlich an."
Typisch, dachte Elias, nur ein Frankophoner konnte das Douala Bell verwalten, ein Directeur, ein Verwalter der Penitentes.

„Wann komme ich frei?“ fragte Elias
„Morgens! Wir lassen Gefangene immer morgens frei“, antwortete der Verwalter der Büßer und gab per Sprechtaste Anweisung Elias zurückzubringen.
„Ich meine, welcher Morgen?“
Der Beamte drehte die Handflächen nach außen, zog die Schultern zusammen: „Je ne sais pas.“
„Aber ich habe nichts getan, wofür man mich einsperren könnte“, behauptete Elias.
Der Beamter grinste mit gelben Zähnen: „Wer hier ist, hat etwas ausgefressen, irgendetwas hat jeder ausgefressen, niemand ist unschuldig.“
„Aber ich habe nichts getan.“
„Dann wärst du nicht hier. Et maintenant laisse. Je suis employé.“
Ein älterer Aufseher führte ihn zurück, nicht ohne ihn vorher eingehend zu betrachten. Schon wieder so ein Voyeur, dachte Elias, sehe ich so komisch aus?
Sie gingen über den Korridor die Zellen entlang, als der Mann ihn leise ansprach: „Du bist Frank Talk, nicht wahr?“
„Mein Name ist Elias Justin. Ich bin Student der Rechts- und Wirtschaftswissenschaften.“
„Mir kannst du nichts vormachen. Ich habe in deiner Akte nachgesehen. Du bist verdammt mutig. Hast tolle Artikel geschrieben, mutiger Mann. Doch jetzt ist es aus.“
„Was meinst du damit?“
„Journalisten lässt man hier nur raus, um sie zu kremieren.“
Elias fühlte einen Kloß im Hals.
„Entschuldige“, sagte der Alte, „ich wollte nur ehrlich sein. Vielleicht hast du ja Glück.“
„Was hat es mit den Zellengebühren auf sich?“
„Das ist Grandpierre, wir sagen der Felsen. Wenn du nicht zahlen kannst schlagen sie dich zusammen. Es sei denn, du hältst die Köttelkiste hin. Es sind ne Menge Schwule hier drin.“
„Kannst du eine Nachricht überbringen?“

„Du bist ein guter Mann“, antwortete der Alte, „du hast es auch in Afrika zu etwas gebracht.“
„Darum bin ich hier.“
„Ach, es ist nicht richtig, dass sie dich einsperren. Du hast ja nur die Wahrheit geschrieben, Frank Talk, und das war richtig so. Du hast dich nicht einschüchtern lassen. Meine Söhne haben Nichts gebracht. Einer ist erschossen worden. Er war Straßenräuber, haben sie behauptet. Der andere hatte die Krankheit. Er hat darüber gelacht. Aidsviren, hat er gesagt, kleiner als Pygmäenläuse. Die machen mir nichts, hat er gesagt. Drei Monate später war er tot. Vielleicht wird ja noch was aus meinem Dritten oder Vierten. Der Dritte soll nach Europa gehen. Wir sammeln Geld. Wenn er in Europa arbeitet, dann kann er uns Geld schicken.“
„Vielleicht kann mein Onkel euch mit Geld aushelfen?“
„Ich bin arm“, sagte der Alte und suchte am Bund nach dem richtigen Schlüssel.
Elias verstand, was der Alte sagen wollte, ich würde dich heraus lassen, doch wovon soll ich leben, wenn sie mich entlassen?
„Mein Onkel gibt dir Geld“, sagte Elias, doch er fügte schnell hinzu, „aber er ist auch nicht reich.“
„Wer ist schon reich in Kamerun?“, fragte der Alte, „außer dem Präsidenten. Hey, wie hast du das raus gefunden, das mit dem Holz?“
„Recherche“, sagte Elias, „Recherche ist der Lebertran des Journalismus. Also, machst du es?“
„Ich werde meinen Dritten zu deinem Onkel schicken“, sagte der Alte, „wenn du für jeden in der Zelle 100 France hast, dann werden sie behaupten, du wärest auf einer anderen Schicht entwischt. Sonst kostet es meinen Kopf. Setze dich immer in Nähe der Tür, damit du bereit bist, wenn es so weit ist. Und jetzt hinein.“
Hinter Elias quietschte das Schloss. Er setzte sich nun in Nähe der Tür, versprach dem Felsen, Zellengebühren zu entrichten, wartete und rechnete seine Chancen durch. Wenn er hier über-

haupt wieder heraus kam, würde er Kamerun verlassen müssen, ohne Pass, ohne Geld, die Gesetzeshüter im Nacken. Schweiß perlte von seiner Stirn, denn es war schwül und stickig. Draußen trommelten dicke Tropfen auf das Blechdach. Die Regenzeit begann. Die Straßen von Douala würden nun in Fluten absaufen und Nichtschwimmer in Schlaglöchern ertrinken.

*

Während man in Douala auf der Straße ertrinken konnte, blieb in Somalia im vierten Jahr der Regen aus. Es war Dezember, als Milizen der Warlords die letzten Wildesel Somalias an einem ausgetrockneten Wasserloch stellten. Die Garben der Kalaschnikows schlugen in graubraune Felle. Erschrecktes Wiehern, Aufbäumen, weitere Feuerstöße, dann lagen die Kadaver mit aufgerissenen Augen in der von Trockenrissen durchzogenen Senke.
Die grünen Berge von Sanaag waren braun geworden und die Not ging um. Die Menschen verließen ihre verkarsteten Weidegründe und lenkten ihre Kamele zur Küste, nach Berbera oder Shimbiris, oder durchwanderten die Minenfelder Puntlands zur Hafenstadt Hafun.
Einige gingen nach Harardere und schlossen sich den Piraten an. Dann kaperten sie Schiffe mit Hilfsgütern für Somalia, oder überfielen Tanker und kleinere Schiffe im Golf von Aden.
Diejenigen, die noch an ehrlichen Broterwerb glaubten, wurden Fischer, um die arabischen Emirate mit Haifischflossen und Hummer zu beliefern, oder sie schlugen die letzten Akazien des Landes und verarbeiteten sie zu Holzkohle für die arabische Halbinsel.
Tausende Menschen flohen nach Kenia in die Flüchtlingscamps von Dadaab, wo bereits 75000 Landsleute in grasbedachten Rundhütten unter Schirmakazien hausten, geschützt von Dornhecken und der Kalaschnikow am Zeltgestänge. Mitarbeiter des UNHCR, begleitet von Bodyguards, betreuten die

Lager solange es hell war, und es herrschte relativer Friede. Frauen wurden nur vergewaltigt, wenn sie sich beim Holzsammeln zu weit in den Busch gewagt hatten.
Großzügige westliche Nationen richteten in Dadaab eine Gesundheitsstation ein und die Kranken wanderten 50 km und mehr um dieses Geschenk dankbar anzunehmen.
Versteckt in Pulks flüchtender Menschen, gedeckt von Buschwerk und Termitenhügeln, nicht zu unterscheiden von lokalen Banditen, schmuggelten somalische Terroristen arabischer Herkunft SAM-Raketen von Mogadischu nach Kenia, um sie gegen israelische Flugzeuge in Stellung zu bringen.
Überraschend setzte dann Regen ein, doch das erschöpfte, trockene Land nahm ihn nicht auf. Er füllte die Wadis zu reißenden Strömen, riss hinweg, was sich ihm entgegenstellte und spülte den letzten fruchtbaren Boden ins Meer. Die Menschen, noch vor Tagen dem Dursttod nahe, ertranken in Flüssen, deren Existenz sie vergessen hatten, und Krokodile suhlten sich überfressen in rasch gebildeten Tümpeln. Die Vegetation ergrünte für kurze Zeit, Blüten überdeckten das Elend und der Weihnachtstag nahte.
In Mogadischu machte sich Asad Rahewein auf nach Hafun, um seine Familie und seine hochschwangere Frau Naja zum Fest zu besuchen. Er verabschiedete sich von den Schwestern des Consolata Ordens, für den er als Krankenpfleger arbeitete. Der Schirmherr des Ordens, Bischof Colombo, war schon vor Jahren ermordet worden. Islamisten plünderten seine Kathedrale und zerstörten sie.
Doch die Schwestern blieben. Sie versorgen die Wunden beschnittener Mädchen, halfen ebenso verstümmelten Müttern bei der Geburt ihrer Kinder, beugten die Knie vor dem neuen Leben und kämpften gegen Malaria, Cholera und Analphabetentum, die schlimmste aller Krankheiten.
„Möge Gott ein Einsehen haben und seine Engel senden“, sagte Schwester Leocardia, als sie Asad die Hand reichte, „möge er dich schützen auf deinem Weg.“

„Ich nehme Leibwachen", erwiderte Asad unbekümmert, bemerkte seinen Fauxpas und hätte sich am liebsten auf die Zunge gebissen. Verlegen stammelte er: „Perdono, perdono", während er die Hände der mutigen Schwestern drückte, die sich im Vertrauen auf Gott täglich auf die Straße wagten.
Der Weg nach Hafun zog sich einige hundert Kilometer durch die neu gegründete Republik Puntland und über mehrere Warlordgrenzen und er war gefährlich in einem Land ohne Staatsgewalt. Deshalb mietete Asad am Flughafen drei Bodygards mit ihrem Pickup.
„100 Dollar", sagte der Fahrer der selbsternannten Schutzelite, „und 50 Dollar für jede Grenze."
Asad überlegte, wie viel Geld er für Hin- und Rückfahrt brauchte. Seine schwarzen Locken hingen in hoher Stirn und sein Gesicht mit der flachen Nase über den vollen Lippen wirkte nachdenklich. Er strich mit dem Ringfinger über seinen Oberlippenbart,
„Okay", sagte er dann, „heute hin und in einer Woche zurück. 600 Dollar."
Der Pickup setzte sich in Bewegung durch zerstörtes Land, Asad auf dem Beifahrersitz, die Bodygards im Fond. Ihre Gewehre ragten in den wolkenlosen Himmel.
Asad war zuversichtlich. Er fühlte große innere Kraft, Ruhe und Vorfreude auf das Fest der Geburt des Herrn, das er in diesem Jahr zum ersten Mal als Christ feiern würde. Aber das durfte niemand erfahren, die Bodygards schon gar nicht, denn sie waren Moslems und würden ihn umbringen.
„Wie ist das passiert" fragte der Fahrer und wies auf Asads Hand, der Zeige- und Mittelfinger fehlten.
„Beim Holzsammeln", sagte Asad, „eine Mine."
„Woher bist du?"
„Benadir."
„Ich hätte gedacht du kämst von Bakool."
Asad erschrak. Konnte man ihm ansehen, dass er zu den Raheweins gehörte?
„Ich war nie in Bakool", log er.

„Ich habe dich schon einmal gesehen“, behauptete der Fahrer, der auch der Boss der Gruppe zu sein schien, „mehrmals, hier in Mogadischu.“
„Kann sein“, erwiderte Asad.
„Bei den Schwestern.“
Asad erschrak erneut, doch er hatte sich gleich wieder im Griff: „Sie haben mir die Hand verbunden.“
„Ich habe dich auf dem Markt gesehen. Du warst Einkaufen mit der dicken Schwester und hast ihre Sachen getragen.“
„Das ist unmöglich!“, erwiderte Asad heftig, „es ist völlig unmöglich. Ich habe mit den Schwestern nichts zu schaffen. Sie haben mir nur die Hand verbunden.“
Der Fahrer sah ihn von der Seite an: „Ich habe gehört, sie haben einen somalischen Krankenpfleger. Es soll ein Rahewein sein.“
„Ich sagte schon, ich war nie in Bakool. Wie sollte ich denn mit dieser Hand Kranke pflegen. Ich kann damit nicht einmal einen Verband anlegen.“
Der Fahrer hielt vor dem Posten einer Miliz, drückte dem Mann mit der Maschinenpistole ein paar Scheine in die Hand und weiter ging die Fahrt. Man kam nicht auf das Gespräch zurück und Asad war froh. Er nahm sich vor, die Rückfahrt mit anderen Bodyguards zu machen, oder ganz auf sie zu verzichten.
Am Abend, in Hafun angekommen, gab er dem Fahrer 300 Dollar: „Ich rufe euch an, wenn ich zurück will.“
„Nicht nötig“, entgegnete der Fahrer und steckte das Geld ein, „wir bleiben hier und nehmen dich nächste Woche wieder mit.“
Er stieg wieder ein und der Pickup verschwand im Straßenstaub. Asad wandte sich dem Haus zu, in dem der Rest seiner Familie lebte.

Asads Vater war bei der Schlacht von Mogadischu gefallen, seine Mutter war kurz darauf verschwunden. Er war bei seiner Tante Hawa und deren Mann untergekommen, den sie den Ita-

liener nannten. Der Italiener war unter dem Barre Regime emigriert, hatte einige Jahre in Rom gelebt, war zurückgekehrt und hatte ein Fischerboot gekauft, mit dem er vor der Küste reichen Fang machte oder somalische Flüchtlinge zum Jemen brachte. Davon lebte er nicht schlecht. Hawa und ihr Mann waren schon vor Jahren konvertiert, doch das, so glaubten sie, wusste hier in Hafun niemand.
Dachte Asad an den Italiener, so hatte er gleich den Satz: „L'Italia è il paese più bello nel mondo“, im Ohr, mit dem der Italiener die Familie nervte. Doch über die Weihnachtstage würde er den Aufschneider schon ertragen.
An der Haustüre kam ihm Naja entgegen. Ihre dunklen Augen glänzten unter langen Wimpern. Sie hatte die Haare zu Cornrows geflochten, welche die kleinen Ohrmuscheln freiließen. „Frohe Weihnacht, Asad“, hauchte sie und bot ihm ihre geschwungenen Lippen. Als er sie küsste, durchströmte ihn ein Glücksgefühl. „Wie lange hast du hier auf mich gewartet?“
„Seit Mittag stehe ich hinter der Tür und passe auf“, antwortete Naja, „Hawa hat geschimpft, weil ich ihr nicht geholfen habe.“
Sie nahm seine Hand und zog ihn die Treppe hinauf. “Hawa schimpft seit heute Morgen. Der Italiener hat einen Fernseher gekauft und er funktioniert nicht und der Italiener bastelt, weil er unbedingt den Urbi et Orbi sehen will, und Hawa kocht und schimpft auf ihn, auf mich und auf dich.“
„Warum auf mich?“
„Wir hatten Angst, dass dir etwas passiert. Es ist gefährlich, von Mogadischu bis hierher.“
„Unsinn“, erwiderte Asad, „die Schwester gaben mir Gottes Segen. Du siehst, mir konnte nichts passieren.“
Die Begrüßung mit Tante und Onkel war herzlich, aber kurz. Hawa klapperte am Herd mit den Töpfen weiter, und der Italiener wandte sich dem Fernseher zu. Die Schwankungen der Netzspannung ließen den Bildschirm flackern. Schließlich fiel das Bild in sich zusammen und das Licht ging aus.

Der Italiener saß in der Hocke vor dem Monitor, den Spitzbauch vorgestreckt und resignierte: „Somalia ist ein altes Land“, seufzte er, „und seine E-Werke sind es auch.“
„E-Werke?“, fragte Asad überrascht, „hast du das Aggregat nicht mehr?“
„Farih versorgt uns jetzt mit Strom“, sagte der Italiener und deutete mit der Hand zum Hafen, „er hat dort hinten einen alten Schiffsgenerator aufgestellt. Leider geht ihm ab und zu der Diesel aus. Letzte Woche haben sie einige Strommasten geklaut für Brennholz. Aber Farih ist billig und mein Aggregat ist kaputt, und wo soll ich sonst Strom her kriegen?“
„Ich mache eine Lampe an“, sagte Naja.
„Es dauert nicht lange. Gleich wird es wiederkommen“, sagte Hawa, „es dauert nie lange. Bestimmt können wir den Urbi et Orbi sehen.“
„Mit Gottes Segen, sollte das nächste Jahr besser werden“, stöhnte der Italiener, „das letzte war schlimm. Erst kam die Dürre, dann die Überschwemmung, erst musste man Acht geben nicht zu verdursten, dann musste man Acht geben nicht zu ertrinken, und immer muss man auf der Hut sein vor den Milizen. Die Stadt ist voll von Flüchtlingen. Als ob sie hier das Heil finden.“
„Sie müssen irgendwo bleiben“, antwortete Hawa, während sie in der Glut des Kohleofens stocherte, „es war so trocken, das ihre Kamele keine Milch mehr gaben. Warum lässt Gott es nicht regnen, wenn die Menschen den Regen brauchen? Aber uns geht es ja gut.“
Hawa hatte den Italiener vom Stamm der Saab nicht gern geheiratet, doch besser einen solchen, als einen vom eigenen Stamm der Samaal, den man ihr zugeteilt hätte.
„Ja es geht uns gut“, nörgelte ihr Mann weiter, „doch in wenigen Jahren? Vor unserer Nase fahren Fischer mit jemenitischer oder kenianischer Flagge. Es scheint mir, als ob die halbe Welt vor unserer Küste fischt. Bald werden unsere Netze leer bleiben. Wovon leben wir dann?

„Lass uns heute nicht davon sprechen“, entgegnete Hawa, „heute haben wir Ziegenragout, Reis und gebackenes Gemüse und es ist gleich fertig, und heute ist das Fest der Herrn.“
Hawa zupfte ihren rosa Schleier zurecht und machte einen spitzen Mund, als sie sich an Naja wandte: „Hilfst du mir wenigstens den Tisch decken?“
Naja nahm die Lampe mit Duftöl vom Tisch und verteilte die Teller. Der Italiener kniff Asad ein Auge und bedeutete ihm, auf den Balkon zu kommen. Seine Haare sind schütter geworden, dachte Asad, früher konnte man diese Delle am Schläfenbein nicht sehen.
Draußen wehte eine frische Brise. Asads Blick wanderte durch ein Gewirr von Wäsche und provisorischen Stromleitungen auf den Hafen hinaus. Fischer schleppten ihren Fang an Land und feilschten mit Händlern. Andere reparierten Netze, umlungert von Katzen, die auf Abfall warteten.
Lastenträger schleppten Ballen, Männer kauten Khat, Kinder suchten im Müll nach Essbarem, und Mütter führten ihre Töchter zur Beschneiderin, die aus ihnen treue Ehefrauen machten.
Abseits eines Schiffsskeletts standen Männer, packten in die Speichen eines Göbels und zogen ein marodes Holzboot ins Dock. Anfeuerungsrufe, Marktgeschrei und Hämmern drangen zum Balkon hinauf.
Am Strand beluden Menschen ein Fischerboot mit Proviant und Wasserkanistern. So verließen jeden Tag Menschen Somalia. In unsicheren Booten überquerten sie den Golf von Aden, um einem zerrüttetem Land zu entkommen. Viele schafften es, manche spülte die See Tage später zurück. Doch das schreckte niemanden. Am Strand warteten immer Menschen auf die Menschenschmuggler: Frauen, Kindern, Jugendliche, Männer. Sie hausten hier mit ein paar Habseligkeiten und warteten.
„Seit einigen Tagen liegt hier ein Boot der Puntland Coastguard“, sagte der Italiener, „die blaue Flagge mit dem Stern am Mast. Puntland strebt aufwärts. Es wird auch wieder Recht ge-

sprochen. Hast Du eine geschäftliche Angelegenheit, so gehe zu deinem Warlord, hast du eine Familienangelegenheit gehe zum Imam. Gibt dir keiner Recht, die Kalaschnikow hängt am Haken. Unten in der Hafenkneipe gibt es auch wieder eine Schule. Sie lernen rechnen und schreiben und Computer. Es ist ein Privatlehrer. Ich glaube, er verdient genauso viel wie ein Fischer."

„Dann können wir ja zufrieden sein", sagte Asad ironisch.

„Es läuft nicht schlecht", antwortete der Italiener, „man kann wieder Geschäfte machen, wenn man dem Warlord die Gebühren zahlt. Doch die Ungewissheit macht krank. Heute sind wir Puntländer, morgen wieder Somalier. Die Regierung sitzt in Kenia, weil sie sich nicht in die Hauptstadt traut. Keine Regierung, aber selbst ernannte Präsidenten, keinen Staat aber eine Staatsreligion. Es geht immer nur darum, den Tag zu bestehen und erst am Abend weißt man, ob er ein Freund war. Das Schlimmste ist, man redet!"

Der Italiener beugte sich vor und flüsterte hinter vorgehaltener Hand: „In Hafun soll es Christen geben."

„Hat man von uns erfahren?", fragte Asad genauso leise zurück.

„Für uns macht es nichts mehr aus", antwortete der Italiener, „doch für euch. Hast du dich entschieden, oder willst du bei den Pinguinen bleiben?"

„Ich weiß es nicht", sagte Asad, „im Augenblick scheint alles besser zu werden. Es kommen schon wieder Leute zurück. Manche von Italien, andere von England. In Mogadischu bekommt man alles. Bei einigen Warlords muss man nicht einmal Gebühren zahlen. Es gibt Handys, PCs, Radio, und wir haben sogar Goldschmiede und Internetcafes."

„Also wollt ihr bleiben?"

„Ich würde gern woanders hin. Wenn die Raheweins es erfahren, bringen sie mich um."

„Sie werden es früher oder später erfahren. Du musst gehen. Auch wegen des Kindes. Nirgendwo ist eine Kindheit so grausam wie bei uns, auch wenn es unsere Heimat ist."

„Andererseits, bei den Schwestern habe ich Geld.“
„Schwestern findest du überall“, lachte der Italiener, „zum Beispiel in Äthiopien, aber hier? Die nächste Trockenzeit kommt bestimmt. Die Paviane werden wieder Wassertransporter überfallen und wir werden wieder aus Tümpeln saufen, in die unsere Kamele pissen.“
„Es wäre am Besten, nach Italien zu gehen. Du nimmst uns bei deinem nächsten Transport mit zum Jemen, und wir könnten durch Saudi Arabien nordwärts.“
„Im Jemen werden sie dich hinrichten wenn herauskommt, dass du konvertiert bist. Ich traue mich ja selbst nicht mehr, Flüchtlinge bis zum Hafen zu bringen.“
„Nach Äthiopien möchte ich nicht. Ich spreche nur wenig kuschitisch und Naja überhaupt nicht. Für Eritrea brauche ich ein Visum. Als Somali müsste ich illegal über die Grenze gehen, könnte arbeiten, jobben, bis ich wieder ausgewiesen werde.“
„Du könntest natürlich von Mogadischu aus mit einem der Versorgungsschiffe vom Roten Kreuz abhauen. Die Schwestern könnten euch einen Platz verschaffen.“
„Es sind zu viele, die das versuchen. Die Schiffe nehmen niemanden an Bord, der keinen Pass hat.“
„Dann bleibt nur Eritrea. Die Verhältnisse sind halbwegs stabil. Du kannst arbeiten. Sie haben Gold, Uran, irgendwo wirst du Arbeit finden".
„Ach“, sagte Asad ratlos, „Ich weiß wirklich nicht wohin. Nur, dass ich fortgehen will, das weiß ich. Wenn das Kindes da ist. Das Einzige was hier sicher ist, ist die Unsicherheit. Gott gab den Weißen die Uhr und uns die Zeit, doch unsere Zeit verrinnt ungenutzt.“
„Wann gehst du zurück nach Mogadischu?“
„Nach Neujahr. Ihr müsst auf Naja aufpassen. Ich mache mir schreckliche Sorgen.“
„Versprochen, Neffe meines Weibes“, sagte der Italiener pathetisch und warf sich in die Brust, dass der Spitzbauch verschwand.

Der Hafenlärm hatte inzwischen nachgelassen und weit hinten auf See sah man Lichter einzelner Fischerboote. Vom nahen Minarett rief der Muezzin, und Gläubige knieten zum Gebet nieder. In der Balkontüre erschein Najas Gesicht: „Kommt herein. Der Strom ist wieder da.“

Im Wohnraum war der Tisch gedeckt, die Lampe mit dem Duftöl stand auf einer Anrichte, und der Monitor zeigte den Petersplatz. Neben dem Schornstein glühte ein Kohlefeuer, und Hawa rührte in den Töpfen.

„Forum Romanum, Kolosseum, Vaticano, bella Italia“, schwärmte der Italiener, „Asad, sieh hin! Ein Land, wo alles blüht.“

Sie sahen den Sender Liguria Sat. Am Monitor sprach Johannes Paul II, von Krankheit gezeichnet und mit schleppender Stimme den Weihnachtssegen: „Christus natus est nobis, venite, adoremus, Kind von Bethlehem, Prophet des Friedens, führe uns in eine ruhigere Gegenwart, erlöse uns von den Tragödien dieser Welt: Im nahen Osten, in Entwicklungsländern, in den Ländern Afrikas. Fürst des Friedens, richte Deinen Blick nach Afrika, nach Dafur, zur Elfenbeinküste, zu den Regionen um die großen Seen und nach Somalia, dem gefallenen Staat.“

Vor der somalischen Küste verklappten zur gleichen Zeit Frachter der Industrieländer ihre chemischen Abfälle, säuberten ihre Tanker vom Ölschlamm und versenkten dort ihren Atommüll. Asiatische Flotten warfen kilometerlange Netze aus. Männer mit gelber Hautfarbe standen an Fließbändern und filetierten den gefangenen Fisch, sortierten die Filets auf die Flow freezer und warfen die Karkassen zurück ins Meer.

Die kleine Familie über dem Hafen feierte bei Ziegenragout und gebackenen Bananen einen letzten unbeschwerten Weihnachtsabend, still und verschwiegen, wie alle Christen in Somalia. Asad und der Italiener kamen nicht auf ihr Gespräch zurück.

Anderen Tags fuhr der Italiener mit seinen Männern zum Fischen hinaus. Asad mochte Naja nicht lange allein lassen. So

machte er auf dem nahen Markt, den er von früher kannte, einige Besorgungen.
In guten Jahren kamen voll gepackte Buschtaxis nach Hafun. Sie brachten Reis, Hirse, Ziegen, und Hühner, Stoffe, Wolle, Töpfe und Teller. Händler kamen von Tansania, Kenia, oder aus Äthiopien. Kamele wurden auf Schiffe geladen und Fisch angelandet. Dann waren die Poller am Kai von den Tauen der Schiffe blank gescheuert.
Heute überfüllten Flüchtlinge den Ort. Sie versuchten armselige Dinge zu verkaufen oder bettelten. Am Platz neben dem Markt hielten Taxis und brachten Kunden. So wie sie auf den Platz fuhren, waren sie von Kindern umringt, die sich als Träger anboten. Die Jungen feilschten wie erfahrene Händler um die besten Aufträge. Einige hatten Karren, mit denen sie Waren transportierten.
Kinder hatten vielfältige Aufgaben: Wasserholen, Brennholz sammeln, den Boden mit der Hacke lockern, oder Pflanzen im Trockenanbau bewässern. Der Bürgerkrieg hatte Narben in allen Familien hinterlassen, und viele Kinder waren Waisen, die sich ihr Brot selbst verdienen mussten.
„Hey Signore!“ Ein etwa elfjähriger Junge sprach Asad an, „ich bin der Beste hier am Platz. Ich bin stark und ich bin ehrlich und ich mache es billig.“
Der Junge hatte schief stehende Vorderzähne und Segelohren. Er wies auf seine Karre: „ich bringe Ihre Sachen bis zum Haus. Sie können ja nicht so viel tragen.“ Der Junge zeigte auf Asads Hand.
„Gut“, sagte der, „du kannst mich begleiten. Ich brauche Reis, Fisch und Gemüse.“
„Ich zeige ihnen alles. Bei mir werden Sie am besten bedient. Ich will ja nicht immer ein Pousse[7] bleiben, sondern Taxifahrer werden.
Der Junge mit den hochfliegenden Plänen begleitete Asad über den Markt. Er schien alle Händler zu kennen. Er feilschte für

---

[7] Paketschlepper

Asad und war mächtig stolz, wenn er einen Preis durchsetzte: „Ich hab' s ja gesagt, ich bin der Beste."
Sie drängten sich durch die Stände, begleitet vom Schreien der Möwen und litaneiartigem Rufen der Marktschreier: „Thunfisch qui fresco, quello migliore in Xaafung, Thunfisch qui fresco."
„Kümmern Sie sich nicht um den", meinte der Junge und rümpfte die Nase, „er behauptet schon seit zwei Tagen, sein Thunfisch sei frisch. Dort, an dem Stand gibt es einen Speerfisch. Ich habe gesehen, wie sie ihn heute Morgen an Land gehievt haben."
Er schob den Karren und Asad zu einem Stand, wo Schwert- und Thunfische am Boden lagen, mitten darin ein drei Meter langer Marlin. Männer standen dort und diskutierten.
„Es ist Ebbe", behauptete einer, „weiter nichts."
„Ebbe war heute Morgen", sagte ein anderer, dem offensichtlich der Stand gehörte, „es ist noch keine drei Stunden her. Da kann nicht wieder Ebbe sein."
Asad bestaunte den Raubfisch, der so frisch aussah, als würde er jeden Augenblick um sich schlagen. Die Männer am Stand diskutierten weiter: „Das stimmt, was Mahadsan sagt. Jetzt ist Hochwasser. Er muss es doch wissen. Er ist Fischer."
Der Junge zupfte an Asads Hemd: „Wenn Sie von dem eine Scheibe nehmen, ho, ho, davon können Sie mit der Familie eine Woche lang essen."
„Hey, Signore", redete einer der Männer auf Asad ein, „Sie sind unparteiisch. Was sagen Sie?"
„Wozu?"
„Dort", sagte der Mann und wies mit der Hand zur See. Asad blickte auf die lang gestreckte Bucht. Das Wasser hatte sich zurückgezogen. Der Strand war so lang, wie Asad ihn noch nie gesehen hatte, er schätzte zwei Meilen. Leute liefen aufgeregt am Strand und sammelten Muscheln und Schalentiere, die das Wasser zurückgelassen hatte. Jetzt blieben überall an den Ständen Leute stehen, blickten zur See hinüber und diskutierten.

Der Junge zupfte an Asads Ärmel: „Hey, Signore, was ist? Wollen Sie keinen Fisch mehr?“
„Nein“, antwortete Asad, „den Fisch kann ich auch morgen kaufen. Jetzt muss ich erst nach Hause. Wir treffen uns morgen am Taxistand. Ich nehme dich morgen auch.“
Asad kämpfte sich durch die Menschen, die dicht gedrängt auf dem Platz standen. Er hielt dabei den Horizont im Auge.
Das Wasser war schon an die drei Meilen zurückgewichen, als am Horizont ein weißer Saum sichtbar wurde, der beängstigend schnell näher kam und höher wurde. Einige Leute flohen vom Strand und schrieen: „Das Wasser kommt!“
„Lauft, schnell, das Wasser, das Wasser.“
Auf dem Markt brach Panik aus. Menschen versuchten zu fliehen, stolperten, fielen übereinander. Händler grabschten ihre Ware zusammen, andere ließen ihren Stand im Stich. Kamele brüllten, Ziegen blökten, vom Strand tönten Hilferufe. Alles geriet in Bewegung, alles floh vor der Welle. Auch Asad lief so schnell er konnte dem Land zu, hin zu den Hügeln, laufende und schreiende Menschen vor sich, neben sich. Hinter sich ein Grollen, das mit dem Bersten von Holz, von Mauern, von Beton zu einem infernalischem Getöse anwuchs.
Asad hetzte weiter, immer weiter, seine Lungen schmerzten, er spürte Stiche in der rechten Seite, wie mit einem Degen, er rannte. Der Schweiß brach ihm aus allen Poren, er jagte weiter.
Erschöpft fand er sich schließlich in einem Busch wieder, angelehnt an eine Akazie, deren grobe Rinde an seiner Schulter scheuerte. Die Welle brach sich am baumlosen, endlosen Strand, fraß sich in das Land und erstickte die aufkeimende Hoffnung Puntlands. Sie zertrümmerte die Halbinsel Hafun, die Häuser, den Hafen, die Brücke zum Festland, das Krankenhaus. Tausende flüchteten auf die Hügel der Halbinsel, die nun keine Verbindung zum Festland mehr hatte. Die Welle drang ins Landesinnere und überflutete Dörfer, die tiefer als der Meeresspiegel lagen.

Nach einer Weile breitete sich eine beängstigende Stille aus. Im Busch wartete Asad und überlegte, wie lange er wohl schon an der Akazie lehnte. Er spürte immer noch die Angst, die ihm den Atem nahm. Seine Füße schmerzten. Eine Katze schlich mit erhobenem Schwanz um seine Beine und schnurrte.
Endlich taumelte er den Hügel hinunter. Unten fand er als Erstes den Karren des Jungen, den Jungen sah er nicht. Überall suchten Menschen zwischen den Trümmern. Reste von Fischerbooten wurden an Land gespült, dazu die Leichen ihrer Besitzer.
Asad fand sein Haus nicht. Er konnte nicht einmal mehr erkennen, wo es gestanden hatte. Er versuchte sich zu orientieren, doch vergeblich.
Tierkadaver lagen zwischen den Trümmern, eine Ziege, ein Kamel. Nur die Katzen und Hunde waren rechtzeitig geflohen, als ob eine innere Stimme sie gewarnt hätte.
Ein kleiner Junge in einem rosa Umhang lief barfuss durch den Schlamm und rief nach seiner Mutter. Ein Mann versuchte ein Fischernetz aus dem Dreck ziehen. Daneben suchte ein anderer seine Habe zusammen und packte sie auf eine Schippkarre. Einige Meter weiter, vor einer umgestürzten Mauer mit dem Plakat: Stop mutilation, saß zwischen umgestürzten Bäumen eine junge Frau in einem Autositz und stillte ihr Baby. Nicht weit davon lag der Pickup, der Asad hierher gebracht hatte, mit den Rädern nach oben.
Über der ehemaligen Hafenstadt verbreitete sich der Gestank von Chemikalien und das ablaufende Wasser schillerte bläulich vom verklappten Ölschlamm. Die Menschen litten an Atemnot.
„Wo ist Naja?“, hustete Asad, „ich suche meine Frau, meine Tante. Kennt jemand Naja und Hawa?“
Keine Antwort. Er suchte in den Trümmern, er suchte am Strand, er fragte immer wieder, doch niemand konnte seine Frage beantworten. Er suchte das Krankenhaus, doch die Flut hatte es weggerissen. Leichen lagen verstreut am Boden. Asad

lief zu ihnen hin, sah in ihre Gesichter. Weder Naja noch Hawa waren dabei.
Vor einem zertrümmerten Holzschiff standen Fischer und diskutierten: „Eine Strafe Allahs“, meinte einer.
„Die Amerikaner haben eine Atombombe gezündet“, sagte ein anderer.
„Es liegt an den Polkappen“, behauptete ein Dritter, „sie schmelzen ab und wir ersaufen.“
„Es sind die Ungläubigen“, wusste ein Vierter, „Allah bestraft uns, weil wir Ungläubige unter uns dulden.“
„Es gibt keine Ungläubigen in Hafun“, widersprach der Erste, „es gibt nur Muslime. Niemand, der sein Haupt nicht beugt vor Allah, dem Barmherzigen.“
„Im Radio sagten sie etwas anderes“, bemerkte einer der Fischer, „es ist eine Welle, eine große Welle die bis in die Häfen kommt, aber ich kann mir den Namen nicht merken. Sie sagten, sie kommt von China.“
„Wie soll eine Welle von China hierher kommen? Von der anderen Seite der Erde? Ich sage euch, es sind die Ungläubigen!“
„Seit 45 Jahren fische ich in diesem Meer und nie habe ich so etwas gesehen“, sagte ein älterer Mann, „Es ist Gottes Antwort auf unseren Hochmut.“
Asad wandte sich an einen der Männer: „Ich suche meine Frau und meine Tante: Naja Rahewein und Hawa Saab.“
„Allah sei ihnen gnädig“, antwortete der ältere Mann, „sie werden tot sein wie Hunderte andere. Du kannst nichts mehr für sie tun.“
Um ihn herum war plötzlich Getuschel. Er beachtete es nicht, sondern widersprach heftig: „Sie sind nicht tot! Sie können doch nicht tot sein. Ich habe doch heut noch mit ihnen gesprochen.“
Einer der Männer kam näher und sah ihn neugierig an: „Bist du nicht der Krankenpfleger von den Consolata Schwestern?“
Asad sah erschreckt auf und erkannte in dem abgerissenen Kerl einen seiner Bodyguards.
„Nein“, rief er aus, „das bin ich nicht!“

„Meinst du, wir hätten deine Lügen geglaubt? Asad Rahewein? Wir haben telefoniert. Du bist ein Abtrünniger."
Blitzschnell drehte sich Asad um und rannte weg. Hinter sich hörte er hasserfülltes Rufen: „Da rennt das Christenschwein. Haltet ihn!"
Frauen versuchten eine zerstreute Ziegenherde zu sammeln. Asad preschte durch die blökenden Tiere hindurch. Jemand stellte sich ihm in den Weg. Asad überrannte ihn. Ein Mann führte sein Kamel über die Straße, Asad rutschte auf dem Schlick zwischen den Beinen des Tieres hindurch.
Er flüchtete über zerrissene Betonteile, über Treibholz, vorbei an umgestürzten Bussen und Autos, hinter sich eine Meute von hasserfüllten Männern, die in ihm den Schuldigen für die Katastrophe von Hafun sahen.
Asad rannte erneut auf den schützenden Busch zu, suchte Deckung hinter Bäumen, Sträuchern und Termitenhügeln, seine Lungen schmerzten, wieder bekam er Seitenstiche, doch er lief weiter, immer weiter. Bis zur Dämmerung vernahm er noch die Rufe der Häscher. Dann wurde es still. Erschöpf blieb er stehen, mit zitternden Gliedern. Es dauert eine Zeitlang, bis er sich erholt hatte und seine Umgebung wieder wahrnahm.
Er war nördlich des Hafens, um ihn herum Dorngestrüpp und Dünen. Was sollte er tun? Wohin sich wenden?
Langsam kehrte er zum Strand zurück, weit oberhalb von Hafun. Dort setzte er sich erschöpft auf eine angeschwemmte Holzkiste und sah auf das Meer hinaus, das ruhig im Mondschein lag. Er konnte nicht glauben, was geschehen war. So friedlich war das Meer, doch als er den Blick südlich wandte, blickte er auf die Reste seiner zertrümmerten Insel. Hafun, die Hoffnung vieler Somalier war hinweggespült, das Land erneut überschwemmt. Er würde seine Familie nicht wieder sehen, nicht Naja, nicht Hawa, nicht den Italiener.
Die Wellen spülten eine Europalette heran, noch halb beladen mit eingeschweißten Mineralwasserflaschen. Asad zog die Palette an Land, nahm von den Flaschen, so viele er tragen konnte und machte sich im Mondlicht auf den Weg nach Westen.

Er orientierte sich an den Sternbildern und marschierte die ganze Nacht. Der Mond schien von Osten und Asad lief, der Mond schien von Süden und Asad lief, der Mond ging im Westen unter und Asad lief.
Anderen Tags winkte er an der Straße nach Berbera einen Taxifahrer heran, der ihn nach einigem Verhandeln bis an die äthiopische Grenze brachte. Er bezahlte den Mann mit den Mineralwasserflaschen und machte sich auf den Weg durch Äthiopien, Sudan und Tschad in Richtung Norden.

*

Im Norden lebte Tabari Abd el Kadre, ein Tuareg, ein Sohn der Wüste, der niemals freiwillig seine Heimat verlassen hätte. Im Air Gebirge geboren, hatte er die Kindheit in seiner Nomadensippe verbracht, in einer Welt ohne Grenzen, ohne Zäune, mit einem unendlichen Sternenhimmel, zwischen Ziegen und Kamelen, den Zeburindern der Ochsenbauern und bangem Warten auf den spärlichen Regen.
Timia hieß seine Oase, die Perle des Air Gebirges und seine Leute waren die Kel Ewey, die hier im Einklang mit der Natur und ihren Nachbarn lebten, die Datteln, Orangen und Granatäpfeln und Gemüse anbauten.
Der mächtige Stamm der Kel Ewey, mit der dunklen Hautfarbe, die man der Vorliebe für schwarze Sklavenmädchen verdankte, stellte seit Jahrhunderten die Führer der großen Salzkarawanen.
Tabaris Vater war Abd el Kadre, einer der letzten Großen dieser Karawanenführer, die mit Hunderten von Kamelen im Herbst die vulkanische Erde der Heimat verließen und durch das Land der Leere nach Bilma zogen, um das wertvolle Salz der dortigen Salinen gegen ihre Datteln und Hirse einzutauschen. In einer zweiten Wanderung transportierten sie es zu den Städten Katsina, Kano und Gashua im Norden Nigerias. Dort erhandelten die Kel Ewey Hirse, Zucker, Tee, Sandalen und Stoffe im Tausch gegen das kostbare Salz und den Dün-

ger, den ihre Kamele auf abgeernteten Feldern zurück ließen. Zwar gab es inzwischen Straßennetze, doch in der Ténéré konnten sich die Kel Ewey mit ihrer Karawane noch immer gegen die neue Zeit behaupten.

Tabari war stolz auf seinen mächtigen Vater, dem Handel, Herden und Kamele gehörten und auf seine Mutter, die das Zelt ihr Eigen nannte. Es war ein Mattenzelt, gestützt durch Stangenholz, geflochten aus Palmfasern und mit ebensolchen Faserstricken gebunden. Unter dem Zeltdach hingen immer ein paar Ziegenfüße zum Schutz gegen böse Geister und eine Gandurah, ein Lederbeutel mit Werkzeug. Dies alles zusammen genommen war gerade soviel und so schwer, dass ein Esel es tragen konnte und es erschien Tabari wenig gegen den Besitz der sesshaften Gemüsebauern oder Schmiede, doch seine Mutter berichtige ihn, wenn er sich so äußerte.

„Wir haben nicht viel“, waren ihre Worte, „doch wir können auf der Suche nach Weide und Wasser alles auf einem Eselsrücken mitnehmen, was uns vor der gleißenden Sonne und den frostigen Nächten schützt.

Dann nahm sie ein Stöckchen und in den Sand schrieb sie damit in Tifinagh[8]: Weide und Wasser und ein Zelt und alles Weitere gibt Allah.

Tabari war sechzehn, als er erstmals eine Salzkarawane begleitete und so in die Männergemeinschaft aufgenommen wurde. Er warf seinen Schleier um, gürtete das Schwert seines Vaters und verließ das Zelt seiner Mutter.

Von nun an würde der Schleier seine vollen, geschwungenen Lippen mit dem Henriquartbart verbergen. Nur die schmale, grade Nase, und seine mandelförmigen Augen mit den langen Wimpern würden aus dem Indigoblau des Schleiers herausblicken.

Draußen wurden die Kamele gesattelt. Ziegenbälge voll Wasser wurden ihnen aufgepackt: Bündel mit Futtergras, Hirse, Datteln, Jungziegen als Fleischreserve und Tauschobjekt, die

---

[8] Schrift der Tuareg

Teekanne, der Tee und der Zucker. Die braunen Paarhufer brüllten ärgerlich, wenn die Last auf ihren Rücken immer schwerer wurde. Doch war eines dieser Tiere zu unwillig, so setzte man einen Knebel aus Ziegenleder auf die Unterlippe des Tieres und drehte daran, bis das Tier friedfertig war.
Tabari schritt vorbei an den Lasttieren zum Wasserfall, der die Gärten Timias nährt und wusch sein Gesicht mit dem kühlen Nass. Sein Gesicht glänzte blau meliert vom Indigo des Schleiers und seine Augen schimmerten rötlich, als sei er mit Sand in den Augen geboren. Noch einmal schlug er sich eine handvoll Wasser ins Gesicht und trocknete sich mit dem Burnus.
Man rief zum Aufbruch. Ein letzter Blick zu den Zelten, den sandfarbenen Hütten, mit glaslosen Fensteröffnungen, noch ein paar Worte mit den jüngeren Brüdern, dann setzte die Karawane sich in Gang, und niemand wusste, ob es die letzte Reise war, denn das Land der Leere, wie man die Ténéré nannte, hatte schon viele Karawanen verschlungen.
Tabaris Hund Aksawah lag noch schlafend vor dem Zelt, als ginge die Welt ihn nichts an, doch dieses Bild der Gleichgültigkeit täuschte. Wenn sich Raubzeug, Hyänen oder Füchse dem Lager näherten, so sprang er aus dieser Stellung auf wie eine Stahlfeder. Dann sah man seinen hochrahmigen Körper, den schmalen Kopf auf dem voluminösen Vorbau, die gazellenartigen Läufe. Schnell wie der Wind jagte er den Eindringling und tötete ihn mit gezieltem Biss. Jetzt sprang er auf und folgte seinem Herrn.
In Nähe des Air sah Tabari noch vereinzelt Frauen mit ihren Ziegenherden, dem Notgroschen jeder Tuaregsippe, doch schon beim dritten Morgengrauen war die Karawane außerhalb der Weidegründe.
In der kurzen Morgendämmerung glühte die Sonne durch einzelne Tamarisken als spräche Jahwe aus brennendem Dornbusch zu seinem Volk.
Jetzt breitete Tabaris Vater den Tee. Eine Decke wurde auf dem Sand ausgebreitet, darauf kam dass Teegeschirr. Das

Wasser in der gelegentlich geschüttelten Teekanne siedete genau in dem richtigen Maß, wenn Abd el Kadre den Shahid[9] in die Gläser und wieder in die Kanne zurück goss, bis der Zucker gelöst und das Getränk leicht schaumig war. „Bismillah“, schallte dann sein Ruf über das Lager und die Männer kamen an das Feuer. Zum Tee nahm man ein Frühstück aus Hirse, Datteln und hartem Ziegenkäse, alles in einem Mörser gestoßen.
Einige der Kamele grasten derweil an den Alouetbüschen oder naschten vom saftigen Alwetkraut, Büsche, deren Dornen einen Rest von Grün in der kargen Landschaft gerettet hatten. Andere wiederkäuten mit erhobenen Köpfen, die Augen geschlossenen, in stoischer Überheblichkeit.
„Tabari“, sagte Abd el Kadre, „hole die Kamele ein, der Tag beginnt.“
Wieder ertönte mürrisches Gebrüll, und wieder wurde der Knebel verwendet, der aus dem wildesten Kamel ein zahmes Böckchen machte.
Nach diesem Morgen breitete sich das Land der Leere vor der Karawane aus, und während des Tages verschwand Tabaris Hund und lief zur Oase zurück.
Tabari lernte nun alles, was ein Tuareg der Salzkarawane können muss: Er molk die Stuten, um dann in einer Schüssel Eshink[10] zu bereiten. Er entfachte das Lagerfeuer, das die Männer in kalten Nächten wärmte. Er bereitete den Tee, er schnitt Wüstengras, von dem jeden Morgen ein Packen als Futter für den Rückweg zurück gelassen wurde und er packte die Jungziegen auf die Kamelrücken. Dabei hing er an den Lippen seines Vaters, der ihn in die Geheimnisse der Wüste und des Lebens einweihte.
Sein Vater navigierte nach den Gestirnen, nach der Windrichtung und nach der Form der Dünen. Hunderte von Männern und Kamelen folgten ihm.

---

[9] Nomadentee
[10] Hirsebrei

„Vater, was passiert, wenn du dich irrst?“
„Würde ich mich irren“, antwortete sein Vater durch den dunklen Tagelmust, „niemand würde es je erfahren, denn niemand von denen die mir folgen, würde es erzählen können.“
Nie durfte die Karawane stehen bleiben. Sie musste weiter, solange Allah und die Geister der Wüste den Tag hell ließen. Ein paar Hirsekörner gegen den Hunger konnte man auch im Gehen essen.
So stapfte Tabari durch den Sand im Gleichschritt mit den Tieren.
„Lauf Tabari, lauf“, sagte Abd el Kadre, „du musst laufen, damit die Geister der Wüste dich nicht einholen.“
„Mutter sagt, dass es auch gute Geister gibt.“
„Das sind die Wassergeister, doch die Geister im Reich der feurigen Felsen sind böse. Und dann erst die Geister des Windes, sie können einen ausgewachsenen Mann davon tragen.“
„Erzähl mir mehr von den Geistern!“
Und Abd el Kadre erzählte von den Geistern. Sie alle wohnten in einem Labyrinth unter der Erde, wo sie Schätze vor den Menschen verbargen, Gold und Edelsteine, Diamanten und Rubine. Die bösen Geister saßen in feurigen Höhlen und weinten glühende Tränen, und sie neideten den Menschen die Freiheit und stellten ihnen nach.
Tabari hörte die Geschichten mit leichten Schauer, und er hörte den Wind, der den Sand durch die Ténéré trieb und sein Auge puderte, er vernahm das Knirschen der Sandkörner zwischen seinen Zähnen, das Gebrüll der Kamele, das Mahlen ihrer Hufe. Dazwischen immer wieder die Stimme seines Vaters, stolz und in dem Bewusstsein, zu den letzten freien Menschen dieser Welt zu gehören.
„Das Kamel hat uns begleitet, seit Jahrhunderten. Es ist die größte Kostbarkeit die Allah uns geschenkt hat“, erklärte der Vater und fügte nach einer Weile hinzu, „nach den Frauen.“
„Ich weiß“, antwortete Tabari, „sie haben lange Wimpern, kein Sandsturm kann ihnen die Sicht nehmen, auch können sie die Nüstern schließen.“

„So ist es“, bestätigte Abd el Kadre, „und sie tragen den Kopf hoch erhoben, und ihre Augen sehen hochmütig auf uns herab und ihre Mundwinkel zeigen verächtlich nach unten.“
„Warum sind die Kamele so?“
„Es heißt, der Mensch kennt von den 100 Namen Allahs nur 99, das Kamel jedoch kennt den 100sten. Darum schauen sie auf uns herab.“
Die Begründung schien Tabari einzuleuchten, doch er zweifelte oft an dem, was der Vater erzählte. Manchmal erschien es ihm ausgedacht, denn die gleichen Geschichten variierten, wenn auch nur in Nuancen, je nach Laune. Tabari blickte dabei verschmitzt voran und ließ sich gefangen nehmen vom unendlichen, orange Rot des Sonnenaufganges, mitten darin die Sonne, wie ein gelbweißes Ei.
Wieder wurden die Gurte der Kamele gezurrt und Bündel mit Futter für den Rückweg zurückgelassen. Das Gebrüll der Kamele hatte nachgelassen. Sie hatten sich gefügt.
So weit das Auge reichte waren Ebene und Horizont, und Tabari fühlte sich als Mittelpunkt dieser Unendlichkeit aus dem Sand der Wüste und dem Blau des Himmels.
„Mutter sagt, es reicht, wenn man Wasser hat und Weide und ein Zelt.“
„Ein gutes Stück Land bei einem Wadi, wo das Wasser dicht unter der Erde liegt.“
Der Sand wehte über die Flächen und verwirbelte die Kamelspuren und es sah aus, als ob sie dahinschwebten und die Formen der Dünen erschienen Tabari wie die Hüftrundungen eines Mädchens.
Aus dem Sand ragten Knochen riesiger Tiere und versteinerte Baumstämme die länger waren, als alle Bäume die Tabari je gesehen hatte.
„Einmal war hier das Paradies“, sagte der Vater, „und einmal war hier das Meer, und wo heute das Meer ist, dort war das Land in dem unsere Vorfahren lebten und einmal wird unser Land wieder das Paradies sein.“
„Wann wird das sein, Vater?“

„Irgendwann.“
„Wer waren unsere Vorfahren?
„Es waren Imohar wie wir, und sie sprachen das Tamaschek wie wir. Wir sind Imohar, die Freien. Die Araber nennen uns Tuareg, die von Gott verstoßenen. Doch Gott ist uns in der Wüste näher als anderen Menschen. Wir wollen ihm dankbar sein. Er gab uns die Schrift und die Schriftzeichen, und das leuchtende Indigo für den Tagelmust, für Gewand und Schleier.“
„Warum sind es die Frauen, die uns die Schrift lehren?“
„Allah muss Ihnen diese Kunst verraten haben. Lerne die Schrift von deiner Mutter. Sie wird einmal wichtig für dich werden.“
Am siebten Tag sahen sie morgens einen Vogel und aus einem Erdloch schauten die Ohren eines Fennek[11] heraus. Abd el Kadre wies zu dem Vogel: „Das ist Moula der Marabut. Es bringt Glück wenn du ihn siehst, denn wo er ist, dort gibt es Wasser.“
„Aber was frisst er außer Wasser?“
„Er lebt von den Insekten der Felsenwüste, oft pickt er Rindern das Ungeziefer aus dem Fell. Er ist ein Glücksbringer, doch wenn du ihn dreimal an einem Tag siehst, so bedeutet das großes Unglück. Wir sind nun nicht mehr weit vom Brunnen. Bald sehen wir den Arbre du Ténéré.“
Abd el Kadre bereitete seine Männer auf das Treffen mit anderen Karawanen vor: „Nähere dein Herz dem Stamm der dich beherbergt, doch baue dein Zelt in gebührlichem Abstand. Beim Fest der Tende[12] achte darauf, das deine Imzad[13] nicht lauter klingt, als die deines Gastes.“
Am Arbre du Ténéré fanden sie einen Brunnen, der so tief war wie die Wurzeln von Akazien und der seit Jahrhunderten die Salzkarawanen nährte. Viele Karawanen lagerten dort und

---

[11] Wüstenfuchs
[12] Tanz der Kamele
[13] Geige der Tuareg

Abd el Kadre begrüßte die Männer mit Fingerschnippen, entsprechend der Sitte. Nach kurzer Rast ging es weiter.
Schon bevor sie Bilma erreichten, sahen sie die ersten kreisrunden Salinen, Häuser aus Salztonziegel, Palmen und die Gemüsegärten der Kanuris und Tubus und das verfallene Fort der Franzosen.
Schnell vergingen die Tage der Rast, des Schöpfens neuer Kräfte, Tage des Handels um Kantus[14] aus Vieh- und Lebensmittelsalz, Tage an Quellen zum Trinken und Baden.
Schon ging es zurück, den gleichen Weg, nur gekennzeichnet durch die zurückgelassenen Futtervorräte.
Es war mittags, als sie Timia vor sich sahen, doch in die Oase zogen sie erst des Nachts ein, um den Erfolg der Reise nicht durch den Neid anderer zu gefährden.
Anderntags gab es ein Fest. Die Hirsemörser, nun mit Ziegenhaut bespannt, trommelten einen übermütigen Rhythmus und die Imzad erklang dazu. Die Frauen sangen und forderten die Männer zu akrobatischen Tänzen heraus. Freudenschreie erklangen und fröhliche Ausgelassenheit. Das Fest dauerte die ganze Nacht und endete mit einem Kamelrennen bei Sonnenaufgang. Die Zungenthriller der Frauen belohnten die tapferen Sieger. Es war das letzte Mal, dass Tabari seinen Vater lachen sah.

Das Klima des Air Gebirges änderte sich im folgenden Jahr dramatisch. Der Regen, den die Natur stets mit fruchtbarer Dattelpalme belohnt hatte, blieb aus.
„Wenn es regnet wird die Hirse gut, dann müssen wir nicht hungern“, sagte die Mutter.
„Der Regen wird zu spät kommen, und unser Vieh wird sterben. Fünf Tieren musste ich abgeben für einen Sack Hirse“, berichtete der Vater.
„Doch wenn der Regen kommt, werden unsere Weideplätze grün sein, unser Vieh wird sich mästen, und auch die Bohnen

[14] geformte Salzkegel

werden gedeihen. Dann haben wir Hirse und Reis und Bohnen und unsere Ziegen fressen die getrockneten Hülsen."
Es sollte die längste Dürreperiode im Niger werden. Die Termiten fielen über die ohnehin schlechte Ernte her, was übrig blieb, fraßen die Heuschrecken. Zuerst waren es nur wenige, dann wurden es mehr und mehr bis die Luft grün war, bis der Himmel sich verdunkelte, als zürne Jahwe noch immer den Ägyptern.
Doch Heuschrecken waren auch Nahrung, getrocknet, gerieben und vermischt mit Honig ein Genuss.
Die Kinder fingen sie und rissen ihnen die Flügel aus, die Männer und Frauen schlugen mit Tüchern auf sie ein und erstritten sich einen kurzen Aufschub von der Hungersnot. Als das letzte Hirsekorn verschwunden war, verschwanden auch die Heuschrecken.
Die Trockenheit ließ das Wüstengras in den Tälern des Air verdorren, wichtiges Futter für die Kamele auf ihrer Reise nach Bilma. Zum ersten Mal seit hundert Jahren fiel die Salzkarawane aus, die Menschen hungerten, Kinder starben mit aufgequollenen Bäuchen.
Abd el Kadre brachte das letzte Vieh zum Markt nach Agadez, um Hirse zu kaufen.
Danach blieb er oft tagelang weg. Kam er heim, so war er wortkarg, doch er brachte Hirse mit und Geld, welches er in einem Topf unter der Feuerstelle verbarg. Die Zeiten seiner Abwesenheit wurden länger, doch der Topf unter der Feuerstelle wurde voll und bald vergrub er einen zweiten Topf. Nie erzählte er etwas über seine Abwesenheit oder wie er das Geld verdient hatte. Er kam und ging und eines Tages kam er nicht mehr heim.
Die Familie wartete drei Wochen, doch er blieb verschwunden. Da packte Tabari ein paar Datteln in einen Korb aus Palmblättern, schnallte die Gandurah und machte sich auf nach Agadez um seinen Vater zu suchen, dessen vergilbtes Foto unter seinem Burnus.

Er wendete sich zuerst an die Polizei und zeigte das Foto. Unbekannt, sagte man, nie gesehen.
Verloren stand Tabari zwischen Lehmhäusern, einer Moschee und einem Palast. Er fragte die Passanten auf den Straßen. Wo immer er jemanden sah, zeigte er das Bild. Auf dem Markt drängelte er sich durch Verkaufsstände: Schmuck, Messer, Sandalen, und Kamelsättel, daneben Hifi –Anlagen und Computer. Aus einem Pferch ragten die lang gewundenen Hörner von Zeburindern.
Allen Händlern zeigte er das Foto. Doch niemand kannte seinen Vater, der doch ein berühmter Karawanenführer war. Tabari war den Tränen nahe. Zwischen Abfallhaufen lief Abwasser auf die Straße und Kinder suchten im Müll. Tabari zeigte ihnen das Foto. Die Kinder verstanden ihn nicht, lachten, hielten die Hand auf.
Einen halben Tag lang streifte der junge Tuareg ratlos durch staubige Gassen, zeigte jedem das Foto, doch niemand erkannte das Gesicht.
Als er schon fast aufgeben wollte, gab ihm ein Bettler einen Tipp. Er solle sich an den Silberschmied drüben an der Ecke wenden, der wisse in solchen Angelegenheiten am besten Bescheid.
Tabari ahnte nichts Gutes. Ein Schmied konnte jemanden verfluchen und der Fluch eines Silberschmiedes war gefürchtet. Er sah den Mann mit dem klingenden Hammer von weiten und zögerte. Schließlich nahm er all seinen Mut zusammen: Wenn er mich verflucht, so verfluche ich ihn, murmelte er wütend vor sich hin. Ringe und Armreifen sollen ihm zerbrechen und sein Hirsebrei soll kalt bleiben. Er wühlte sich durch das Chaos: Autos, Menschen und Vieh, es war verwirrend.
Ein Junge leitete Kamele über die Straße, ein mit Menschen überladener Lkw preschte daran vorbei und dahinter hupte ein blank polierter Rolls Royce.
Der Schmied saß vor einem faustgroßen Amboss, betätigte mit den Füssen einen Ziegenlederbalg und hielt einen Silberrohling in die Glut einer Schmiedeesse. Auf einem ausgebreiteten

Leder lagen Glasperlen und Stempel für die Punzierung seines Geschmeides.
Gleichgültig betrachtete er das hingehaltene Foto und bearbeitete seelenruhig das erhitzte Metall. Dann legte er das Geschmeide beiseite.
„Man sieht, dass du der Sohn bist“, sagte er.
„Weißt du, wo mein Vater ist?“
„Hast du den LKW gesehen?“, der Alte wies mit dem Kopf nach Norden, wo eben das überladene Fahrzeug verschwand.
„Den mit den Niggern?“
„Richtig, den mit den Niggern. Dein Vater hat Illegale transportiert.“
„Was sind Illegale?“
„Nigger sind es. Er hat sie gefahren von Agadez, nach Arlit, nach Tamanrasset. Er müsste schon wieder zurück sein. Schon seit Wochen. Aber vielleicht hatte er einen Unfall, oder vielleicht ist er im Gefängnis in Tamanrasset, oder vielleicht ist er abgehauen wie die Nigger, nach Lampedusa, oder Melilla, irgendetwas.“
„Wie komme ich zu diesen Orten?“
„Du gehst immer nordwärts, mehrere Wochen, oder du gibst mir 250 Dollar und ich besorge dir einen Platz auf dem nächsten LKW.“
Tabari besorgte Hirse für seine Familie, nahm von dem Geld, das sein Vater zurück gelassen hatte und gab dem Schmied die verlangten 250 Dollar. Der strich das Geld ein und zählte bedächtig: „In drei Tagen“, sagte er dann, „dann geht der nächste LKW.“

*

Elias hockte noch immer im Douala Bell. Inzwischen hatte er einen festen Platz neben der Tür. Den verließ er nur, wenn die Kalfaktoren das Essen brachten, um nicht von seinen Zellengenossen zerdrückt zu werde. Jean, der alte Gefängniswärter hatte seinen Dritten zu Konstantin geschickt und reichte einen

Tag später, verstohlen, gegen Quittung 200 Dollar herein. Brauche Diktiergerät, schrieb Elias auf die Rückseite und Jean steckte den Kassiber ein.

„Lass sehen!“, sagte Grandpierre, nahm Elias die Scheine aus der Hand und zählte: „Essen oder Frau?“

„Essen!“

„Du kannst auch einen Jungen haben. Macht aber 50Dollar mehr.“

„Essen.“

Auf dem Korridor rumpelte der Kübelwagen. Das Frühstück wurde gebracht: Gedränge, Lärm, Gezanke.

Grandpierre gab einer der Frauen zehn Dollar und trieb es mit ihr, während die anderen einen undefinierbaren Brei hinunterschlangen.

In der folgenden Nacht wiederholte sich das Spiel mit dem Fresspaket. Diesmal war auch für Elias etwas dabei. Es war eine Art Kebab aus Ziegenfleisch, gewürzt mit Knoblauch, Thymian und Oregano und Elias meinte, nie etwas Besseres gegessen zu haben. Außer Elias bekamen noch zwei andere ihre Portion und natürlich Grandpierre: „Ibis Hotel“, kaute der hervor, „drei Sterne.“

„Wirklich gut“, bestätigte Elias und packte einen Rest des Essens wieder ein. Er gab es am anderen Morgen einem jungen Mädchen, das zusammen mit seiner Mutter inhaftiert war und traurige Augen hatte. Er wandte sich dann rasch ab, denn der überschwängliche Dank war ihm peinlich.

In der folgenden Nacht bot die Mutter sich ihm an. Elias lehnte ab mit dem Hinweis, er sei impotent. In der Nacht teilte er dann seine Essenration mit Mutter und Tochter.

Zum Frühstück reichte Jean ihm ein Brot herein. Darin steckten Diktiergerät und ein Ersatztonband. Elias begann gleich mit der Arbeit. Er interviewte seine Zellengenossen, Homosexuelle, Prostituierte, Taschendiebe und Kleinkriminelle. Er erfuhr ihre Lebensläufe, ihre angeblichen Vergehen, ihre Verurteilungen.

Der Einzige der schwieg, war Grandpierre. Der argwöhnte, setzte sich neben Elias und kontrollierte dessen Diktat, kommentierte gelegentlich. Elias jedoch ließ sich nicht stören. Er diktierte den Tag und die Nacht hindurch, gab sein Mitternachtsessen an die Mutter und deren Tochter weiter und an den Mann, dem ein Ohr fehlte.
Als die Sonne durch die Gitter schien, waren die Bänder voll. Der Afrikanische Exodus, Gefängnis in Kamerun. Das Einzige was darin ausblieb, waren Erkenntnisse über die Gefängnismafia.
Bevor Elias die Bänder an Jean übergeben konnte, kam Grandpierre heran: „Es ist mein Copyright", behauptete er, „mein Le Tchoko. Mein Gombo."
„Wie viel", fragte Elias, der wusste, dass er gegen den Muskelprotz nichts ausrichten konnte.
„Tausend Dollar."
„Du bekommst die Tausend, sobald ich das Geld habe."
„Nein", widersprach Grandpierre, „bevor die Bänder rausgehen. Es ist besser, ich nehme sie solange in Verwahrung."
Elias kochte, doch er gab die Tapes heraus und wandte sich ab. Hinter ihm stand der Mann mit dem einen Ohr: „Zigarette?" Diesmal nahm Elias das Geschenk, drehte, rauchte. Die nächsten drei Wochen teilte Einohr mit Elias Blättchen und Tabak, Elias gab ihm etwas vom Fresspaket ab.
Dann wurde er eines Nachts aus dem Douala Bell herausgeschleust. Alle hatten ihr Le Tchoko bekommen: Die Aufseher, die Mithäftlinge und der Dritte des Aufsehers. Den Löwenanteil bekam Grandpierre. Alles in allem 8000 Dollar einschließlich der Verköstigung durch das Ibis Hotel. Ein Uniformierter, den Elias nicht kannte, lotste ihn über den Korridor, vorbei am Büro des Wachhabenden und die Feuerleiter hinunter, an der die unteren 20 Sprossen fehlten.
Die Unterredung mit seinem Onkel war kurz. Der versprach, den Gefängnisartikel erst zu veröffentlichen, wenn Elias in Sicherheit sei. Über die Western Union würde er Elias regelmäßig mit Geld versorgen und die Cameroon Objective konspira-

tiv weiterführen, solange Elias Material schickte. „Du hast nur vier Freunde, auf die du dich immer verlassen kannst“, schloss Konstantin, als Elias schon in der Türe stand, „Phantasie, Augenmaß, Mut und Menschlichkeit.“
Vom Onkel mit 1000 Dollar ausgestattet, floh Elias per Buschtaxi, dessen Fahrer 300$ nahm, über die grüne Grenze nach Nigeria, ausgerüstet mit seinem Laptop und seiner Journalistenweste. Während der Fahrt überlegte er fieberhaft, was er als nächstes schreiben könnte. Für Kamerun war er jetzt von aktueller Information abgeschnitten. Es wird mir etwas einfallen, sagte er sich unverdrossen. Auch in Nigeria konnte man journalistisch schreiben, doch ohne Pass?
Er kam des Nachts bei Port Harcourt in einer Pension unter. Der Besitzer nahm Geld und versprach, ihn nicht zu melden. In den nächsten Tagen versuchte Elias sich zu orientieren: Ein Dorf, Kinder boten am Wegesrand Gemüse an, Wagen wurden mit Kokosnüssen beladen, Balkone hingen voller Wäsche, Ziegen säugten ihre Kitze, Männer schleppten Bananenstauden, Frauen schritten vorbei mit Körben auf dem Kopf und Babys auf dem Rücken.
Vor einem Werkszaun standen Frauen in einer Rotte zusammen. Eine war den vier Meter hohen Zaun empor geklettert und trug ein Schild: „down with bad paying, our children stay hungry.“
Alles Okay, dachte Elias, ich bin noch in Afrika. Auffallend war nur die Ölpipeline, die das Dorf durchschnitt. Diese Leitung erregte sofort sein Misstrauen und er nahm die Trasse näher unter die Lupe. Exxon, stand auf einem der Fundamente. Nachts leuchteten die Reklamelichter der Bohrtürme hell in den Dschungel. Die Umgebung roch nach Schwefel, und Elias argwöhnte, hier würde mehr Gas abgefackelt, als Kamerun in allen Quellen besaß.
War das die nächste Story? Unsinn, sagte Elias sich sofort. Was ist schon schlimm an einer Ölleitung? Die miserablen Umweltstandards sind für afrikanische Verhältnisse nichts Besonderes. Das wird niemanden interessieren.

Doch die Sache ließ ihm keine Ruh und wie durch Zufall kam er mit Leuten ins Gespräch. Überall redet man von Asari, dem Rebellenchef der Brigade der Märtyrer, der sich gegen die Ausbeutung des Nigerdeltas durch Ölkonzerne zur Wehr setzte, den man bereits einmal zu 243 Jahren Gefängnis verurteilt, der die Haftzeit jedoch unbeschadet überstanden hatte und wie durch Gottes Hand freigekommen war.
Elias nahm Witterung auf wie ein Wildhund: Der fruchtbare Boden der Gegend war verseucht. Die Fische trieben vergiftet den Niger hinab, der Ölschlick aus maroden Leitungen stand meterhoch, Schulen und Krankenhäuser waren geschlossen, Trinkwasser musste man von weit her holen, Nigerias Oberschicht schwamm im Geld und seine Menschen im Ölschlick. Darüber musste gesprochen werden, doch wie sollte er die Sache anpacken?
Er telefonierte mit Konstantin, auch um nachzufragen wie es mit dem letzten Artikel stand: „Ich bin in Sicherheit."
„Ich habe den Artikel noch nicht veröffentlicht", sagte Konstantin, „man soll keine Erdnüsse pflanzen, wenn der Affe zuschaut."
Verdammt, dachte Elias, er wird überwacht. Nun, soll er es machen wie er will.
„Was hältst du von einer Geschichte über Asari?"
Elias erzählte, was er bisher herausgefunden hatte.
„Asari? Rebellenchef? Ölmilliarden? Sag mal, wo bist du?", fragte der Onkel, „in Port Harcourt? Da lebt doch Papa Charles. Der hat sich im Blut gewälzt wie ein Krokodil im Sumpf. Das wäre doch was. Vor allem, es würde in Kamerun niemanden stören, wenn wir über ihn berichten."
„Richtig", entgegnete Elias, „wer auf einem Berg von Fehlern steht, siehst am liebsten die der anderen."
Sie diskutierten eine Weile, welche Story wichtiger wäre und wurden sich einig, es so zu nehmen wie es sich ergäbe.

In der Bar Goodfellas[15] traf Elias sich mit dem Rebellenchef an der rustikalen Theke, wo geschminkte Mädchen saßen. „Prostitution verboten“ stand auf einem Schild neben dem Getränkeautomaten.
„Hier wird mich niemand vermuten“, sagte Asari, „also, Sie wollen eine Story? Ich erzähl Ihnen eine.“
Elias nahm das Interview auf Band, machte Fotos des Rebellenführers, tippte in der Nacht und versandte Bericht und Fotos am nächsten Morgen von einem Internetcafe in Port Harcourt. Er schrieb zum ersten Mal internationale Nachrichtenagenturen an, wie Konstantin geraten hatte. Der Afrikanische Exodus, Kampf gegen billiges Öl für reiche Länder.
Nach diesem Tag beschäftige Elias sich intensiv mit Charles Taylor. Taylor hatte in seinem Land gehaust, tollwütig wie ein abessinischer Fuchs. Erstaunlicherweise mit einem politischen Mandat, denn die Bürger Liberias statteten ihn mit absoluter Mehrheit aus, nach dem Wahlkampfslogan: Er hat meinen Vater getötet, er hat meine Mutter getötet, also wähle ich ihn. Seinen Amtsvorgänger Doe ließ Taylor vor laufender Kamera zu Tode foltern.
Elias Reportage über den charismatischen Rebellenchef Asari, unterzeichnet mit Frank Talk, ging in diesen Tagen um die ganze Welt.
„Du wirst berühmt werden“, sagte Konstantin, als sie erneut miteinander telefonierten, „ich meine, wenn du lange genug lebst. Wie kommst du mit Papa Charles voran?“
„An den heran zu kommen ist weit aus schwieriger. Ich war in Calabar, doch dort weiß niemand, wo er sich versteckt hält. Er scheint in seinem Exil vollkommen abgeschottet.“
„Ich stelle dir ein paar Informationen ins Internet? Entsprechende Einrichtungen gibt es doch, wie ich gesehen habe.“
„Mann, Onkel, du bist Klasse“, rief Elias begeistert, „man liebt einen Menschen nicht alle Tage, aber heute liebe ich dich.“

[15] Port Harcourt

„Ja, ja", erwiderte Konstantin und es klang erkältet, „nimm dich aber in acht, mein Junge. Man könnte dir eine Falle stellen. Charles Taylor ist gemein wie Löwenspucke."
„Unsinn", antwortete Elias, „Löwen hinter Gitter werden automatisch faul."
Einen Tag später holte Elias im Internetcafe ein Dossier über den Exdiktator ein.
Der Tyrann hatte in Liberia alles an sich gerissen, was nach Geld roch. Er plünderte den Regenwald, das Schiffsregister und den Diamantenhandel. Mit Hilfe der RUF und gefälschter Ursprungszeugnisse verkaufte er auch die Diamanten von Sierra Leone und schöpfe einen Gewinn von mehreren hundert Millionen Dollar. Die Sache funktionierte hervorragend, weil er einen Bürgerkrieg im Nachbarland entfesselte. Zu diesem Zweck sammelte er Kindersoldaten um sich wie ein Strauß die fremden Küken. Er presste sie in die RUF[16], die ihr eigenes Land in Angst und Schrecken versetzte.
Die Kindersoldaten wurden im Heroinrausch auf die eigene Bevölkerung gehetzt. Sie schlitzten Schwangere auf, tranken das Blut angeblicher Feinde, aßen sie auf, oder amputierten ihnen die Arme, je nach Wunsch, lang oder kurzärmelig, mit einem schönen Grüß von Papa Charles.
Elias las die Berichte mit Schaudern. Er schlief in diesen Tagen weniger als eine Giraffe, ständig wachsam. Nach einem Dutzend Telefonaten und einigen Wochen frustrierender Wartezeit wurde er zum Interview geladen. Vor der Villa filzten ihn die Bodyguards.
Taylor saß inmitten seines Hofstaates. Der Diktator hielt Bibelstunde. „Er sei das Lamm Gottes", behauptete er, „geopfert wie einst Christus zum Wohle der Menschen."
Elias versuchte sich zu beherrschen, konnte ein Grinsen jedoch nicht ganz unterdrücken. Taylors Gegner nannten den Luxusflüchtling anders. Seit seinem ersten pastoralen Wirken als Fi-

[16] Revolutionary United Front

nanzdirektor Liberias hatte Taylor den Beinamen Superglue[17], denn an seinen Händen blieb jede Banknote, gleich welchen Staates, kleben.
„Ich habe gesehen, Sie waren angetan von meiner Bibellesung“, sagte Taylor hernach jovial, „es freut mich sehr Sie, Frank Talk, als Gast zu haben. Sie haben es zu einer Berühmtheit gebracht. In kurzer Zeit.“
„Nicht der Rede wert“, wehrte Elias ab.
„Doch, doch“, erwiderte Taylor und griff zu einem Stapel Zeitungen. Es waren zwölf Ausgaben der Cameroon Objective, säuberlich gestapelt.
„Wenn sie das zu meiner Zeit in Liberia geschrieben hätten, dann“, Taylor machte die Gebärde des Halsaufschlitzens. Elias bekam einen trockenen Mund.
Sie plauderten eine Zeitlang, Taylor schickte die Bodyguards hinaus und stattdessen kam sein religiöser Berater Paul hinzu.
Zwei Tage lang begleitete Elias den abgehobenen Expräsidenten und fotografierte: Taylor im Supermarkt, beim Sonnenbad am Strand, bei der Bibellesung, das Ehepaar Taylor im botanischen Garten, Taylor in Umarmung mit seiner Gattin, die feist war wie eine Hyäne auf dem Friedhof.
Die vier Tage danach schrieb Elias an seinem Bericht, feilte, kürzte, schrieb um. Dann hängte er die Fotos an und verschickte die Reportage an alle zu erreichenden Agenturen: Der Afrikanische Exodus, Menschfresser im Exil.
Ungeduldig wartete er dann auf die Resonanz: Montag, Dienstag, Donnerstag, immer noch keine Donnerschlag. War die Welt skandalimmun? Oder war er nur zu ungeduldig?
Zum ersten Mal seit Tagen telefonierte er mit Konstantin, um wenigsten von dem ein Echo zu hören.
„Dein Artikel war gut und ich habe ihn veröffentlicht“, berichtete der Onkel, „du hast inzwischen so viele Armreifen, dass man das Klappern in der ganzen Welt hört.“

---

[17] Sekundenkleber

Elias versuchte sich vorzustellen, wie sein Onkel am anderen Ende der Leitung am Schreibtisch saß, mit kurzsichtigen Augen dicht über den Artikel gebeugt, den weißen Haarkranz um den braunen Schädel, der im Licht der Schreibtischlampe glänzte wie ein Bowlingkugel, die Linke auf dem Schreibtisch und mit der Rechten an seiner Wade kratzend.
„Stell dir vor“, erzählte der Alte weiter, „dreißig Agenturen haben Tantiemen auf das Konto der Cameroon Pictures überwiesen.“
„Super“, frohlockte Elias, „es geht aufwärts. Ich hab's gewusst, ich hab's gewusst.“
„Bleib auf dem Rasen“, schränkte der Verleger ein, „einen Teil des Reports hast du abgeschrieben. Merke: Dinge die man abschreibt haben die gleichen Nebenwirkungen wie eine Spenderniere. Noch etwas anderes, eine schlechte Nachricht. Bisher hat sich dieser Grandpierre beim Appell für dich gemeldet, doch jetzt haben sie gemerkt, dass du geflohen bist.“
„Was?“, lachte Elias, „bereits nach drei Monaten? Es geht aufwärts mit Kameruns Bürokratie.“
„Nimm es nicht zu leicht. Die Sache hat Wellen geschlagen. Grandpierre haben sie ins Zentralgefängnis gesteckt, Hochsicherheitstrakt, und vom Bischof weiß ich, dass sie in Nigeria nach dir suchen. Bei der Gelegenheit, es ist vielleicht ganz gut, wenn du die Nummer des Bischofs weißt. Hast du etwas zu schreiben?“
„Wofür soll das gut sein?“, fragte Elias, denn die Stimme seines Onkels kam ihm auf einmal merkwürdig vor.
„Ich bin ein alter Mann und wer weiß?“
Elias notierte, der Onkel versprach, noch Geld mit der Western Union zu schicken und nannte ihm eine Filiale in Port Harcourt, in die er per Eilüberweisung einzahlen würde.
Elias ging anschließend mit gemischten Gefühlen zu seiner Pension. Er war froh über den sich abzeichnenden Erfolg, doch war ihm auch klar, dass er nicht in Nigeria bleiben konnte. Doch wohin sollte er sich wenden?

Sein Bericht über Taylor zeigte in den folgenden Tagen eine überwältigende Wirkung. Taylor geriet ins Licht der Weltöffentlichkeit, man redete in allen Talkshows über den Diktator. Politiker forderten seine Auslieferung, Menschen demonstrierten, der amerikanische Präsident sprach von einem internationalen Tribunal in Den Haag und der nigerianische Präsident geriet ins Schwitzen. Der African Observer schrieb: Wieder ging eine Runde an Frank Talk.
Der indes legte dem Mann am Schalter der Western Union hundert Dollar anstatt des Passes vor. Dieser sagte, er müsse sich rückversichern, es könne eine Zeitlang dauern. Er ging nach hinten und telefonierte. Minuten später fuhr ein Polizeiwagen vor. Elias reagierte, noch bevor die Polizisten ausstiegen. Er spurtete zum WC, durch das Toilettenfenster und in eine Nebengasse. Wohin nun?
Er hastete zur Pension, riss Seesack und Laptop aus dem Schrank, warf dem Wirt abgezähltes Geld hin und stieg in den nächsten Bus.
Der Bus fuhr nordwärts und Elias stieg erst aus, als der Bus nachts hielt. Er besaß nur, was er am Körper trug: seine Jeans und seine Journalistenweste, seinen Laptop. Bei Daura[18] ging er über die Grenze nach Niger.
Der Grenzsoldat, der Laptop und Diktiergerät konfiszierte, trug Dreadlocks, einen Oberlippenbart und die Farben grün, gelb, rot über aufgekrempelten Ärmeln des Flecktarnanzuges.
Elias prägte sich das Gesicht ein und hoffte, dem Kerl einmal unter günstigeren Umständen zu begegnen. Doch immerhin hatte er den USB- Stick retten können und ein Internetcafe würde er schon finden.
Er schlug sich bis Agadez durch. Von hier gingen Flüchtlingstransporte in den Norden. Elias wähnte sich noch in Schwarzafrika, und die Vorsichtsmaßnahmen der Flüchtlinge sollte er erst später kennen lernen. So erkundigte er sich ungezwungen bei einem Straßenhändler nach Transporten. Der verwies ihn

[18] Daura

an einen Schmied. Als Elias eben die Straße queren wollte, wurde er festgenommen.
Das Büro der Polizeistation war klein, ohne Fenster, voll gestopft mit Regalen, aus denen vergilbte Akten hervorquollen. Es stank nach Urin. Ein Uniformierter lehnte über einem chaotisch bedeckten Schreibtisch.
„Passport?“
„Ich habe meinen Pass verloren.“
Der Uniformierte wies den Polizisten an, Elias hinaus zu bringen. Auf dem Hof standen weitere Männer an einer Lehmwand. Einer trug einen Gesichtsschleier, wahrscheinlich ein Tuareg, der andere hatte wollige Haare, eingefallene Wangen und ein massives Kinn. Die beiden wurden von einem Mann mit Karabiner bewacht.
Elias musste sich mit an die Wand stellen. Der Karabinermann ging wortlos auf und ab. Elias beobachtete ihn eine Zeitlang und war dann von dessen Harmlosigkeit überzeugt. So machte er sich leise mit den anderen bekannt. Der Tuareg hieß Tabari, der andere war Kenianer und hieß Bamadou. Bamadou kam aus den Slums von Mathare[19], wo mehr als drei Millionen Menschen in Hütten aus Lehm, Wellblech und Planen vegetierten und wo es ständig Stammesfehden gab.
So war Bamadou ausgebildet in Straßenkampf, Prügeleien, Brandstiftungen und Steinigungen. Er war intelligent, gutmütig und hatte einen Beruf, der ihn in Europa ernähren konnte.
„Mein Vater war Schneider“, erzählte er, „ich hab es von ihm gelernt. Es ging uns nicht schlecht, wir waren zufrieden. Dann kamen im Hafen von Mombasa die ersten Container an. LKW-weise fahren sie seitdem die Secondhand-Ware unter dem Tusks[20] durch nach Nairobi, zum Gikomba- Markt, dort gibt es alles. Wir können unsere Klamotten nicht mehr verkaufen, und

[19] Slum von Nairobi
[20] Stadttor aus Stoßzähnen, Wahrzeichen Mombasas

unsere Schneider und Textilarbeiter gehen zum Fort Jesus[21] und betteln die Touristen an.
Der Tuareg schien noch jung zu sein. Er zeigte ein Foto: „Mein Vater. Ich suche ihn.“ Der Mann auf dem Foto war wahrscheinlich Tabaris Vater, doch auch er trug einen Gesichtsschleier.
Die Drei tauschten sich eine Weile aus. Tabari erzählte vom nächsten Transport. Der würde morgen Abend losgehen und sollte 250 Dollar kosten. Sie beschlossen zusammen zu bleiben, wenn sie hier heraus kämen.
Es war schon dunkel, und auf benachbarten Innenhöfen brannten Petroleumlampen, als man sie wieder in das Büro holte. Der Uniformierte ging auf und ab.“
„Woher?“
„Kamerun“, sagte Elias.
„Illegal“, schnaufte der Uniformierte fuchtelte mit den Armen, „oder wo ist der Einreisestempel?
„Ich habe keinen.“
„Illegal“, wiederholte der Offizier, „unacceptable!“
Er schickte den Mann mit dem Karabiner hinaus und wandte sich wieder an Elias: „You have Money?”
„Wie viel?“, fragte Elias und begann zu schwitzen, denn er war blank.
„Hundred Dollars for you all ” .
Der Tuareg griff unter den Burnus, holte Geld hervor. Der Offizier strich es ein, ohne nachzuzählen. Dann öffnete er wortlos die Tür.
Die Western Union Agadez war noch geöffnet, und Elias versuchte als erstes an Geld zu kommen, doch man sagte ihm, das angegebene Konto sei leer.
Er versuchte mit Konstantin zu telefonieren, doch der ging weder in der Redaktion noch zu Hause ans Telefon. Elias versuchte es ein Dutzend Mal, doch ohne Ergebnis. Elias ging in Gedanken durch, wen er nach dem Verbleib des Onkel fragen

[21] ehemaliges brit. Gefängnis

könnte, telefonierte noch mit seinem Informanten vom Finanzamt und mit dem alten Assido in Kribi. Der versprach, sich umzuhören, allerdings käme er heute nicht dazu, und morgen habe er Touristen zu fahren.
Auf Elias Stirn erschienen Sorgenfalten. Morgen würde Assido es vergessen haben und wieder ein Tag vorbei sein. Er griff zum letzten Mittel: Dem Bischof.
„Elias Justin", sagte der Bischoff gedehnt, „möge es deinen Kühen gut gehen und deine Kaffeepflanzen gedeihen."
Höflichkeitsfloskel, kam es Elias zuerst in den Sinn, doch dann meinte er, auch einen bedauernden Unterton in der Stimme des Hirten gehört zu haben.
„Auch ich wünsche Euer Exzellenz gesunde Kühe und Schafe und die besten Kakaobohnen", antwortete er in gleicher Verbindlichkeit, „und natürlich möchte ich wissen, wie es der Cameroon Pictures geht."
„Zeitungen sind nicht das Wichtigste", entgegnete der Bischof, „es sind die Menschen, die Gott beschützen möge. Doch wir wollen nicht klagen."
„Soll ich sie zu einem späteren Zeitpunkt wieder anrufen? Euer Exzellenz?"
„Sie können jederzeit zur Beichte kommen. Natürlich nicht mehr heute Abend, doch morgen früh nach der Messe. Sie entschuldigen mich jetzt."
Elias legte den Hörer weg und war mit einem Mal in größter Sorge. Der Gottesmann hatte ihn abgewimmelt. Wurde er beschattet? Wurde sein Telefon abgehört? Warum hatte er nicht ein Wort zu Konstantin gesagt? Morgen würden sie durch die Wüste gehen, da waren die Handyverbindungen miserabel oder unmöglich.
„Hey, was machst du für ein Gesicht?", fragte Bamadou, „ist Mama gestorben?"
Elias spürte wie seine Gesichtszüge entgleisten, doch er antwortete: „Es ist nichts. Mein Onkel kann kein Geld mehr schicken. Aber ich komme auch so durch."

„Ich leihe dir etwas", sagte Bamadou, „was brauchst du am Nötigsten?"
„Papier! Das besorgen wir jetzt als Erstes. Danach kümmern wir uns um Wasser und Proviant."
Elias ahnte, was geschehen war und schrieb noch in der Nacht eine weitere Folge: Afrikanischer Exodus, Haft und Maulkorb für Verleger.
Im Internetcafe Télécentre alhernet tippte er am anderen Morgen den Artikel ab und versandte ihn wie gewohnt. Anschließend druckte er 500 Visitenkarten: Ich bin Frank Talk. Hast du ein Problem? Ruf mich an!
Bamadou und Tabari waren in der Zwischenzeit beim Silberschmied gewesen und hatten die Tour bezahlt. Diesmal ging Bamadou in Vorkasse.
„Was willst du mit den Karten?", fragte Bamadou.
„An Camaradas verteilen, Netzwerke bilden, Nachrichten empfangen, abstimmen, verabreden und so weiter."
Als am Abend fast 80 Flüchtlinge den abgewrackten LKW bestiegen, versanken dessen Räder eine handbreit tief im Sand. Der Fahrer versuchte mehrere Männer zu überreden, auf den nächsten Transport zu warten, konnte jedoch nicht überzeugen. Die Menschen klebten wie Trauben an den Aufbauten, als das Vehikel anfuhr. So fuhren sie in die Nacht hinein.
Noch vor der Morgendämmerung fielen Bamadou und eine Frau vom LKW. Der Fahrer hielt nicht an. Elias kletterte nach vorn und klopfte gegen die Scheibe des Führerhauses. Der Fahrer schüttelte nur mit dem Kopf.
Er fuhr ohne anzuhalten über Arlit, umging den Grenzübergang Assamaka und hielt erstmals am anderen Abend im Hoggargebirge. Während sich seine Passagiere die Beine vertraten, wendete er den Wagen und fuhr zurück.
Die Geprellten schimpften, weinten, fluchten, doch es half nichts. Sie mussten laufen. Der Tuareg ging nach Tamanrasset hinein, um seinen Vater zu suchen. Einige folgten, andere machten sich auf den wochenlangen Weg nach Norden, nordwärts, immer nordwärts.

Bei allen Orten waren Flüchtlingscamps. Dort erfuhr man, wie der Weg weiterging, wann ein LKW fuhr, wo man mit Erfolg betteln konnte, wo das nächste Camp lag, wie man nach Spanien oder Lampedusa gelangen konnte und wie hoch die Zäune von Melilla und Ceuta waren.
Die Camps waren organisiert, besonders die Hügel von Tanger: Camp Malabata, Camp Missnana und Camp Bell Younech. Die Menschen blieben dort je nach Herkunft unter sich, ein Chairman sorgte für Ordnung. Der Chairman hielt Verbindung zu den Schleusern und bekam von ihnen Tipps, wenn Polizeiaktionen bevorstanden. Das Camp von Missnana war angeblich bestens organisiert.
Elias machte sich auf den Weg dorthin. Er lief täglich zwölf Stunden, drei Stunden schrieb er seine Aufzeichnungen, neun Stunden ruhte er.

Als Elias Wochen später auf den Hügeln von Tanger ankam, waren seine Aufzeichnungen vier Zentimeter dick. Er trug sie in einer Plastiktasche, zusammen mit der Zeitung Le Monde, die über die Inhaftierung Konstantin Justins und über die daraus resultierenden Proteste der Journalisten ohne Grenzen berichtete.
Es war Abend und Elias überblickte die Stadt mit ihren Minaretten. Der Leuchtturm blinkte in der Dämmerung. Von der Uferstraße hörte man entfernt den Verkehr und an der Promenade gingen die Lichter an und beleuchteten die Bucht von Tanger in weitem Bogen.
Der Moloch erwachte zu seinem nächtlichen Leben, der Muezzin rief vom Minarett, hoch über dem Hafen, zum Gebet. Durch die Kasbah lief der Leergutsammler mit seinem Karren und auf seinen gellenden Ruf: „Bouteilles en plastique vides“, flogen Plastikflaschen aus den Fenstern der eng stehenden Häuser auf die Straße, und der Mann sammelte sie auf, warf sie in seinen Karren und sein Ruf erschallte erneut.
An der Moschee machte sich ein Mann namens Abdurahman mit dem Rad auf, um, wie jeden Abend, wichtige Nachricht zu

überbringen. Die Kapuze seiner Jellaba verdeckte fast sein Gesicht. Diesen marokkanischen Kaftan trug Abdurahman tagaus, tagein, denn der war weit und luftig im Sommer, und er war warm, wenn man sich, in kalten Winternächten in zugigen Hauseingängen, darin einrollte.
Abdurahman pflegte seinen Kaftan und sah mit Verachtung auf die anderen Berber herunter. Sie tummelten sich in ausgetretenen Sandalen am Strand und Abdurahman fand es ganz in Ordnung, wenn die Polizei sie aufsammelte und in Buskolonnen zurück in die Westsahara brachte.
Nur wenige hundert Meter von der Moschee entfernt verließen Patrouillenboote der Gendarmerie Royal den Hafen, um Boote der Schleuser aufzubringen, die nachts ihrer Arbeit nachgingen: Flüchtlinge nach Europa verschiffen.
Ihre Kollegen an Land hatten nun Feierabend, keiner der Ordnungshüter ließ sich mehr in den Straßen blicken, und alles was die Sonne fürchtete, kroch allmählich aus verschwiegenen Ecken.
In der Kasbah kamen Flüchtlinge im Schutz der Dunkelheit aus verborgenen Wohnungen. Sie trugen Eimer und huschten, auf der Suche nach Wasserhähnen, durch Gassen und Hinterhöfe, denn die Wohnungen, die man den Illegalen vermietete, hatten weder Licht noch Wasseranschluss.
Einige sprachen Passanten an: „I am hungry. Please bring me to eat."
"Bring me something. I have Money. I can pay."
Solche Illegale waren gut gekleidet, manche in ihrer Stammestracht, und sie sahen gesund und wohlgenährt aus.
Doch die meisten Angesprochenen wandten sich rasch ab und mieden die dunkleren Gassen. Nur die weise Frau suchte das Dunkel der Kasbah und gebrauchte eine Salzlösung, um einer jungen Afrikanerin zu helfen, die man aus Spanien abgeschoben hatte, bevor die Geburt des Babys ihr ein Bleiberecht verschafft hätte.

Harragas[22] und abgemagerte Klebstoffschnüffler durchsuchten Mülleimer, Straßenhändler packten allmählich ihre Sachen, Geschäfte schlossen, Opiumbuden öffneten und die frühen Kiffer erlebten grinsend ihren Traum.

Das Camp von Missnana machte auf Elias einen ernüchternden Eindruck. Grüne Plastikplanen, über Stangenhölzer gezogen und am Boden mit Steinen beschwert, leere Tetrapacks, Plastikbecher, eine Feuerstelle mit verkohlten Holzresten und angesengtem Gras, darüber verkokelte Konservendosen an Drähten aufgehängt, das war Missnana.
Das Lager schien leer zu sein. Elias suchte eine Weile. Die Asche einiger Feuerstellen glühte noch und es roch nach Essensresten. Es mussten vor nicht weniger als einer halben Stunde Menschen hier gewesen sein. An Zigarettenstummeln, Bekleidungsfetzen und am Gestank konnte man erkennen, dass hier Hunderte vegetiert hatten.
Plötzlich wurde er angesprochen: „Camarada“, rief eine jugendliche Stimme gedämpft aus dem Gebüsch.
Elias ging der Stimme nach. Unter Strauchgewirr fand er einen Jungen.
„Schnell hier rein. Es ist Montag“, sagte der Junge, „da kommen sie. Charles hat gesagt, wir sollen uns verstecken. Er hat einen Tipp bekommen.“
„Wer kommt?“
Der Junge zog Elias am Ärmel: „Die Sklavenjäger. Wen sie schnappen, den nehmen sie mit ins Gefängnis. Manchmal schnappen sie fünf, sechs Camaradas. Wenn sie weg sind, dann kommen die Leute von Tanger. Sie wissen, dass wir Geld haben für die Überfahrt.“
Der Junge hieß Bob. Er zog Elias fort zu einer Höhle, deren Eingang von Strauchwerk verdeckt war.
„Ich habe das beste Zanga. Das findet niemand“, erklärte er seine Behausung.“

---

[22] Passlose

Im Zanga lag eine zerrissene Decke über Laub und Zweigen, daneben stand ein leerer Aluminiumtopf. Alles war klamm und modrig.
„Hier wohnen Yussuf und ich“, erklärte Bob, „Yussuf und ich haben versucht, ein Floß zu bauen. Vier Wochen haben wir daran gearbeitet. Stangenholz aus dem Wald, Stück für Stück zum Strand getragen und dort versteckt. Zweimal sind Kinder gekommen und haben damit ein Feuer gemacht. Doch wir geben nicht auf.“
„Wo ist Yussuf?“
„Er passt beim Floß auf. Yussuf ist ein bisschen bescheuert, aber er ist treu. Er könnte weg, wenn er wollte, weg mit Otman. Er hat Geld, doch ich hab keines, aber wir sind doch Freunde, Yussuf und ich. Wir waren zusammen bei der Armee.“
„Wo sind die anderen?“
„Alle haben sich versteckt. Es muss gleich losgehen.“
Am frühen Morgen kamen Polizeieinheiten nach Missnana. Bewaffnet, die Schlagstöcke bereit, umzingelten sie den Wald und nahmen halbherzig einige Männer fest.
Elias und der Junge wurden nicht entdeckt. Einmal kam jemand nahe an die Höhle heran, und sie hielten den Atem an. Dann pisste der Uniformierte in den Strauch hinein, und der Geruch breitete sich in der Höhle aus.
Nach einer Stunde wurde es still, doch die beiden blieben in der Höhle. Dann hörten sie erneut Schreien und Hilferufe.
„Das sind jetzt Marokkaner. Wer kein Geld hat, dem nehmen Sie das Handy weg.“
„Das haben mir schon die Algerier vor der Grenze weggenommen, meinen Stick auch.“
Es wurde wieder still und allmählich heller. Kurz darauf kam ein zweiter Junge. Er bemerkte Elias und quetschte sich an ihm vorbei, ohne ihn anzusehen.
„Yussuf!“, sagte Bob, „wir haben einen Gast.“
„Hm“, brummte Yussuf, nahm ein Stück Pappe und setzte sich gedankenverloren hin.

„Er heißt Elias."
„Hm", machte Yussuf wieder.
Von weitem hörte man den Ruf zum ersten Gebet. Am Straßenrand stand ein Wohnmobil mit einer englischen Nummer. Davor war Wäsche zum Trocknen aufgehängt.
„Ich gehe hin und hole die Sachen", sagte Bob.
„Unsinn!", rief Elias, „was sollen wir damit. Sie passen doch gar nicht."
„Sie sind reich", flüsterte Bob, „sie können mit ihrem Haus durch die Gegend fahren. Wir brauchen es nötiger." Bob schlich davon.
Am anderen Morgen sammelte man sich im Camp, übernächtigt, angespannt. Elias nahm Yussuf zu dem Treffen mit. Bob war nicht zurückgekehrt. Am Lagerfeuer kochte jemand Tee, man zählte durch, wer verloren gegangen war und sah im Übrigen erwartungsvoll auf einen baumlangen Kerl.
„Das ist Charles", flüsterte Yussuf, „er ist der Chairman und er kennt Otman, den neuen Patron. Otman ist schlau. Der verliert nie ein Boot."
Elias setzte sich ans Feuer und wandte sich an Charles: „Was passiert mit den Camaradas?"
„Drei, vier Tage Gefängnis, dann wird man sie vielleicht nach Oujda verfrachten", sagte Charles, „dort bei Nacht über die Grenze bringen und aussetzen. Dort gibt es auch Camps. Spätestens in drei Wochen werden alle zurück sein. Es sind immer welche unterwegs durch das Rifgebirge. Kaum einer von uns, der den Marsch noch nicht gemacht hat. Einige der Rückkehrer werden auch nach Ceuta gehen oder nach Melilla und dort über die Zäune."
„Ich werde mich mal umsehen", sagte Elias und erhob sich. Der Junge folgte ihm. Sie gingen zum Cap Espartel, sahen hinüber nach Tarifa und in die Bucht unter ihnen. Dort hatte man einen Container aufgestellt, in dem jetzt ein Soldat saß und die Bucht im Auge behielt.
Auf dem Rückweg erbettelten sie Brot an einem allein stehenden Bauerhaus.

Als sie zurück kamen, schien das Lager fast verlassen. Die Camaradas waren, wie Yussuf wusste, unterwegs, um mit Kurzwaren zu handeln, zu betteln oder sonst wie den Tag auf den Hügeln totzuschlagen.
Nur in Yussufs Höhle lag eine Schwangere mit ihrem gewölbten Bauch und schlief. Die Frau hatte sich anscheinend verkrochen wie ein waidwundes Stück Wild. Elias versuchte mit ihr zu reden, doch außer ihrem Namen Ada brachte er nichts aus ihr heraus.
Es war bereits gegen Abend, als die Frau erwachte und stöhnte. Elias brachte ihr Wasser und stellte einen Bluterguss am Schienenbein fest. Das musste gestern Abend auf der Flucht vor den Polizisten passiert sein.
„Wir müssen ihr helfen!“, sagte Elias, als er aus dem Zanga heraus kroch. Sein quadratisches Gesicht blickte sorgenvoll. „Wenn wir ihr nicht helfen, dann, dann verliert sie noch ihr Kind.“
Er schaute zu Yussuf hinüber, der ihm den ganzen Tag fast stumm wie ein Hund gefolgt war. Der Junge fand anscheinend nirgendwo Anschluss, und sein Freund Bob war gestern A-bend verloren gegangen.
Yussuf saß neben dem Zanga auf einer umgestürzten Kiefer. Die Plastikplane vor dem Eingang flatterte in der Meeresbrise.
„Ja“, beantwortete er Elias Appell, doch er malte unbeteiligt auf der Pappe einer Obstkiste.
„Wenn wir sie nur in ein Krankenhaus bringen könnten!“, sagte Elias und wunderte sich über Yussuf Sturheit.
„Es gibt hier kein Krankenhaus. Jedenfalls keines, das nicht die Polizei holt.“
„Natürlich gibt es unten eines. Das Hospital al Kortobi. Wir haben es doch heute gesehen.“
„Aber wir kennen sie doch gar nicht!“, protestierte Yussuf und malte ein Strichmännchen auf die Pappe.
„Ich kenne dich auch nicht und trotzdem würde ich dir helfen, wenn du in Not wärest.“

„Yeah“, sagte Yussuf und lachte glucksend, „du würdest mir helfen, yeah, yeah, aber ich bekomme kein Kind.“
Er malte wieder Strichmännchen auf den Karton und schien jetzt nichts anderes mehr wahrzunehmen.
„Wenn du nicht hilfst, dann hole ich eben jemand anderen. Irgendeiner wird mir schon helfen.“
„Niemand wird dir helfen. Sie können nicht weg, sie warten“, sagte Yussuf und malte. Das Strichmännchen hielt eine Keule in der Hand.
„Außerdem bringt Komano etwas zu essen. Wenn wir nicht hier sind, dann essen sie allein und lassen nichts übrig.“
Die Frau am Boden des Zangas stöhnte. Ihre kantigen Hände krallten sich ins Erdreich des Waldbodens. Ihr Atem ging stoßweise und an ihrer Nase vibrierten weiße Bläschen. Die kurzen, geflochtenen Zöpfe waren verdreckt, und von ihrer Stirn lief Schweiß.
Was mach ich jetzt mit dieser Frau, dachte Elias und mit diesem komischen Jungen.
Aus den Büschen kamen jetzt vereinzelt Flüchtlinge, gingen zu ihren Zangas oder zum Lagerfeuer, das an feuchtem Holz glimmte.
Der Junge malte immer noch auf der Pappe. Das Strichmännchen mit der Keule hieb auf ein anderes Strichmännchen ein.
„Was malst du da die ganze Zeit?“
Etwas ist mit ihm, dachte Elias, er ist unheimlicher als die Gefängnisaufseher im Douala.
„Sie haben gesagt, ich soll malen.“
Elias schob die Finger unter seine Wollmütze und kratzte nachdenklich seinen rasierten Hinterkopf: „Wer hat gesagt, du sollst malen?“
„Die Ärzte. Die, die überall sind.“
Was meint er nur, fragte sich Elias. Yussuf malte an der Keulenspitze und verdickte sie. Dann blickte er unsicher auf, doch er wich Elias Blick aus.
Er hatte eingefallene Wangen und die Haut auf dem vorstehenden Jochbein glänzte wie eingeölt.

Er hat so traurige Augen, dachte Elias, wie jemand der Denguefieber hat. Das Weiße von Yussufs Augen war von gelben Äderchen durchzogen. Vielleicht hat er auch Hepatitis, oder Malaria.
„Meinst du die Medicus International“, fragte er, denn Yussufs Antworten legten dies nahe.
„Ja, die waren es. Die Medicus International. Sie haben gesagt, wenn ich male, dann kann ich es verarbeiten.“
„Wer ist denn der Mann mit der Keule?“
„Er ist ein starker Mann.“
„Und wen erschlägt er dort?“
„Das sind Männer. Männer aus unserem Dorf.“
Elias fröstelte es und er zog die Schultern zusammen. Was mochte dieser Junge erlebt haben und wie war er zu den Medicus International gekommen und warum war er von denen wieder fort? Medicus International? Moment mal, die hatten doch auch in Tanger ein Hospital, davon hatte er irgendwo gelesen. Ich Idiot, dachte Elias, warum bin ich nicht gleich drauf gekommen. Die sind in Tanger und die helfen, ohne die Polizei zu holen. Vielleicht kann ich dort die Frau und auch den Jungen unterbringen. Wenn ich nur an ihn herankäme.
„Wer ist der Mann mit der Keule?“, fragte er den Malenden.
„Er hat für die Meisten zwei Hiebe gebraucht“, sagte Yussuf, „doch für manche auch nur Einen. Mein Vater ist stark.“
„Wie oft hat er zugeschlagen?“
„Ich kann gut zählen!“, entgegnete Yussuf.
„Ja, ja, natürlich kannst du gut zählen. Du bist ja ein intelligenter Junge.“
Yussuf legte für einen Augenblick den Stift zur Seite und sah zu Elias auf: „Ich bin nicht intelligent. Jedenfalls nicht so intelligent wie du. Du begreifst sehr schnell.“
„Wie oft?“
„Hundert Mal!“, sagte Yussuf und malte wieder, „mein Vater hat Diamanten gesucht. Viele Diamanten, große Diamanten, doch jetzt ist er tot, wie die anderen.“

Elias fror, dass er mit den Zähnen klapperte. „Ich gehe jetzt. Es wird mir schon jemand helfen. Schließlich sind wir alle Camaradas. Gehst du mit?“
„Ich verzichtete nicht auf mein Essen“, protestierte Yussuf, „Komano bringt es und Otman kommt. Darum wird dir niemand helfen. Wenn Otman kommt, muss man hier sein.“
„Woher willst du wissen, dass Otman kommt?“, fragte Elias. Er wunderte sich, wie schnell sich Nachrichten im Camp herumsprachen.
„Ich weiß es, yeah.“
Yussuf legt die Pappe beiseite, erhob sich und reckte sich: „Wenn du willst, sammele ich ein bisschen Holz, damit die Moskitos euch nicht fressen, dich und die Frau.“
„Mach das Feuer nicht zu groß!“, antwortete Elias, „die Nacht wird klar werden und wenn es zu stark raucht, sehen es die Marokkaner.“
Die Frau im Zanga war jetzt bei Bewusstsein, hechelte und stöhnte. Der Schweiß perlte von ihrer hohen Stirn.
Es war höchste Zeit etwas zu tun. Elias rüttelte an der Zeltplane: „Ich hole einen Arzt.“
Dann machte er sich auf zum Waldrand, um die Straße nach Tanger hinunter zu gehen. Die Joggingschuhe federten seinen Schritt ab. Der Wald lichtete sich, vermehrt kam Strauchwerk und es roch nach Rosmarin und Minze. Hinter Sträuchern kamen plötzlich Gestalten hervor. Sie hatten Knüppel oder ähnliches in den Händen und versperrten den Weg. Einer hob drohend eine Eisenstange: „Here is no way!“
Elias krempelte instinktiv die blaukarierten Hemdärmel auf und seine dichte Behaarung wurde sichtbar. Der Mann vor ihm hatte mit unbekanntem Akzent gesprochen, und Elias wusste nicht, ob er Flüchtlinge oder Marokkaner vor sich hatte, doch er ging ungerührt weiter, kampfeslustig wie ein Nilpferd mit Fohlen.
„Ihr da, was wollt ihr?“, rief er den Männern entgegen ohne seinen Schritt zu verlangsamen.

„Charles“, schrie jemand, da will einer nach unten. Otman fährt doch heute.“
„Wer ist es denn?“
„Der Neue, der gestern gekommen ist. Der Kameruner, der Journalist.“
„Haltet ihn. Er darf nicht runter.“
Der Sprecher wandte sich an Elias: „Du hast es gehört. Wir dürfen keinen durchlassen.“
„Ich bin Frank Talk und ich muss hinunter zum ...“
„Und wenn du König Bokassa wärst“, sagte der Sprecher und stieß die Eisenstange gegen Elias Rippen, „du kommst erst durch, wenn Otman hier war.“
Elias konnte die Gesichter der anderen nicht erkennen, doch jetzt war er sicher, sie waren Migranten.
„Drüben liegt eine Schwangere“, begann er, „ihre Zeit ist um und sie braucht einen Arzt. Sie ist doch auch eine von uns.“
Weitere Männer kamen hinzu gelaufen. Einer von Ihnen war Charles. Elias erkannte ihn an seiner hohen Gestalt und sprach ihn an „Was meinst du, Charles?“
„Hier sind diesen Sommer mindestens 50 Babys geboren. Alle ohne Arzt. Morgen kannst du deiner Freundin ein ganzes Krankenhaus kaufen. Vielleicht schon in einer Stunde, wenn alles gut läuft.“
Es hat keinen Zweck, dachte Elias. Sie haben ihre Erfahrung, und sie haben Angst. Sie warten auf diesen verdammten Schleuser, und ein Krankentransport erregt zuviel Aufmerksamkeit. Wer weiß, wie lange sie schon auf eine Chance warten. Nach der Razzia sind sie nervös. Otman fährt und sie warten auf ihr Glück. Da wollen sie nichts riskieren. Ich könnte natürlich zur anderen Seite des Hügels runter, aber wenn dort auch Wachen stehen? Schließlich ist die Frau nicht meine Freundin und es ist nicht mein Baby.
„Du bist Frank Talk?“, fragte einer der Wachen und seine Stimme klang, als wolle er sich vergewissern richtig gehört zu haben, „Frank Talk von der Cameroon Objective?“
„Ja, das bin ich.“

„Ich bin Ben“, sagte der Mann und kam näher, „wir haben uns noch nicht gesehen, denn ich komme grade von Oujda zurück. Trotzdem kenne ich dich. Ich bin auch aus Kamerun.“
Elias wurde aufmerksamer. Ben war mittelgroß, trug einem dicken, verfilzten Pullover, hatte eine Kopfrasur und er sah Elias erwartungsvoll an: „Ich bin aus Douala.“
„Ich bin aus Kribi“, entgegnete Elias.
„Ja, ja“, lachte Ben, „ich kenne deine Geschichte. Besser als dir lieb ist.“
Was der sich einbildet, dachte Elias, der und mich kennen. Er versuchte in Bens grinsender Miene zu lesen und ging Stationen seines Lebens durch: Kindheit, Schule, Studium, Volontär bei Konstantin, Gefängnis, Flucht durch den halben Kontinent. Was konnte Ben davon wissen? Sicher hat er einen meiner Artikel gelesen, oder vielleicht auch den Artikel, der mein Wasserloch vergiftet hat.
„Wie bist du so schnell von Oujda zurück gekommen?“, lenkte Elias ab.
„Ich habe einen Busfahrer gefunden“, behauptete Ben.
„Glaube ich nicht. Kein marokkanischer Busfahrer würde einen von uns mitnehmen.“
Ein weiterer Mann meldete sich zu Wort: „Ich bin Kebba. Wenn du die Frau zum Krankenhaus bringst, ich helfe dir.“
Kebba war klein, drahtig und hatte lebhafte blaue Augen, die immer lächelten.
„Hast du eine Idee, wie wir Hilfe bekommen?“, fragte Elias.
„Hey, seid still“, polterte Charles dazwischen „da kommt jemand.“
Ein Radfahrer kam den Weg hinauf. Man hörte das gleichmäßige Schleifen eines Schutzbleches. Elias spürte die Spannung der Männer, die ihre Knüppel bereithielten und sich dem Ankömmling entgegen stellten.
„Es ist Abdurahman“, stellte Charles fest, „lasst ihn durch!“
Abdurahmans Kapuze zeichnete sich gegen den Abendhimmel ab und wippte zu seinen Pedaltritten auf und nieder.

„Was ist los, Abdurahman?“, rief Charles ihm entgegen, „Was gibt es?“
„Salam“, antwortete Abdurahman und stiegt von Rad, „ich habe Nachrichten. Allah will nicht, dass wir heute fahren.“
„Wo ist Otman?“
„Wenn Allah nicht will, kommt Otman nicht.“
„Wann geht das nächste Boot?“
„Allah weiß es“, behauptete Abdurahman mit leichter Verbeugung und seine Stimme klang, als mache er sich über den Frager lustig.
„Nun gut“, sagte Charles, „richte Otman aus, dass wir warten. Aber halt, noch was, wo steckt Komano?“
„Ich habe Komano nicht gesehen, aber.“
„Was, aber?“
„Er hat bestimmt nicht viel eingekauft.“ Abdurahman stieg auf sein Fahrrad und fuhr den Hang hinunter ohne sich umzusehen. Charles fluchte etwas wie: „F ...ing son of a bitch.“ Er machte kehrt und knurrte zu Elias hinüber: „Jetzt kannst du so viele Kinder kriegen wie du willst.“
„Woher will der Landstreicher wissen, was Allah will?“, fragte er Elias, „ist er einer der Propheten?“
„Du bist noch nicht lange hier“, entgegnete Charles, „Abdurahman ist beinahe so etwas wie ein Prophet. Er kann es gut mit dem Imam am Hafen. Vom Minarett kann man den ganzen Hafen überblicken. Dort steht heute die Mobile Röntgenanlage und durchleuchtet jeden Truck.“
„Aber doch nicht Otmans Boote.“
„Ich weiß auch nicht wie es zusammenhängt, doch wenn sie röntgen, dann patrouillieren sie nachts verstärkt vor der Küste. Heute hat es keinen Zweck.“
„Wie teuer ist es?“
„Viertausend Euro“, sagte Charles.
„Wie viel verdienst du daran?“
„Nichts, gar nichts“, lachte Charles und zeigte eine Lücke zwischen gelb schimmernden Eckzähnen. Seine Stimme wurde ölig, als er weitersprach: "Give me four thousend Dollars, and

you will by in Spain next days. I am Ijaw, that's the last fine People in Nigeria. "
Elias dachte an das Interview mit dem Rebellenführer Asari im ölverseuchten Nigerdelta.
„Ich glaube dir, dass die Ijaw ehrliche Menschen sind", log er, „aber ich habe keine 4000 Dollar."
„Wie du willst. Es wird ständig teurer."
„Ich hole jetzt Hilfe."
„Am besten, du bringst sie weg. Frau mit Baby, das fehlte uns noch! Babygeschrei von morgens bis abends."
Auf dem Hügel erklang plötzlich Gitarremusik und Charles wandte sich um: „Es gibt Essen. Lasst uns rauf gehen, bevor die Prügelei losgeht."
Kebba blieb bei Elias und auch Ben gesellte sich dazu: „Ich helfe", sagte er schlicht, „auch wenn es heute kein Essen gibt. Vielleicht finden wir jemand an der Küstenstraße, der zur Stadt fährt."
Oben im Camp sang jemand zur Gitarre: „My country has a capital, the capital of fraud, but the police is catching you, if you talk about. Nothing working properly, no streetcar, railway, bus. Come here Mister President and lick me in the ass."
„Es ist Komano", erklärte Ben, als er Elias fragenden Blick bemerkte, „er bringt Brot und dann singt er."
In das Camp kam Bewegung. Von überall her kamen Männer und marschierten in Richtung der Musik.
Elias besprach sich mit Ben und Kebba. Während Kebba zur Küstenstraße lief, um einen Wagen anzuhalten, gingen Elias und Ben zum Zanga um die Frau zu holen. Dort brannte ein Feuer, doch Yussuf war nicht da. Auf dem Boden lag der Pappkarton mit den Strichmännchen.
Sie zogen die Frau aus der Hütte und bauten aus Stangen und Planenfetzen eine Trage. Elias klemmte die Plastiktüte mit seinem Manuskript unter den Arm und sie transportierten die Frau zur Straße.

Kebba hatte einen Autofahrer angehalten, der neben dem Auto stand, von einem Bein aufs andere trat und nervös an seiner Zigarette zog.
Der Motor des Pickup lief. Sie legten die Frau auf die Ladefläche, Ben und Elias stiegen ein.
„Hey, was soll das?“, rief der Mann, „seid ihr auch schwanger?“
„Es ist unsere Schwester“, behauptete Ben, „wir lassen sie nicht allein.“
Elias versuchte, den Mann zu beruhigen: „Sie brauchen nur bis zum Hospital der Medicus International zu fahren. Zurück kommen wir allein. Sie wissen doch wo das ist?“
„Weiß nicht“, sagte der Mann, „aber irgendjemand wird sich finden, der es weiß.“ Er seufzte: „Es ist eine Last mit euch.“
Der Pickup setzte sich in Bewegung.
Vom Hügel klangen Verse des Rapsongs: “Nothing working properly, no Streetcar, Railway, Bus. Come here mister president and lick me at the ass. When everything is bull shit, and everything is scattered, and broken are the public gears, I go the way upstairs.”

*

Als Charles ins Lager zurückkam, hatten sich die Camaradas um Komano versammelt. Die Gitarre lehnte an einem Baum. Daneben stand Komanos Rad, daran ein gummibereifter Anhänger, gefüllt mit Lebensmitteln. Komano verteilte Brote. Einige Camaradas schimpften: „Zwei Dinar für ein Brot? Komano, du bist ein Halsabschneider!“
„Die Brote kosten in Tanger nur die Hälfte von deinem Preis.“
„Hey Charles, Komano will sich die Überfahrt an einem Tag verdienen. Er kennt keine sittlichen Werte.“
Komano verteidigte sich: „Sittliche Werte sind nur gefragt, wenn sie mit Kaufkraft verbunden sind. Das Brot kostet heute zwei Dinar, wer das nicht zahlen will, muss bis morgen warten. Dann kostet es Vier!“

„Na gut. Ich gebe dir deine Dinare. Aber nur weil du singen kannst. Wo hast du das gelernt?“
„Ich hatte eine Band“, erzählte Komano, während das Geld einstrich, „Saxophon, Keyboard, Gitarre, Bass und Schlagzeug. Wir machten so eine Mischung aus Jazz, Reggae, Afrorap, nichts Vernünftiges, aber es hat Spaß gemacht. Ich war Frontmann, hab getextet, komponiert.“
„Konntest du nicht dort bleiben, anstatt uns auszusaugen“, fragte Kebba.
„Für dich kostet es morgen fünf Dinar. Warum soll ich die Hände mit Sand waschen, wenn ich in einer Oase wohne, hey?“
„Hilfsbereit wie ein Sklavenjäger auf James Island“, schimpfte Kebba.
„Wir sollten ihn verprügeln, ihm seine Brote abnehmen und ihn fortjagen“, schlug Peter aus Togo vor.
Charles mischte sich ein: „Gebt ihm seinen Dinar. Wenn Komano uns nicht versorgte, wären wir längst verhungert!“
Komano langte in den Karren nach einem Baguette: „Hier Charles, dein Dinner, „übrigens, man hat nach dir gefragt.“
„Wird wohl nicht so wichtig gewesen sein.“
„Man hat aber sehr eindringlich gefragt.“
„Ja, ja“, sagte Charles mürrisch, „werde mal wieder vorbei gehen.“
„Es ist von dir“, raunte Komano, „du hast sie geheiratet. Niemand sonst.“
Charles zahlte einen Dinar, zog sich in sein Zanga zurück und kaute missvergnügt. Wieder war ein Tag mit Warten vergangen. Das war schlecht für das Geschäft. Als Chairman konnte man Maniok ohne Ende machen, doch die Boote mussten laufen. Gut organisierte Camps, ein Hauch von Infrastruktur, dann konnte man im Jahr 500 Mann vermittelten. Das waren 50000 Dollar. Dazu die Leute, aus dem Süden, die keine Ahnung von den Preisen hatten. Mit denen konnten sogar 100000 Dollar zusammenkommen. Nicht schlecht.

Charles Pass war noch 3 Jahre gültig, im Winter hinüber nach Mali, ein Stempel des Immigration Officers und wieder ein Sommer im Tanger. Boote würden fahren, er würde reich werden.
Der Gedanke erfreute ihn so, dass er lächelte, und plötzlich schmeckte ihm sogar das trockene Brot. Sein Blick glitt zufrieden über die Zangas und ihre Bewohner, die hier, im Gegensatz zu anderen Camps, aus verschiedenen Nationalitäten stammten: Charles International.
Charles kannte sie alle: Da war Akandou, der Lehrer aus Nigeria, Peter aus Togo, der Autoschlosser, Elawi aus Guinea der schon älter war und nichts gelernt hatte als Trommel zu bauen, und der stets sagte: „Getrommelt wird immer.“ Und den man zu verulken suchte: „Hey, Elawi, in Europa wird telefoniert und nicht getrommelt“, worauf Elawi ungetrübt antwortete: „Sag ich doch. Man muss ihnen Trommeln bauen.“
Dann war da noch Ossas aus Ghana, der in Accra Medizin studiert hatte. Er war bereits einmal mit einem Touristenvisum nach Rom gelangt. Man hatte ihn ausgewiesen, jetzt versuchte er den Weg nach Spanien, ähnlich wie John der Krankenpfleger aus Kamerun.
Einige kamen, zahlten und gingen sofort auf eines der Boote. Andere kamen, hatten kein Geld und blieben hängen. Diese wurden jeden Tag dümmer, stiller, farbloser und entwickelten Neurosen bis hin zum Realitätsverlust.
Die jüngeren der Geldlosen hatten mehr Chancen; Typen, so wie Bob, der sich gerade das zweite Floss baute und der Pastor aus Tansania, der in Predigten so nette Metaphern vom Viktoriasee hatte, und der wie Bob gestern verschwunden war. Dann waren da noch die armen Girls, die hier im Wald warteten, für die niemanden zahlte.
Charles größter Trumpf: Er kannte alle Schleuser; zum Beispiel Bekir. Der hatte seine Kunden, mit Wissen der Chairmans, oft geprellt. Er hatte das Boot geladen, war in der Dunkelheit ein paar Kilometer hinausgefahren, an die marokkanische Küste zurück, um zu sagen: wir sind in Spanien. Lauft,

bevor die Guardia Civil auftaucht. Die Geprellten hatten alles Geld verloren und mussten Betteln.
Nein, so ein mieses Geschäft würde Charles nicht machen. Jemanden die Schildkröte zur Gazelle reden, das war erlaubt, aber betrügen? Nein!
Und das war ja auch sowieso vorbei. Bekir saß im Knast und Otman, der letzte Marokkaner, war sein Nachfolger.
Charles hatte zunächst überlegt, zu einem der nigerianischen Patrons zu gehen, doch die fesselten ihren Kunden bei der Überfahrt die Hände, damit sie das Boot nicht klauen konnten. Oft wurden Gefesselte an Land gespült, ertrunken, von den Fischen angefressen.
Nein! zu so etwas und abermals nein! Charles würde bei Otman bleiben. Der hatte noch nie ein Boot verloren. Sicherheit ging Charles über alles, denn mitunter war die Ware richtig teuer, wenn Brian Mädchen seiner Agentur brachte. Wenn dann Boot und Mädchen nicht ankamen, so war das ärgerlich. 12.000 Dollar kostete allein das Boot. Nein, sagte Charles, dann lieber mit diesem abergläubischen Otman zusammen arbeiten.
Früher waren Chairmans oder Schleuser oft mit dem eingesammelten Geld abgetaucht. Doch auch da hatte Charles vorgesorgt. Er zahlte erst an Otman, wenn von Tarifa die Freigabe kam.
Was Otman natürlich mit den Stadtkunden machte, konnte ihm, Charles gleichgültig sein. Das waren in der Regel Kinder reicher Eltern, die nichts anderes wollten, als in Europa noch reicher werden.
Charles duldete auch keine Überladung. Oft waren 35 Mann auf einem Boot, das nur für zehn zugelassen war. Das war natürlich verantwortungslos. Höchsten durften 25 Mann auf so einem Boot mitfahren, wenn es ein gutes Zodiac war, denn, und da machte Charles sich keine Illusionen: die Meerenge war gefährlich, Strömungen, Wetterwechsel. Die Unterströmung des Atlantiks war unberechenbar. Allein in diesem Jahr

waren Hunderte Männer und Frauen ertrunken, darunter viele Leute, die Charles gekannt hatte.
Nun war es September und beinahe zu kalt für weitere Fahrten. Da konnte man besser in den Süden gehen und Spargel stechen. Doch was würde er dann mit Alima machen? Seit Tagen ließ sie durch Komano berichten, er solle sich melden. Alima wollte nach Europa. Sie hatte das Geld zusammen. Das Kind sollte in Spanien geboren werden, dann würde man sie nicht ausweisen können. Ob das Kind wirklich von ihm war? Man wusste nie, wie viele Männer eine Frau geheiratet hatte und ob sie dafür Geld genommen hatte. Frauen sind wie Peperoni, hatte Charles Vater gesagt, willst du dein Leben mit ihnen würzen, so nimm wenig. Das, was Charles genommen hatte, reichte ihm bereits und was sollte er noch mit Alima?
Während Charles noch über Geschäft und Beziehung grübelte, sah er Kebba den Gambier und den langen Süleyman mit dem ewig offenstehenden Mund auf sich zukommen. Charles ahnte nichts Gutes. Kebba kaute noch an einem Baguette.
„Ich will mein Geld zurück!“, brummelte er.
Verdammt, dachte Charles, irgendjemand muss es ihm gesteckt haben. Wenn Otman heute gefahren wäre, dann wäre es gut gegangen. Jetzt hat Kebba erfahren, dass ich ihm 2000 zuviel abgeknöpft habe.
„Warum willst du das Geld zurück? Otman fährt bestimmt morgen!“
„Wir haben es uns überlegt“, erwiderte Kebba, „wir gehen über Ceuta oder Mellila. Wahrscheinlich Mellila. Es soll ganz gut gehen, wenn man schnell ist.“
Charles überlegte, wie er sich herausreden könnte, denn er hatte das zuviel bezahlte Geld bereits als seinen Gewinn betrachtet, und ein solcher Gewinn war nur möglich, wenn jemand frisch ins Camp kam und keine Ahnung von den Tarifen hatte. Wie konnte er der Rückzahlung entgehen? Er versuchte einen Bluff: „Sie haben den Zaun höher gemacht“, warnte er.
„Footing“, sagte Kebba, „4000 Kilometer footing, ich schaffe auch den Zaun.“

„Sie werden dich zurück schicken. Sie behalten dich vielleicht ein paar Tage, dann schicken sie dich wieder nach Marokko und die Marokkaner verfrachten dich nach Guelmin. Dann sitzt du dort in der Wüste.“
„Ich werde eine passende Geschichte erzählen, politischer Flüchtling aus dem Kongo. Bis die heraus haben, das ich von Gambia bin, das dauert ein Jahr. Also, was ist?
„Ich habe das Geld bereits Otman gegeben“, log Charles und hielt die Hand vor den gähnenden Mund.
„Der hat seinen Vertrag nicht erfüllt, also kannst du dein Geld zurückfordern und bis dahin gibst du mir von deinem.“
„Ich habe kein Geld bei mir.“
„Als du Komano zum Einkaufen geschickt hast, hattest du mindestens 5000 Dollar in deinem Brustbeutel. Kann ich mal nachsehen, wie viel jetzt noch drin sind?“
„Okay, okay, kriegst dein Geld“, sagte Charles genervt und fügte um den Schein zuwahren hinzu, „ich leihe dir die 4000, bis Otman es zurückzahlt.“
Kebba steckte das Geld ein und kurz darauf sah Charles ihn und Süleyman gen Osten marschieren. Blaue Flecken, wünschte Charles, blaue Flecken sollen sie sich holen.
Ceuta und Mellila, die spanischen Enklaven, hatten inzwischen so starke Zäune, dass nur Verrückte es dort riskierten. Verrückte sind es, dachte Charles, streckte sich auf seinen Pennklamotten aus und versuchte von Reichtum und schönen Frauen zu träumen, doch es kamen ihm immer nur Bilder seiner Fluchtgeschichte in den Sinn.
Es war ein ganz normaler Tag in Lagos. Die Fundamentalistischen Kirchen diskutierten, ob der Mensch von Affen abstamme, am Flughafen landete der dritte europäische Trainer der Nationalmannschaft, Beamte des Verkehrsamtes stellten Blinden für 1000 Dollar Pilotenscheine aus, Frachtschiffe brachten Giftmüll aus Amsterdam, PC-Schrott made in Singapur und Gefriercontainer mit Gammelfleisch aus Deutschland. Fleischer und Köche verarbeiteten den Abfall zu Hühnchenha-

schee mit Erdnusssoße, zu Egusieintopf[23] oder pfefferigen Stews und die einheimischen Bauern nahmen ihre Hühner vom Markt wieder mit nach Hause.
Charles kam aus Oloibiri, einem Dorf im Nigerdelta, genau dort, wo man in den 50er Jahren die Ölförderung Nigerias begonnen hatte, wo man mit dem Kanu zur Schule fuhr und wo sein Dorf im Ölschlick undichter Bohrstellen versunken war. Seine Eltern und drei jüngere Geschwister starben an der Krankheit. So lebte Charles ohne Angehörige, mit geringer Schulbildung und ohne Perspektiven fünf Jahre in Jungle City.
Eines Tages saß Charles in einem Straßencafé vor Kaffee und Weichbrötchen, las in der „This Day" vom Schicksal seines Chefs und hatte keine kriminelle Energie mehr. Rebellenführer Asari zu 243 Jahren Gefängnis verurteilt, stand fett gedruckt auf der ersten Seite.
Charles kam sich verwaist vor, und er fluchte Verwünschungen wie ein Voodoozauberer. Dabei war es jahrelang so gut gelaufen.
Asari, ein Vorschussbetrüger erster Klasse, rekrutierte seine Kunden aus europäischen Veröffentlichungen der Offenbarungseide, versprach ihnen Millionen, die Kunden traten in geringfügige Vorkasse und aus war für sie der Traum vom schnellen Geld.
Asari indes erwirtschaftete Millionen und baute eine Privatarmee auf. Er machte den Ölgesellschaften Stress und entführte ausländische Ölarbeiter. Das Barrel Rohöl stieg auf über 50 Dollar. Asari ließ sich als Held feiern.
Der Glücksritter ging sonntags in die Methodistenkirche, bestach die Geister durch Zahlungen an den Voodoozauberer, und verehrte Osama bin Laden als Revolutionär. Auch förderte er die politischen Strukturen des Landes, indem er Politikern „Wahlkampfhilfe" verkaufte, ausgeführt von Arbeitslosen aus Jungle City.

---

[23] Fleisch mit Paprika

Asari war ein guter Mensch und Nigeria ein schönes Land, und die Antilope geht so lange zum Wasserloch, bis sie auf den Löwen trifft.

Eines Nachts bohrten seine Männer eine Pipeline an. Die Quelle sprudelte tagelang, ganze Dörfer kamen mit Kanistern, Eimern und Kannen und der private Tankwagen Asaris wurde ebenfalls gefüllt. In der zweiten Woche hatte dann irgendein Vollidiot, dessen Asche man später nicht mehr identifizieren konnte, beim Abfüllen geraucht und die Zapfstelle war in Flammen aufgegangen. Militär war gekommen, hatte 500 Leute festgenommen, darunter auch Asari.

Graue Haare, dachte Charles, wird er haben, wenn er rauskommt. Doch was sollte Charles bis dahin machen?

Er blickte hinaus auf die Straßen von Jungle City, die immer um diese Jahreszeit im Schlamm versanken. Charles erhob sich, drehte die Zeitung jemandem, der noch ärmer war, für den halben Preis an.

Dann bahnte er sich seinen Weg durch die Gloriole Street, durch Pfützen, groß wie kleine Seen, durch Müllberge aus Plastik, Autoreifen, Europaletten und den Dingen des täglichen Unrats, toten Katzen und verwesenden Hundekadavern.

Hier konnte niemand die private Müllabfuhr bezahlen und so wurden die Slums gar nicht erst angefahren.

Charles lebte in einer Wellblechbaracke von zwanzig Quadratmetern zusammen mit fünfzehn anderen, ohne Bad, die nächste öffentliche Toilette war 500 Meter entfernt. Das Rohr zur Kanalisation war verstopft, man hatte es frei gegraben und die Exkremente flossen in einen Hinterhof.

Charles war verzweifelt. Es war ihm klar, dass er ohne Job, ohne Familie, ohne Geld kein weiteres Jahr überleben würde.

Irgendwann würde er in irgendeinen Streit hineingezogen werden, und eines Morgens würde man ihn mit einem Messer im Rücken finden. Von Unbekannten ermordet, würde im Polizeibericht stehen und damit würde die Akte geschlossen werden.

Er musste weg, weg aus Jungle City, weg aus Lagos, weg aus Nigeria, weg aus Afrika! Aber wie? Fliegen? Kam nicht infrage. Sein Name war bereits im Prozess gegen Asari genannt worden. Die Fahndung lief.
Er konnte versuchen, im Hafen von Lagos irgendein Containerschiff zu erwischen und jemanden von der Besatzung bestechen. Schiffe gingen von Lagos in die ganze Welt, vor allem aber nach Europa.
Er hatte noch ein bisschen Geld. Das musste reichen. Er würde schon jemanden finden, der arm genug war es anzunehmen.
Nach einer Woche des Herumlungerns, immer auf der Hut vor Uniformierten, wurde er mit dem Hilfskoch eines Schiffes einig, das unter panamesischer Flagge nach Hamburg fuhr. Die Ladung bestand aus Erdnüssen, Kakao, Baumwolle und Edelhölzern.
Der Koch hieß Komano. Er brachte Charles im Maschinenraum unter, in einer Zelle mit zwei Schleusentüren, Rohrleitungen und einem Notstromaggregat, das, wie Komano versicherte, nie gebraucht wurde. Nachts brachte Komano Reste aus der Bordküche.
Es war am dritten oder vierten Tag, als das Aggregat plötzlich mit ohrenbetäubendem Fauchen ansprang. Das Sechszylinder Dieselaggregat nagelte, das Charles fürchtete, das Trommelfell müsse ihm platzen. Er hielt sich die Ohren zu, doch der Schalldruck ließ seine Brust vibrieren und das Atmen wurde ihm schwer. Nach einer Weile nahm er seine Umgebung kaum noch war. Später wurde er ohnmächtig.
Als er aufwachte, lag er auf einer Pritsche, über sich ein Gesicht mit Kapitänsmütze, deren vergoldete Kokarde Charles wie die Waage der Justitia vorkam.
Wie er später erfuhr, hatte das Schiff den Hafen von Nouadhibou, Mauretanien, angelaufen. Bei der Verladung war auf Landseite der Strom ausgefallen, man hatte helfen wollen und so das Notstromaggregat eingeschaltet.
In der Nacht setzte man ihn und Komano an Land. Außer Komanos Gitarre hatten sie wenig Gepäck. Der Sänger und

Hilfskoch erzählte aus seinem Leben, er sei in Kano geboren und dort vertrieben worden: „Ich habe ein Lied gemacht: die Impfung bringt dir langes Leben. Überall habe ich es gesungen. Da wollten die Imams mich vor Gericht stellen. In Kano gilt die Scharia. Sie haben behauptet, Impfungen würden von den Amerikanern bezahlt, damit wir impotent werden und sie an unser Öl heran können, wenn wir ausgestorben sind. In Kano regiert der Schwachsinn.
Wohin sollte ich gehen? Unsere Art ist gastfreundlich, doch wenn du nicht zum Stamm gehörst, bleibst du fremd wie ein Schimpanse unter den Gorillas. Da hab ich angeheuert und ab und zu etwas dazu verdient. Mann, ein Jahr hab ich gut gelebt und viel gesehen, war in Bremen, Kopenhagen, New York und wieder in Lagos und dann kamst du."
„Hast du Maniok?"
„Man hat mir keine Heuer gezahlt, als man uns an Land gehen ließ. Macht nichts, ich werde kochen oder singen oder beides. Ich kriege schon Geld zusammen!"
Die beiden brauchten nicht lange, sich zu orientieren. Der beste Weg gen Norden schien ihnen der Erzzug nach F'derik zu sein. Danach wanderten sie, immer des Nachts, durch die Westsahara nach Marokko.
In Tanger hatten sie sich ein Fahrrad mit Anhänger organisiert und waren Versorger der Camps geworden.
Im Winter waren wenige Leute in den Camps. Wer es bis dahin nicht geschafft hatte, zog in den Süden. Im Rifgebirge lag meterhoch Schnee und selbst der Cannabishandel kam zum Erliegen.
Charles und Komano verbrachten diese Zeit in Gharb, verdingten sich in Zinkhütten oder arbeiteten als Erntehelfer auf den Spargelfeldern von Kinitra.
Im März hatten sie dicke Schwielen an den Händen und machten sich nach Norden auf. Auf einem Schild bei Sid Kasem stand: Tanger 220 Km. Dort angekommen, erblickten sie erblühte Hügel mit Butterblumen, Jasmin und Limonen.

Sie begrüßten die Freunde im Camp: Echte Überwinterer, Gefängnisüberwinterer, von Europa Remittierte, und Neuankömmlinge die erstmals auf ihre Chance warteten. Man fragte nach dem Woher und der Höflichkeit halber nach dem Wohin. Die Händler auf den Basaren grüßten freundlich, klagten über die schlechte Hanfernte und darüber, dass Mohammed VI. noch immer nichts gegen die Armut des Nordens getan hatte. Charles und Komano klagten mit, doch Komanos Geldbeutel war wieder schwerer geworden und Charles hatte inzwischen ein stattliches Bankkonto. Zudem hatte letzterer Alima kennen gelernt hatte, die eine illegale Flüchtlingspension in der Stadt betrieb.

Wenn Charles allerdings heute an Alima dachte, so wurde ihm unbehaglich. Liebst du eine Frau zu schnell, liebst du sie schnell nicht mehr! Merkwürdig, dieser alte Spruch war ihm im Frühjahr nicht eingefallen, sondern erst, seit Alima schwanger war. Seitdem hatte er nicht mehr in der Stadt übernachtet.

Charles blickte nach Europa hinüber. Mit bloßem Auge erkannte er den Dschebel Tarik, die Windmühlen von Tarifa und die Sierra Nevada. Spanien wirkte beinahe so nahe wie Cap Malabata, wo soeben Kebba und Süleyman hinter der Bergkuppe verschwanden.

*

Das Hospital der Medicus International lag in einer Gasse der Medina, davor ein Haus mit der Leuchtblende: Hotel Continental. Der Fahrer hielt bei dem Hotel. Die Schwangere stöhnte, als die Drei sie von der Ladefläche hoben.

„Links vom Hotel“, sagte der Fahrer, „und dann rechts. Es sind nur 100 Meter, und passen Sie auf. Es gibt Patrouillen.“

Das Hospital war ein Büroraum von fünf mal fünf Metern, Regale mit sterilen Verpackungen und medizinischen Utensilien an den hohen Wänden, ein OP- Tisch mit grünem Bezug, ein Ständer für Tropfinfusionen, ein Schreibtisch in der Ecke,

darauf ein Laptop im Windowsoutfit mit flimmernden Bildschirm.
Der Arzt war ein Weißer. Er begriff die Situation sofort: „Hierher“, sagte er, „legt sie hierher.“ Er zeigte auf den OP-Tisch, ging zur Türe und rief einen Namen in den Flur.
Die beiden taten, wie gesagt. Elias wischte sich den Schweiß von der Stirn, unterm anderen Arm die Plastiktasche mit seinen Aufzeichnungen.
Der Arzt wusch sich die Hände, während ein Pfleger im weißen Kittel herein kam. Er nickte knapp, legte einige chirurgische Instrumente zurecht, ging an den Laptop und öffnete eine Datei. Elias betrachtete ihn interessiert: mittelgroß, schmaler Kopf mit hoher Stirn, fein geschnittene Gesichtszüge. Elias tippte auf Äthiopier und zuckte zusammen, als er realisierte, dass an dessen Hand zwei Finger fehlten. Der Mann bemerkte es: „Zählst du die Finger des Verstümmelten“, sagte er, „lass es dir nicht anmerken.“
„Entschuldigen Sie“, sagte Elias und merkte, wie ihm das Blut in die Wangen stieg, „ich sah nur auf den Laptop.“
„So? Normale Ausrüstung. Kann sie sich ausweisen?“
„Sie ist meine Schwester“, sagte Elias, „Ada Justin.“
„Können Sie sich ausweisen?“
„Ich habe meinen Pass vergessen.“
„Ada Justin“, sagte der Pfleger und tippte, „geboren?“
„Kamerun, neunter Oktober 76“, erfand Elias.
„Hauptsache es steht da etwas“, erwiderte der Pfleger, „ich heiße übrigens Asad.“
„Dieser Laptop“, begann Elias unsicher, „man kann damit schreiben?“
„Klar kann man damit schreiben“, antwortete Asad, klappte den Bildschirm runter und verschloss den PC ihm Schreitisch.
„Ich will Sie nicht bestehlen“, sagte Elias und spürte erneut das Blut in seinen Wangen.
„Daran habe ich keinen Augenblick gedacht“, antwortete der Asad und wandte sich dem OP Tisch zu, wo der Arzt inzwischen Ada untersuchte.

Ben stieß Elias in die Seite: „Der Doktor hat gefragt, wo sie anschließend bleiben kann.“
„Ich weiß nicht“, sagte Elias zu dem Arzt.
„Sie sind aus den Camps?“, fragte der.
„Aus Missnana.“
„Gehen sie hinauf zur Kasbah. Dort wohnt eine Frau, die Migranten aufnimmt. Sie heißt Alima. Sagen sie, sie kommen von mir. Mein Name ist Hartfield.“
„Wie finde ich Alima?“
Der Arzt gab Elias eine Visitenkarte und beschrieb den Weg zur Rue Lahnot: „Es ist das vierte Haus auf der rechten Seite. Sagen Sie Bescheid, ob es klappt. Irgendjemand wird ein Handy haben. Und jetzt gehen Sie.“
Asad öffnete die Tür und schob die beiden hinaus.
Der genannte Weg führte sie am Hotel Continental vorbei. An der Ecke saß Abdurahman und verkaufte Zigaretten. Er schien gleich zu wissen wohin sie wollten, denn er winkte: „Dort entlang.“
„Er ist ein Marabut“, sagte Ben, „so einer wie der Witchdoktor von Roumsiki.“
„Glaubst du an so etwas?“
„Witches“, antwortete Ben und senkte seine Stimme, „überall in Afrika sind Witches.“
Sie kamen auf einen Platz über dem Hafen und verschnauften. Eine rostige Kanone stand dort. Der Mond schien hell auf das Typenschild: Armstrong & Co, Newcastle 1797.
Man überblickte den Hof der Hotels, den Hafen mit der Moschee, von der Charles gesprochen hatte und den Parkplatz der internationalen Speditionen, die hier auf die Fähre warteten. An der spanischen Küste strahlten die Lichter von Gibraltar und Algeciras.
Sie suchten sich zu orientieren und hatten eben das richtige Straßenschild gefunden, als sie Schreie hörten: „Help, help, don’t hurt me, no, don’t hurt me.”
Die Rufe kamen aus der Rue Lahnot. Gleich darauf kam ein Mann aus der Straße gehetzt, hinter ihm Uniformierte.

„Hier hinein“, flüsterte Elias und zog Ben in eine Seitengasse. Sie hasteten über Kopfsteinpflaster, sprangen über eine Mauer und standen im Hinterhof des Hotels.
Von draußen kamen Rufe und Hundegebell. Autos fuhren, Männer brüllten Kommandos, Menschen wimmerten, Handschellen klirrten.
„Was machen wir nun?“, fragte Ben außer Atem.
„Allah will nicht, dass wir heute fahren“, sagte Elias, „Abdurahman hat Recht gehabt.“
„Es ist nichts besonderes“, antwortete Ben, „nur eine kleine Razzia. Sie nehmen ein paar Leute fest, stecken sie für ein paar Tange in den Knast und schieben sie ab.“
„Es beginnt zu regnen“, sagte Elias und hielt prüfend die Handfläche hoch, „wir müssen ins Trockene.“
Sie fanden einen Unterschlupf unter einem abgemauerten Balkon des Hotels. Allerlei Gerät stand herum, einige Tisch und Stühle. Sie machten es sich bequem. Der Lärm der Razzia verhallte allmählich.
„Wir bleiben heute Nacht hier“, sagte Ben, „ich hätte mich bei Alima nicht wohl gefühlt. Die Leute in Tanger sind keine Camaradas. Sie sind reich und verachten uns, weil wir draußen leben. Es ist aber nicht schlimm im Camp. Am schönsten war es sonntags, wenn der Pastor predigte. Wir haben gesungen und gebetet, und er hat uns Mut gemacht. Gibraltar, hat er gesagt, ist ein Nichts. Ein Fallschirmspringer kann es im freien Fall überqueren. Der Viktoriasee ist hundertmal länger und breiter.“
Elias blickte durch eine Maueröffnung nach draußen: „Man sieht ganz Tanger, den Hafen, die Marina und die Patrouillenboote. Bei der Gendarmerie Royal haben sie Gefangene mit der Acht auf dem Rücken.“
„Wer weiß, ob diese Alima das Baby überhaupt aufnimmt“, überlegte Ben, „wenn sie es aufnimmt, ein Baby als Flüchtling nach Europa. Stell dir das vor. Eine Kindheit in Spanien, wo du eigentlich nicht hingehörst.“

„Und eine Kindheit in Afrika?“ fragte Elias, „nirgendwo ist das Leben so dem Zufall überlassen wie zwischen Kapstadt und Tanger.“
„Die Leute im Camp sind arm“, sagte Ben, „aber sie arrangieren sich, halten zusammen. Denen hier würde ich nie trauen. Elias, warum bist du eigentlich im Camp? Du bist doch reich.“
„Ich bin nicht reich“, erwiderte Elias, „mein Geldbeutel ist nur ein leerer Sack.“
„Du hast ein Büro in Douala. Und neben deinem Schreibtisch hängt ein Foto von Roger Milla.“
„Woher weißt du das?“
„Ich habe das Geld von deinem Onkel geholt.“
In Elias Kopf spulte ein Film ab. Klar, so musste es sein. „Du bist der dritte vom alten Jean“, stellte er fest, „Wie geht es deinem Vater?“
„Witches“, sagte Ben und rollte die Augen, „überall Witches. Alles ist verhext. Mein Vater wurde vergiftet. Kurz nachdem herauskam, dass du geflohen bist. Dann starb meine Mutter an der Krankheit, dann zwei Schwestern. Jetzt habe ich noch einen Bruder, irgendwo in Deutschland. Doch seit ich im Camp bin, habe ich ihn nicht mehr erreicht. Der letzte Brief kam, als ich noch in Douala war. Man bekommt satt zu essen, hat er geschrieben, die Polizisten sind freundlich und die Gefängnisse sind sauber und haben Klimaanlage. Da bin ich los. Ein Schleuser der Keita hieß, hat mir und zwei anderen Flüge nach Düsseldorf besorgt. Als wir ankamen, hat er uns die Pässe weg genommen.
Er sagte es wäre besser, wenn wir keine hätten und wir sollten sagen, wir seien vom Kongo. Es hat auch geklappt. Wir kamen in ein Asylheim nach Goch.
Nach drei Wochen wurden wir nach Unna Massen gebracht. Man hat gesagt, dort wäre ein Experte, der uns identifizieren sollte. Der Experte war Keita, der uns nach Deutschland geschleust hat.
Wir wurden ihm vorgeführt. Er sagte, wir kämen aus Guinea, obwohl er selber uns aus Kamerun geholt hat. Wir haben ge-

sagt, dass dies nicht stimmt und das Keita ein Schleuser ist, wie sie dort sagen. Man hat uns nicht geglaubt und uns abgeschoben nach Guinea. Aber wir hatten keine Pässe mehr, die hatte doch Keita. Wahrscheinlich holt er mit unseren Pässen jetzt andere aus Kamerun. Ich bin jedenfalls sofort losgelaufen, quer durch Kamerun, Nigeria, Niger."
„Über Agadez?"
„Ja, Agadez, mit einem Jeeps. Ein Tuareg, der Abd el Kadre hieß, hat uns bis Bechar gebracht, aber nach Marokko wollte er nicht. Da sind wir gelaufen."
„Du hast meine Artikel gelesen?"
„Du solltest über Keita schreiben. Er nimmt unser Geld, er bringt uns nach Europa. Dort arbeitet er für Behörden und kassiert wieder, und wir werden abgeschoben."
„Gehst du wieder nach Deutschland?"
„Deutschland? Bäh", sagte Ben, „du lebst Sommer wie Winter im gleichen Container, zusammen mit fünf anderen, musst ihre Blähungen und Schweißfüße ertragen, machst Sozialarbeit für einen Euro die Stunde. Die Deutschen sind unfreundlich. Sie halten uns für Donkeys. Glaubst du nicht?"
„Ich weiß es nicht."
Ben riss seine Mütze vom Kopf und warf sie an die Wand: „Deutschland? Bäh!"
„Es wird langsam hell", stellte Elias fest, „gib mir mal dein Handy. Ich rufe mal den Arzt an."
Es dauerte eine Weile, bis der an den Apparat ging. „Wie stehst?", fragte Elias.
„Wie stehst, wie stehst", brüllte der Arzt, „das Baby ihrer Schwester liegt in Steißlage, vor mir stehen drei Mann, die von der Polizei verprügelt wurden, ein Nasenbein zertrümmert, eine Unterarmfraktur, einer mit dicken Eiern. So steht es. Rufen Sie mich morgen wieder an, und kümmern Sie sich vor allem um die Unterbringung Ihrer Schwester!"

Die Frau stand vor einem Haus in der Rue Lahnot und wrang Wäsche über einem Eimer. Bei ihr stand ein etwa sechsjähri-

ger Junge und nuckelte am Daumen, die Rechte im wolligen Hinterkopf vergraben. Seine Mutter sang verträumt vor sich hin.
Die Stimme erinnerte Elias an seine Mutter, wenn sie singend an den Kaskaden die Kleider wusch, und für einen Augenblick hatte er die rollende Brandung des Atlantiks vor seinen Augen.
„Sie sind Alima?“, fragte er.
Alima sah auf. Sie hatte braune Augen, volle Wangen, und ihre intelligenten Augen blickten interessiert über der wohlgeformten Nase. „Dr. Hartfield schickt Sie?“
„Eine Frau hat ein Kind bekommen“, antwortete Elias und sein Blick streifte die zugenagelten Fenster des Hauses.
„Platz habe ich keinen mehr“, lachte Alima, „doch die beiden können trotzdem wohnen.“
Während sie die Tür öffnete, pfiff sie durch die vorstehenden Zähne dem Junge hinterher, der die Gasse hinuntergelaufen war. Der kam zurück und vergrub den Kopf in ihrem Rock.
„Konnte ich schon als Kind“, sagte Alima, „alle in Fagge haben mich darum beneidet. Vor allem die Jungen.“
„Wo ist Fagge?“ fragte Ben.
„Ein Teil von Kano, eher ein Dorf.“
Aus dem Haus klangen Mädchenstimmen: „So far away the way to Calamocarro[24], footing thousand miles and more.”
Im Wohnraum des Haus waren etwa 50 Männer untergebracht. Die meisten saßen auf dem Boden, spielten mit Würfel oder Karten. Am Gasherd stand eine Frau und rührte in einem Topf, daneben rupfte ein Junge ein Huhn.
Bröckelnde, blaue Putzwände, leere Konserven, durchlöcherte Sessel, Dunstschwaden.
Vor einem verblichenen Mosaik standen die singenden Mädchen und flochten ihre Haare. Die Männer die nicht spielten, dösten vor sich hin, und im Nebenraum handelten zwei mit gedämpfter Stimme um einen Geldbetrag. Wie Elias erkannte war einer der beiden Marokkaner, der andere ein elegant ge-

[24] Aufnahmelager von Ceuta

kleideter Flüchtling. Der steckte dem Marokkaner ein Bündel Banknoten zu. Als sie Elias erblickten, zogen sie sich hinter die Mauer zurück.
Alima zupfte Elias am Ärmel: „Sie kann mit ihrem Baby ins Penthouse“, sagte sie, „komm, ich zeig es euch.“
„Ich warte hier“, sagte Ben und wandte sich zu den Mädchen die immer noch flochten und sangen: „when we arrive, then we forget all pain and sorrow, take your feet strong in your hands, footing through the Desert too.”
Das Penthouse war eine Bretterbude auf dem Dach, zwischen verrotteten Wellblechen und Teerpappe. Der Blick über die Dächer der Stadt: Sattelitenschüsseln, Wäscheleinen, Antennen, ein Minarett, weit entfernt der Dschebel Tarik. Die Seeluft vermischte sich hier mit Essengeruch und Abgasen. Vom Hafen herauf dröhnten die Schläge einer Dampframme, und dazwischen tönte das feine Hämmern eines Steinmetzen. An Grasbüscheln in den Dachrinnen pickten gackernde Hühner.
„Ja“, sagte Alima, „so leben wir hier. Doch ab und zu kommt Komano und spielt und bekommt ein paar Dinar, dann tanzen wir und feiern, und singen gegen die Angst.“
Sie wies auf eine Plastikliege mit Wolldecke: „Hier, ist das gut genug für deine Freundin?“
Sie ist nicht meine Freundin, lag es Elias auf der Zunge, doch er antwortete: „Es ist okay, ja, es ist okay.“
„Wann kommt sie?“
„Ich weiß noch nicht einmal, ob sie die Geburt überstanden hat.“
„Kerle“, sagte Alima, „keine Ahnung. Schon das erste ist mir leicht gefallen, mein zweites bekam ich morgens, und abends konnte ich schon wieder tanzen. Leider ist es gestorben. Das dritte trage ich und ich werde die Geburt kaum merken.“
Eine ungewöhnliche Frau, dachte Elias. Sie gingen hinunter und durch einen Vorratsraum: Reis, Mehl, Nudeln und Bohnen, Kosmetika und Bleichmittel. Das Lager war voll bis unter die Decke.

Nebenan wurde es laut. Elias konnte nicht verstehen was gesprochen wurde, weil plötzlich sehr viele durcheinander redeten. Er fragte nach den Männern im Nebenraum.
„Der Lange ist Otman, der Patron. Der andere ist Brian. Er ist Nigerianer. Ihm gehören die Mädchen."
Alima langte an eine Pinnwand und zeigte eine Visitenkarte: „Hier, das ist er."
Brian Dibia, Model Agency Lagos, Promotion & Castings, stand auf der Visitenkarte.
„Dumme Mädchen", sagte Alima, „Brian verspricht ihnen Jobs als Model, Aupairmädchen, Tänzerinnen und Filmstars. Sie laufen ihm nach. Dumme suchen auch dort nach Mist, wo keine Kühe grasen. Besser, sie würden gleich zu Otman gehen."
Nebenan beschwerte sich jemand, der Preis sei zu hoch, er habe nur 800 Euro. Er solle sammeln gehen, sagte ein Anderer.
„Hast du Charles gesehen?", fragte Alima.
„Es ist im Camp."
„Wenn du ihn siehst, sag ihm", antworte Alima und stockte einen Augenblick, „er war seit Wochen nicht hier. Sag ihm, die Vorräte gehen zu Ende."
Elias Blick glitt über die gefüllten Regale und streifte Alimas Bauch. Sie bemerkte es.
„Bekomme ich das Kind in Spanien, so kann man mich nicht mehr ausweisen. Aber du sollst nicht denken, dass ich deswegen mit Charles zusammen bin. Ich liebe ihn, auch wenn er ein Connectionman ist. Aber er ist nicht wie Brian. Er handelt nicht mit Mädchen. Kannst du einen Brief für ihn mitnehmen?"
Elias sagte zu und Alima gab ihm das Papier, gefaltet und mit Schleife.
Nebenan redete Brian auf die Mädchen ein: Sie sollten die Details auswendig lernen, Flagge, den Präsidentennamen, die Nummernschilder und die Farbe der Taxis von Ghana.
Brian ist ein Schwein, dachte Elias, Otman dagegen scheint okay zu sein. Wenn nach Spanien, dann mit dem. Wir haben

schon September. Es eilt. Kurz entschlossen trat Elias in den Wohnraum und sprach den Schleuser an.
„Viertausend“, sagte Otman und zog seinen Bermudahut ins Gesicht, „unter dem keine Passage.“
„Anderswo habe ich andere Preise gehört“, erwiderte Elias leise.
„Wenn ich schon einen Skorpion fressen soll, dann wenigsten einen fetten“, antwortete der Patron.
„Bin ich ein Skorpion?“, fragte Elias überrascht.
„Du bist Journalist“, erwiderte Otman, „Schnüffler, Schreiber, Tintenkleckser. Ich kenne deine Sorte.“
„Ich will nur nach Spanien.“
„Nur nach Spanien“, echote Otman, „und einen Tag später steht mein Name in allen Zeitungen. Viertausend, oder du kannst die Sache vergessen.“
Elias sah, dass es keinen Zwecke hatte, mit dem Mann zu verhandeln.
Er schrieb sich noch Alimas Handynummer auf und versprach anzurufen, sobald er wüsste, wann Ada mit dem Baby kommen würde. Als er in den Wohnraum zurückkam, sah er gerade noch, wie Otman das Haus verließ. Unter der Hutkrempe sah man seinen kahlen Hinterkopf.

*

Otman hatte Vorschuss kassiert und betrachtete die Summe von 20000,- Euro bereits als Gewinn. Es spielte keine Rolle, ob er heute oder morgen fuhr. Irgendwann würde er fahren und bis dahin Vorschuss kassieren.
Nimm den Esel und den Kopf und den Schwanz, war Bekirs Devise gewesen und der war reich geworden, auch wenn er jetzt im Gefängnis saß. Das Heer der Flüchtlinge nahm ständig zu, und man konnte immer Geschäfte machen, auch wenn es im Augenblick mit den Transfers etwas stockte. Doch da hatte er sich schon etwas Neues ausgedacht, und heute würde er alles in die Wege leiten.

Er ging die Gassen hinunter, vorbei an den Opiumbuden. Wenn er nur wüsste, was es mit diesem Journalisten auf sich hatte, diesem Elias. Es war immer das gleiche. Erst kamen diese Schnüffler, meist europäische. Sie schnüffelten, sahen, was sie nicht sehen sollten; dann erschienen ihre Artikel, und dann war es vorbei mit der charmanten Nonchalance der marokkanischen Polizei.
Dass jetzt auch noch ein Niggerjournalist mit von der Partie war, beunruhigte Otman und er griff prüfend an die Brust. Wie lange würde der Zauber halten? War es nicht besser, sich zu versichern?
An der Rue Lahnot hielt er kurz inne. Er hört Schritte hinter sich. Vor ihm lag das Hotel Continental, der Hafen, das Minarett, von dem aus Abdurahman den Hafen beobachtete. Otman sah sich um. Wer mochte um diese Zeit hinter ihm her sein? Einen Afrikaner hätte er selbst auf 100 Meter an seiner Gestik erkannt. Sie bewegten die Hände mit den langen Fingern in weit kreisenden Bewegungen und Otman kamen sie vor wie Spieler mit gezinkten Karten.
Otman blickte mit Unbehagen durch die Gassen zur Gendarmerie Royal und hinüber zu den grauen Zerstörern der Marine, die Unheil verheißend an der Pier lagen und ihm war mulmig zu Mute.
An der Ecke zum Hotel stand Abdurahman mit seinem Bauchladen. Otman nahm eine Zigarette.
„Und?“, fragte er, „hast du etwas heraus gebracht?“
„Nächste Woche kommt die Anlage weg“, antwortete Abdurahman, „nach Melilla. Dann musst du dich beeilen. Der Estrecho wird ungemütlich, selbst für Nigger.“
Otman zündete die Zigarette an: „Ein, zwei Wochen wird es schon noch gehen.“
„Meinetwegen können sie absaufen, deine Nigger. Hauptsache sie haben bezahlt. Ich brauche eine neue Jellaba.“
„Du bist unbarmherzig mit ihnen. Mir kommen sie manchmal wie richtige Menschen vor“, antwortete Otman und rauchte: „Halte mich auf dem Laufenden. Du bekommst deine Jellaba.“

Er ging weiter, die Zigarette im Mundwinkel. Warum wusste Abdurahman immer so gut Bescheid? Und warum hatten dessen Instinkte bei Bekirs Festnahme geschlafen? So oder so, Abdurahman sollte seine Jellaba bekommen.
Otman sah sich wieder vorsichtig um. Als er sicher war, das ihn niemand beobachtete, verschwand er in einem Trödlerladen. Dort wandte er sich an den Besitzer des Ladens, Sidi Mehmet, den Wahrsager und Heiler. Gerade jetzt brauchte Otman den Schutz des Heiligen. Das Böse konnte überall lauern, in jedem Haus, jedem Stein, im Couscous, ja selbst im mit frischen Blättern aromatisierten Minzetee.
Waren erst Haus und Auto und vor allem das Geld verseucht, so war es zu spät. Im vorigen Jahr war das Haus des verrückten Engländers hoch über der Kasbah von dem Felsen gerutscht, kurz nachdem man einen unheilvollen Talisman bei ihm gefunden hatte. Otman hatte zwar kein Haus am Hang und natürlich würde ein marokkanischer Dschinn seine wohlverdienten Euro nicht gleich als Geld erkennen, doch immerhin das Haus, den LKW und die Zodiacs, und besonders die letzteren waren für Otmans Geschäft unentbehrlich.
Die Dschinoun waren oft die Geister von verstorbenen Ahnen und in der Regel gut gesinnt, doch das konnte man nie genau sagen.
Meist lebten sie auf Müllhalden, oder auf dem Friedhof oder in Ruinen, wie etwa dem alten Gefängnis in der Kasbah, in dem Ahmed der Polizist Illegale versteckte, und von wo Otman sie abholte und bei einer der Speditionen unterbrachte, die den Estrecho regelmäßig querten.
Otman überlegte kurz, ob es besser wäre, das Geld in Dollar umzutauschen, doch dann sagte er sich, eine so alte Währung wie Dollar würden die Dschinoun möglicherweise bereits kennen.
Sidi Mehmet war ein heiliger, weiser Mann und sicherlich ebenso mächtig wie Sidi Mohammed der mächtige Marabut von Casablanca.

Otman gab ihm 100 Euro und erhielt ein Amulett mit Wunderkräutern, das er wie einen Brustbeutel unter sein Hemd verschwinden ließ. Er dankte dem Heiler, verneigte sich und verließ den Basar mit einem Lächeln. Jetzt konnte er seine neue Idee in die Tat umsetzen. Die Dschinoun hatte er günstig gestimmt. Kurz entschlossen rief er Hasim, seinen Kompagnon, an und sie verabredeten sich in Oued Laou.

Otman stammte aus Tiskeji, einem Berberdorf im Hohen Atlas, der mit gewaltigen Bergen den mediterranen Raum von der Hamada[25] trennt, nahe bei Agadir, inmitten eines Arganienwaldes[26], der mit 30 Meter langen Wurzeln den Sandstürmen der Westsahara trotzte.
Seine Familie gehörte zu den Stämmen, die das kostbare Arganöl aus den Kernen der Baumnüsse gewinnen und galt als wohlhabend. Otman besuchte die Schule in Agadir und später die Universität in Marrakesch. Vom Vater großzügig ausgestattet, dachte er nicht ans Studium, sondern bändelte lieber mit europäischen Urlauberinnen an, weshalb seine Zeugnisse entsprechend ausfielen.
Der Vater erfuhr von den Eskapaden seines Sohnes und schickte ihn zur streng geführten Universität von Tetouan. Die finanzielle Ausstattung minderte er mit der Begründung, Otman habe Einiges nachzuholen und brauche deshalb kein Taschengeld.
Otman dachte an die Frauen aus dem Norden, und die Sehnsucht trieb ihn nach Tanger, wo er sich an den Wochenenden als inoffizieller Führer anbot: Ich werde sie begleiten, diesen Satz kannte er bald in allen Sprachen. Man musste den Eindruck erwecken, man sei kompetent, dann verziehen die Kunden wenig später das Reden mit Händen und Füßen und fanden es sogar reizvoll.

---

25 Geröllwüste

26 Marokkanischer Ölbaum

An diesen Wochenenden schlief er bei einem entfernten Verwandten, der die Pension Lexus, nahe der Kasbah an Flüchtlinge vermietete, anstatt sie renovieren zu lassen. So lernte Otman den Patron Bekir kennen, der großzügige Bezahlung für kleine Gefälligkeiten bot: LKW fahren, Schlauchboote zu verschiedenen Buchten transportieren, Proviant beschaffen und vor allen Dingen, den Mund zu halten. Bekir beschäftigte auf diese Weise mehr als zwei Dutzend Männer.
Bekir fuhr seit mehr als 15 Jahren Illegale über den Teich und hatte die ersten Transporte noch mit einfachen Holzbooten gemacht.
Nachdem der Patron verhaftet wurde, trafen sich seine Leute um zu beratschlagen. Allein Otman war nicht dabei. Otman überlegte, wie er die Situation für sich ausnutzen konnte. Er verzichtete dabei auf Sentimentalitäten.
Beim Kadaver trafen sich Krokodil, Hyäne, Löwe, und Aasgeier. Der eine nahm die Eingeweide, der zweite häutete, der dritte tranchierte, der letzte nagte die Knochen ab.
Otman war der Löwe, und mit Hilfe Abdurahmans schnitt er die Filetstückchen aus dem noch zuckenden Körper, die LKW, die Zodiacs und die Liste mit Telefonnummern der Schiffskommandanten, die es bei fast jedem Transport zu bestechen galt. Mit diesem Rüstzeug führte Otman das Geschäft weiter. In kurzer Zeit erwarb er sich das Image eines kompetenten, zuverlässigen Geschäftmannes. Seine Motivation, so redete er sich ein, war Mitleid mit diesen flüchtenden Kreaturen. Manche von ihnen, wie Charles oder Komano, mochte er sogar.
Otman traf Hasim in seinem Restaurant an. Die beiden waren sich ähnlich, man hielt sie sogar für Cousins. Doch Hasim war nur ein anderer Ableger Bekirs, und das Geschäft hatte sie zusammen gebracht.
Sie setzten sich ans Fenster mit Blick auf den Fluss und das Meer. Draußen, vor dem Viadukt, der Wasser aus den Bergen, herleitete, molk eine Frau mit Sombrero ihre Kuh.
„Wie läuft es hier?“, fragte Otman nach der Begrüßung.

„Gestern Nacht waren es siebzehn“, antwortete Hasim. Er trug wie immer einen Mantel aus Kamelhaar, und Otman bemerkte mit einem leisen Groll, das Hasims kurze Haare onduliert waren.
„Warum nur drei Boote?“
„Es waren nicht mehr zu haben. Der Spanier sagte, er hätte fünf Stück nach Nador verkauft.“
„Nador, so ein Wahnsinn.“
„Sag mir einen besseren Weg.“
„Man kann Drachen fliegen, Fallschirmspringen, Tauchen, Wassermoped fahren, sogar schwimmen.“
„Die Idee mit Nador ist gar nicht so schlecht“, verteidigte sich Hasim, „sie fahren dicht unter Land und setzen erst bei Ceuta Kurs auf Spanien. Der Hafen von Nador wird noch nicht kontrolliert. In Al Hoceima liegt die Marine, in Tanger auch.“
„Es wird mir allmählich zu heiß“, sagte Otman, „Fast die gesamte Küste ist überwacht. An den großen Ausfallstraßen stehen Posten. Sie haben Nagelbretter, die sie an einem Teleskop mit der Leine ausziehen können. Allein zwischen Tanger und Nador sind an die 75 Posten, Tag und Nacht besetzt. Einige haben sich eingerichtet, kleine Gärten vor die Wachcontainer gebaut. Die gehen nicht mehr weg, solange sie von der EU bezahlt werden. Man spricht sogar von einem neuen Radarsystem. Es heißt Frontex, soll vor der ganzen Westküste bis Senegal eingesetzt werden. Deshalb wollte ich Dir einen Vorschlag machen.“
„Mein Geschäft läuft noch und deines doch auch. Schließlich hast du zigtausend Euro kassiert. Von dem Geld kannst du jahrelang leben.“
„Ich betrüge niemanden. Nicht mal einen Nigger. Die Verträge werden erfüllt. Doch dann machen wir den ganz großen Coup.“
„Ich bestelle uns ein paar Seezungen“, sagte Hasim und gab dem Kellner einen Wink; „sie sind frisch. Bei einem guten Essen unterhält es sich besser.“
„Nein“, widersprach Otman, „nicht jetzt. Hör zu!“

Otman breitete eine Karte auf den Tisch.
„Um Tanger herum campieren rund 15000 Nigger. Hier sind Melilla und Ceuta. Für die Migranten ist es gleich, ob sie über einen Zaun oder in ein Boot steigen. Sie wollen nach Europa. Doch alle Wege sind blockiert. Solange sie in den Camps bleiben, werden sie nicht gekascht, doch sobald sie sich bewegen, schnappt man sie. Die Grenze ist so gut wie dicht, ich bekomme kaum noch Boote rüber und der Winter kommt. Die Schiffskommandanten wurden auch ausgetauscht. Die Neuen sind unerfahren und wissen nicht, wie sie das Geld nehmen sollen. Zudem, Tanger ist in nigerianischer Hand, ich bin der letzte marokkanische Patron."
„Worauf willst du hinaus."
„Wir bringen sie mit Bussen nach Ceuta und Melilla, natürlich diskret, alle größeren Straßen müssen vermieden werden."
„Ich nehme an, du hast meine Busse ins Auge gefasst."
„Wer tonnenweise Cannabis von Ketama holt, kann auch ein paar Moros durch die Gegend fahren."
Der Kellner brachte die Seezungen. Die beiden „Cousins" speisten und diskutierten mehrere Stunden lang verschiedene Möglichkeiten, schnell reich zu werden. Draußen wurde es dunkel und vereinzelt sah man Fischerboote ausfahren. Die Boote lagen am flachen Strand, und die Fischer schoben sie zu Wasser und machten die Lampen an, um Makrelen anzulocken.
Irgendwann sah Otman auf die Uhr: „Ich habe den Muezzin noch nicht rufen hören."
„Der Muezzin ruft nicht mehr regelmäßig. Er ist öfter betrunken, obwohl, niemand hat ihn bisher beim Kauf von Wein gesehen."
„Hoffentlich sind wir auch so geschickt im Versteckspielen", erwiderte Otman, „wenn wir nur die Hälfte der Moros angeln und von jedem 500 Euro nehmen, sind wir in ein paar Wochen Millionäre."
„Und Marokko ist wieder ein weißes Land."

„Zumindest bis der nächste Flüchtlingssommer kommt“. erwiderte Otman forsch, doch er war nicht davon überzeugt, dass es einen weiteren Sommer wie diesen geben würde.

*

Als Elias und Ben zum Hospital zurückgingen, waren die Opiumbuden geschlossen und die Kasbah zu hektischem Leben erwacht. Straßenhändler, Schlepper und inoffizielle Führer boten ihre Dienste an. Eine Frau in Berberkleidung und Strohhut präsentierte Brot und Käse auf geflochtenen Palmblättern. Die beiden frühstückten heißhungrig, und Ben erfragte hernach den Weg: „Où l'hôpital est?“
Die Berberin lächelte verlegen und hielt wieder ihr Tablett hin: „Nur einen Dinar.“
„Wir werden es auch so finden“, sagte Elias.
Das Büro, in dem sie Ada abgeliefert hatten, war leer. Sie suchten in überfüllten Krankenzimmern: Männer mit Gipsverbänden an Armen und Beinen, Kopfverbände, Augenklappen, zwei Verletzte am Tropf.
Sie fanden Hartfield und Asad im fünften Zimmer. Die waren dabei, eine Frau im Bett zu wenden und ihr den wund gelegenen Rücken zu cremen. Die Frau hatte leblose Augen und ihr Kopf glich einem Totenschädel.
„Sie schon wieder“, schnarrte Hartfield, „bleiben sie draußen.“
Die beiden warteten auf dem Flur, gingen auf und ab. Ben schnüffelte. „Es riecht nach Tod“, sagte er dann und schnüffelte erneut. „Ja, es riecht nach Tod. Ich glaube, ich gehe jetzt. Mir wird nämlich übel, mir ist verdammt übel.“ Er presste die Hand auf den Magen und verschwand nach draußen.
„Kein schöner Anblick, nicht wahr?“, warf Hartfield Elias zu, als er mit dem Pfleger über den Flur zum nächsten Zimmer eilte, „kommen Sie mit.“
Elias tat wie ihm befohlen. Der Arzt war schon dabei, den Venenbereich des nächsten Patienten zu desinfizieren. „Mutter und Kind sind wohlauf. Zimmer sechs. Aber sie schlafen.“

„Was ist mit dieser Frau?“, fragte Elias, denn das Bild der Sterbenden ließ ihn nicht los.
„Sie ist aus einem der Camps. Tuberkulose, das Röntgenbild der Lunge sieht aus wie Schneegestöber, nicht mehr behandelbar, mit keinen Antibiotika. Dabei hatten wir mal gedacht, der Tuberkelbazillus sei ausgestorben.“
Asad reichte eine Spritze, Hartfield tupfte den Venenbereich des Patienten mit dem Finger ab.
„Sind sie beide allein?“, fragte Elias, „mit all den Kranken?“
Hartfield wandte sich nicht um: „Normalerweise sind wir hier zu drei Ärzten, fünf Pflegerinnen und Pfleger. Doch ein Team ist unterwegs. Warum fragen Sie? Wollen sie helfen?“
„Ich habe doch keinen Pass.“
„Ich habe auch keinen Pass“, sagte Asad, „und wenn ich einen hätte, würde ich mich schämen, ihn zu zeigen.“
„Ich bin Journalist, kein Arzt, kein Krankenpfleger“, antwortete Elias. Hartfield zog die Spritze aus der Vene und warf sie in eine Abfallbox.
„Warum sind sie in dem Camp, wenn sie legal sind?“, fragte er, während er die Handschuhe abstreifte.
„Ich habe kein Geld. Außerdem bin ich nicht legal.“
Hartfield ging auf den Flur hinaus: „Sprachen? Handwerkliches Geschick? Studium?“
Sie betraten die Ambulanz. Elias schilderte seinen Lebenslauf, kurz und geglättet: „Englisch, Französisch, spanisch, einige Bantudialekte, zwei Jahre Armee, Buschpionier, studiert in Yaouande.“
„Asad war Krankenpfleger in Mogadischu“, erklärte Hartfield, „Consolata Orden, ideal im Improvisieren, für alles zu gebrauchen. Können Sie sich vorstellen, auch für Med Int zu arbeiten?“
„Zu dieser Stunde noch nicht.“
„Ich habe mir etwas überlegt“, begann Hartfield, „Sie kennen die Camps auf unseren Hügeln?“
„Eher flüchtig.“

„Darauf kommt es nicht an“, erwiderte Hartfield, „sehen Sie, wenn einer von uns, ich meine ein Weißer, dort auftaucht, riskiert er Prügel. Es wäre gut jemanden zu haben, der sich dort auskennt, einen wie Sie.
„Was ist mit ihm?“, Elias wies mit dem Kopf zu Asad.
„Der wird hier gebraucht“, wimmelte Hartfield ab, „ich kann ihn nur im Notfall mitnehmen. Sie haben ja gesehen was hier los ist.“
„Warum machen sie nicht einen Aushang in den Camps?“
„Es ist bekannt, dass wir hier arbeiten, doch die aus den Camps kommen immer erst, wenn es zu spät ist. Außerdem, es ist Herbst. Für die Flüchtlinge ist das gleichbedeutend mit Sein oder nicht Sein. Wer es vor den Winterstürmen nicht schafft, schafft es nie mehr. Es kommt zu Verzweifelungstaten, Aktionismus und allem, was das menschliche Leben zu bieten hat. Schon deshalb müssen wir helfen.“
Elias sah zu dem Laptop, der wieder auf dem Schreibtisch stand, dann zu Hartfield, zu Asad.
„Was wäre zu tun?“
„Sie müssen dafür sorgen, dass das richtige Material, von der Beinschiene bis zur Gipsbinde, Medikamente, vom Atrupin bis zum Impfserum immer mit den richtigen Leuten, zur richtigen Zeit am richtigen Ort ist. Wir sind in Tanger, Ceuta, Melilla, Oujda und Nador vertreten. Unser Thema heißt Flüchtlinge, Verletzte, Schwangere, Kinder, Besorgungen aller Art also. Im Augenblick brauchen wir besonders viel Verbandstoffe und Nähzeug.“
„Klingt interessant.“
„Keine leichte Aufgabe. Schwieriger als der Arztjob. Der Arzt macht, was er gelernt hat. Der Logistiker hat in jedem Ort ein anderes Problem, mal gehen die Betäubungsspritzen aus, mal die Fäden, mal fehlt die Gipsgaze. Irgendetwas fehlt immer, und Sie müssen es besorgen! Meistens fehlt sauberes Wasser. Egal wie. Wollen sie das auf sich nehmen?“

Die Frage zu stellen war unnötig, Elias wollte. Hartfield versprach ihm zudem einen Pass, zwar keinen Nationalen, doch einen mit der Aufschrift: MED INT.
„Ich überschreite meine Kompetenzen erheblich“, sagte der Arzt, nachdem sie einen formlosen Vertrag unterschrieben hatten, „doch im Augenblick habe ich keine andere Wahl. Hier, Asad Rahewein, zeichnen sie gegen.“
„Mit Gott“, sagte der und kritzelte.
„Wie soll ich an Gott glauben?“, erwiderte der Arzt, „solange ich mich mit dem eigenen Skalpell schneide.“
„Tragen sie ein Kettenhemd“, riet Asad, „ich wollte ich hätte das auch getan.“ Er hielt die versehrte Hand hoch.
„Ja, ja Somalia“, seufzte Hartfield, „fünf Millionen Einwohner, zehn Millionen Bleispritzen und Granaten.“
„Was dem Engländer der Rolls, ist dem Somalier die Kalaschnikow“, sagte Asad, „die Jagd auf Großwild und Menschen verleiht Ehre, Prestige, Ruhm, Unsterblichkeit. Oder ist das in Kamerun anders, Elias?“
„In Somalia erschießt der Bürger den Bürger, weil es keine Polizei gibt. In Kamerun erschießt die Polizei den Bürger, weil es für sie keine Strafe gibt. Aber sag mal Asad. Du hast so einen wunderschönen Laptop.“
„Schon gestern konnte ich deine Straußenaugen sehen. Du kannst ihn benutzen“, Asad wandte sich an Hartfield: „oder spricht etwas dagegen?“
„So gut wie nichts“, sagte der, „die Krankenberichte können wir auch zu Fuß machen. Aber, da ihr beide euch schon so gut versteht, wie wäre es mit einem Abendessen auf der Terrasse des Paresseux?“
Sie verabredeten sich für neun Uhr Abends. Bis dahin machte Elias noch einige Besorgungen, besorgte diverse Medikamente vom Apothekengroßhandel und lieh einige medizinischen Utensilien beim italienischen Krankenhaus. Danach brachte er Ada mit ihrem Baby zu Alima und holte sich am Basar ein neues Handy.

In Hartfields Büro hackte er sodann die nächste Folge des „Afrikanischen Exodus in Asads Laptop: Man sieht von Tanger aus die Windräder von Tarifa. Sie surren im stetigen Levante. Surfer fahren Slalom zwischen angespülten Leichen. Afrika, Wiege der Menschheit, Gibraltar ihr Massengrab.

Am Abend versuchte Elias erneut Kontakt mit Konstantin zu bekommen, denn er hatte seit Agadez weder mit ihm noch mit dem Bischof Kontakt bekommen. Auch jetzt ging der Verleger nicht ans Telefon. Die Vermutung, er sei inhaftiert, konnte also richtig sein und Elias Bericht, der auf dieser Vermutung beruhte, im Nachhinein zur Wahrheit werden. Nach einigen vergeblichen Versuchen erreichte er den Bischof.

„Ihre Artikel stehen in allen Zeitungen“, sagte der Kirchenfürst, „leider nicht in der Cameroon Objective und nicht in der Pictures.“

„Wie geht es meinem Onkel?“

„Wie ich gehört habe, werden Sie inzwischen weltweit gehandelt. Sogar Radio Vatikan bezieht sich auf Sie.“

„Euer Exzellenz! Was ist nun mit der Cameroon Pictures und mit meinem Onkel?“

„Ja, Ihr Onkel hat den Artikel über Charles Taylor besonders heraus gestrichen. Bemerkenswert, hat er gesagt und ich musste ihm Recht geben. Sie haben in kurzer Zeit Beachtliches geleistet. Ich frage mich, welche Feder, welcher Motor sie antreibt, dass sie eine derartig kreative Neugierde entwickeln?“

Elias beherrschte sich. Der Bischof, den er nicht persönlich kannte, gehörte wohl zu den umständlichen, älteren Herrn, durchgeistigt, philosophisch angestaubt, dazu noch ein Bekannter von Konstantin. Bleibe höflich, doch nimm ihn nicht ganz ernst: „Euer Exzellenz“, begann Elias, „unser Kontinent wird geplündert, und ich mag nicht zusehen. Unsere Regierungen sind unfähig, und ich mag nicht zusehen. Fremde Flotten fischen unsere Gründe leer, und ich mag nicht zusehen. Wo wir eine Chance hätten, subventioniert man uns aus dem Markt, und ich mag nicht zusehen. Unsere Jugend geht upstairs, und ich mag nicht zusehen.“

„Ihre Motivation ist mir damit klar“, entgegnete der Bischof, „doch reicht Motivation nicht aus, Derartiges zu leisten. Woher haben sie diese Fähigkeit?“
„Eine überaus interessante Frage, doch ich wüsste all zu gern, wie es meinem Onkel geht!“
„Ihrem letzten Artikel konnte ich entnehmen, dass Sie informiert sind, oder haben sie Vabanque gespielt?“
„Ich hatte eine Ahnung, doch keine Gewissheit. Wie geht es ihm? Wo ist er?“
„Es geht ihm gut, und ich soll Ihnen etwas ausrichten.“
„Euer Exzellenz, ich höre.“
„Nun, ich kenne Konstantin Justin schon lange. Wir waren zusammen im Priesterseminar Makurdi: Ut omnes unum sint, später studierten wir in Freiburg Theologie. Unsere Wege haben sich getrennt, als Konstantin das Studium sehr plötzlich abgebrochen hat.“
Darüber war in der Familie nie gesprochen worden und Konstantin war nie in Kribi gewesen. Warum eigentlich? dachte Elias, doch er behauptete forsch: „Ich bin über die Familiengeschichte bestens informiert.“
„Gewiss“, antwortete der Kirchenfürst, „gewiss, doch ich sehe auffallende Parallelen. Ad unum, Sie haben in kurzer Zeit Ungewöhnliches geleistet und Sie sind dabei, Afrikas Gewissen zu werden. Ad secundum, auch Sie haben das Studium abgebrochen, genau wie Ihr Vater.“
„Mein Vater hat nicht studiert.“
„Woher stammen dann ihr Weitblick, ihre Brillanz, ihr Abstraktionsvermögen?“
„Von meinem Vater kann es nicht gewesen sein, doch meine Mutter war eine kluge Frau.“
„Ihr Onkel hat das Priesterseminar damals verlassen. Es war die große Liebe, doch er hat sie nicht geheiratet. Kennen sie das Lied: Palm Trees On The Shore?“
„Meine Mutter hat es oft gesungen.“
„Konstantin Justin hat es geschrieben. Er muss ihre Mutter sehr geliebt haben.“

Die Wände des Büros schienen zu schwanken. „Sie meinen?“, stammelte Elias, „wollen sie damit sagen …?“ Die Frage wollte nicht über seine Zunge. Das war doch nicht möglich! Es war undenkbar! Konstantin Justin, sein Vater? Verwirrt legte Elias auf. Er brauchte einen Augenblick, um die neue Wahrheit über sein Leben zu begreifen. Zu existenziell war diese Wahrheit. Zu überraschend, zu weitreichend und unfassbar.
Als Elias sich gefangen hatte, wurde ihm bewusst, dass er abrupt den Hörer aufgelegt hatte. Er wählte erneut, kam jedoch nicht durch. Er versuchte es mehrmals erfolglos. Schließlich gab er auf und ging gedankenverloren durch die Gassen zur Terrasse der Faulenzer.

Hartfield und Asad saßen bereits dort und Hartfield redete wie jemand, der lange Zeit keine Zuhörer hatte: „Tanger“, dozierte er, „steht mit den Füßen noch im afrikanischen Sumpf, doch das Herz schlägt bereits in Europa. Ob das gut ist? Der Minzetee wird aus der Mode kommen, Coca Cola einziehen, die Kopftücher werden verschwinden, die Tangas der Mädchen noch knapper werden und die alten Kellner die Augen verdrehen.“
Hartfield sah auf: „Elias Justin, endlich! Wir hatten schon gedacht sie kommen nicht mehr.“
„Ich hatte noch ein Telefonat“, erwiderte Elias, während er einen Stuhl heranzog.
„Hoffentlich nichts Ernstes.“
„Nein.“
Hartfield winkte den Kellner und behielt Elias dabei neugierig im Auge: „Wirklich nicht?“
„Nein! Wirklich nicht.“
„Geht mich ja auch nichts an. Garcon, noch eine Limonade für den jungen Mann.“
Der Kellner brachte ein Sirupgetränk aus Datteln, Quitten und Palmherzen. Sie stießen auf Tanger an. Hartfield erzählte über seine Arbeit in Südamerika, Angola und Kongo. Genesen von der Malaria, war er nach Tanger versetzt worden.

Elias konnte sich heute kaum auf Details konzentrieren und so nickte er nur gelegentlich, um nicht aufzufallen.
Hartfield hatte rötliche Haare und Sommersprossen, und wenn er lachte, sah man die Niroklammer einer Oberkieferprothese. Seine Haare wirkten, als habe er gerade einen zu engen Hut abgenommen.
Elias war in Gedanken bei seinem Vater, den er für seinen Onkel gehalten hatte und merkte kaum, wie der Abend verrann. Doch plötzlich wurde er durch ein Stichwort hellwach.
„Kindheit in Afrika", erzählte Hartfield, „das ist betteln, stehlen, betrügen, hungern, darben, sich prostituieren, Klebstoffschnüffeln und damit sage ich es noch harmlos. Auf dem reichsten Kontinent sind die Kinder die ärmsten der Armen. Am schlimmsten geht es den Kindersoldaten. Sie haben Schreckliches erlebt. Dinge, die selbst einen GI in die Psychiatrie bringen würden. Viele dieser Kinder malen. Die einen malen ein brennendes Dorf, die anderen, wie Panzer durch die Hütten fahren, andere, wie Mienen hochgehen."
„Ich habe so einen Jungen getroffen", platzte Elias in Hartfields Redefluss.
„Sie können ja doch reden", lachte der Arzt und zeigte seine Niroklammer.
Elias erzählte von Yussuf. Hartfield nickte beifällig: „Ihr Yussuf malt, wie sein Vater die Nachbarn erschlug. Wenn der Junge nach Europa geht, dauert es eine Zeit, bis ein fremdsprachlicher Therapeut seinen Zustand erkennt. Solche Kinder verlieren Kultur und Tradition, müssen sich anpassen und wieder anpassen, ein Leben lang. Besser, er wäre im Camp geblieben. Med Int hat übrigens eins bei Freetown."
„Es wäre das Beste, ihn zu diesem Camp zu bringen", meinte Elias.
„Lagerleben ist kein Leben, wie in der Familie", wandte Asad ein, „nicht einmal kümmerlicher Ersatz. Du findest dort alles: Depressive, Traumatiker, Neurotiker, Fixer, HIV-Positive. Wir hatten in Dadaab eine Lange. Die ging jeden Morgen mit dem Eimer zu einem trockenen Wadi um Wasser zu holen. Zwei

Monate ist sie gelaufen, und wenn sie zurückkam, saß sie da und trauerte."
„Traumatische Belastungsreaktion", dozierte Hartfield, „Vietnamsyndrom."
„Trotzdem musste ich ihr das Gefühl geben, sie sei ein nützliches Mitglied der Gruppe, ein wertvoller Mensch. Ich habe ihr gesagt: Es ist vollkommen normal, dass du zurzeit verrückt bist. Sie hat geweint und gesagt, ich weiß ja, das in dem Fluss kein Wasser ist, aber der Gang dorthin ist ein Stück Zuhause."
„Wie dem auch sei", sagte Hartfield, „dieser Yussuf wäre in Freetown besser aufgehoben als auf dem Gauklerplatz in Marrakesch. Doch im Augenblick habe ich keine Zeit mich damit abzugeben. Wenn er nicht freiwillig kommt, hat es keinen Zweck."
Sie unterhielten sich noch eine Weile, und der Arzt erzählte einen seiner Witze bereits zum zweiten Mal, als Elias Handy klingelte. Es war Kebba. Er nannte Elias die Adresse seiner Mutter und bat ihn, sie zu benachrichtigen, für den Fall, dass heute Nacht etwas schief gehen sollte. „Wo bist du denn?", fragte Elias, „und was kann schief gehen? Und wie soll ich davon erfahren?"
Kebba erzählte es ihm, und Elias notierte sich in Eile die Details.

*

Als Kebba Dalasis in dieser Nacht vor dem Zaun von Mellila stand, war er 27 Jahre alt und hatte auf dem Weg hierher zehn Paar Schuhe verschlissen. Geboren war er in Jorem am Gambia, wo man morgens vom Hahnenschrei und Gezeter der Waschfrauen geweckt wurde und sich Abends am Bantaba, dem höchsten Baum des Ortes traf, um zu singen, zu tanzen und das Wissen an die Jugend weiterzugeben. Letzteres hatte bei Kebba die Schule übernommen. Er erreichte Level sechs, sprach Englisch, Französisch und Mandinkadialekte.

Sein täglicher Schulweg maß fünf Kilometern, vorbei am Fluss. Schlanke Fischerboote glitten dahin, Fischer warfen Netze aus, vollgepferchte Fähren brachten Körbe mit Maniok, Gemüse, Fisch und Getreide. Des Abends standen Männer am Ufer und wuschen sich die Spuren des Tages von nackten Körpern.

Kebbas Vater war Lehrer, der nebenbei Landwirtschaft betrieb und in den Ferien Touristen zu den Steinkreisen von Wassau führte.

Von dort nahm der Vater ihn mit nach Banjul, und sie bestaunten den Arch 22 mit der Statue des unbekannten Soldaten, der, ein Baby auf dem Arm, mit der freien Hand einen Friedensvertrag unterzeichnet.

Als der Vater starb, war Kebba als ältester Sohn der Ernährer der Familie. Die Äcker am Gambia brachten Reis, Öl, Salat und Fische aus dem Fluss, jedoch kaum genug für den eigenen Bedarf. Woher das Schulgeld nehmen für zwei jüngere Brüder und drei Schwestern?

Kebba verließ das Häuschen aus Lehmziegeln, das sein Vater sorgfältig mit Lack aus gestoßenem Termitenton dicht gehalten hatte und ging zu seinem Onkel. Der hatte eine große Farm mit 55 Stück Vieh.

Kebba übernahm es, mit dem Ochsen zu pflügen und aufzupassen, dass die Schimpansen nicht an die Mangos gingen. Er trieb des Abends die Kühe zum dornengeschützten Kral, in den sich keine Hyäne traute.

Im Dezember verdingte er sich als Wanderarbeiter, um auf den Feldern Senegals Hirse auszudreschen oder Erdnüsse zu ernten.

Danach hatte er etwas Geld. Dann ging er durch Alleen von Baobabs zum Markt: Buntes Treiben unter schattigen Baumriesen, Händlerinnen in bunten Kleidern mit kunstvoll gewickelten Kopftüchern boten Obst, Gemüse, Haushaltswaren und

Kosmetika an, und hoch gewachsene Frauen im himmelblauen Boubou[27] waren dankbare Kundinnen.
Kebba liebte Gambia, doch als er mit 23 Jahren noch immer keine feste Arbeit hatte, machte er sich auf nach Europa. In Senegal und Guinea-Bissau versuchte er vergebens anzuheuern. Danach ging er nach Mali und Algerien. In Schwarzafrika war die Reise problemlos. Man navigierte durch Mundpropaganda, fragte die, welche zurück kamen nach Wegen, Städten und Camps.
Erst in Algerien wurde es schwierig, denn Afrikaner waren leicht zu erkennen, und Kebba landete im Gefängnis von Tamanrasset: Drei Monate zu 60 Mann in einem Raum von 6 x 5 Metern. Sie saßen selbst im Schlaf mit angezogenen Beinen und Auge in Auge, denn der Boden reichte nicht zum Hinlegen. Abends bekamen sie ungewürzte, weiße Bohnen auf Blechtellern, an denen noch Reste früherer Mahlzeiten klebten, dazu weißes Brot.
In der zweiten Woche holte man einige von ihnen aus der Zelle und stellte Feldbetten hinein. Fünf dieser Feldbetten hatten Matratzen.
Das Gefängnis war lehrreich. Es wurden Informationen ausgetauscht über Länder, über Abschiebepraktiken, über gefährliche Passagen, über Camps in den Wäldern und über die Lager in Ceuta, Melilla, über Lkw-Fahrer, die oft ihre Passagiere in der Wüste aussetzten und zurück fuhren, um neue Zahlgäste aufzunehmen. Selbst wenn man gezahlt hatte, so war das keine Garantie, dass man auch mitgenommen wurde und über die Grenze kam.
Im Gefängnis lernten sich Kebba und Süleyman kennen und sie gingen gemeinsam, nachdem man sie nach Mali abgeschoben hatte. Sie machten kehrt, kämpften sich erneut über diese fürchterlichste aller Grenzen und dann durch Algerien, immer nachts, in steter Urangst vor der Polizei und immer hungrig, denn das Gefährlichste war das Erbetteln von Brot.

---

[27] Traditionelles afrikanisches Gewand

Nachdem sie von Charles die überhöhte Passage zurückgefordert hatten, hörten sie eine Nachricht, die sich wie ein Buschfeuer verbreitete: Es gab Busse, die Illegale zu den spanischen Enklaven transportierten. Mit denen waren sie dann hierher gekommen.
Der Chairman des Lagers hieß Pierre und war Kongolese, zumindest sagte er das. Er wies die Neuankömmlinge ein: „Ihr könnt eure Sachen dort ablegen. Wir haben keine Äxte mehr, doch ihr könnt Leitern bauen, hier liegen Stangen, dort ist Draht, für euer Essen müsst ihr selbst sorgen, die sanitären Anlagen sind da hinten."
Die Latrine bestand aus einem Loch, zwei Pfählen und zwei Querbalken, einen für die Füße, einen für den Hintern.
Das Camp stank nach Urin, nach Rattendreck und Essensresten. Überall standen Zangas und dazwischen Hunderte Männer die Leitern bauten. Bäume wurden gefällt, notdürftig entastet und durch Draht mit Querstäben versehen. Die Leitern wurden am Waldrand in Stellung gebracht wie Kanonen. Hier und da glimmten Feuer, auf denen Frauen in Aluminiumtöpfen kochten oder Konservendosen erhitzten. Axthiebe und Sägengequietsche durchdrangen den Wald, und der Geruch von Harz mischte sich in den Campgeruch.
Die Neuankömmlinge beteiligten sich sogleich an den Arbeiten, im Hintergrund die Stadt, die sowohl zu Afrika als auch zu Europa gehörte. Kebba blickte neugierig hinüber: hier ein Kirchturm, da eine Moschee, dort eine Synagoge, und an den Wänden Graffitis. Gelegentlich rief ein Muezzin. In der Umzäunung hingen Kleiderfetzen, Wollmützen und Schuhe. An der äußeren Einfriedung stand ein Arbeitswagen. Die Männer im Korb zogen Stacheldrahtrollen über ein Mauerstück neben dem Grenzübergang. Dahinter standen Uniformierte und ein Wagen der Policia Lokal. Ein Schlauch wurde hoch gereicht, und der Mann im Korb spritzte Blutspuren von der Mauer.
„Hey", rief Pierre, „die Stadt kannst du dir morgen von innen ansehen. Heute wird gearbeitet, hier nimmt mal die Bolzenschere."

„Wer weiß, ob er rüber kommt“, sagte ein langer Kenianer, während er Draht und Holz verdrillte, „für Kurze ist das nicht so einfach. Sie haben zu kurze Beine.“
„Ob kurz oder lang“, lachte Pierre, „heute Nacht erobern wir Melilla.“
„Mohamed VI wird sich freuen“, weissagte der Lange, legte die fertige Leiter beiseite und sah sich nach neuem Material um.
Kebba schnitt Drahtstücke mit der Bolzenschere und hörte beklommen, was um ihn herum erzählt wurde:
„Europa zahlt an Marokko, damit die uns aufhalten.“
„Die Guardia Civil hat Bewegungsmelder, Nachtsichtgeräte und Wärmebildkameras.“
„Es ist bisher schon schwer genug. Jetzt verstärken sie auch noch die verdammten Zäune.“
„Heute Nacht muss ich rüber. Es muss klappen, sonst werde ich wahnsinnig. Das letzte Mal war ich mit dem Boot rüber, von Oued Laou aus bis Malaga an den Strand. Die Spanier haben mich geschlagen, mein Geld genommen und mit der Fähre zurückgeschickt, mich und zwölf andere.“
„Es geht ganz gut“, sagte einer aus Mali, „ich habe das schon zweimal geschafft, doch bisher haben sie mich auch wieder abgeschobenen, einmal nach Guelmin, einmal nach Oujda. Irgendwann werden sie mich behalten.“
Der Chairman hielt Kontakt zu anderen Gruppen, die sich um Melilla postiert hatten, zu denen im Süden, zu denen am Autofriedhof, zu denen am Fluss. Er telefonierte, bis der Akku seines Handys leer war. Er lieh sich ein anderes und telefonierte weiter. Er sprach mit anderen Chairman, mit Eric, mit John, mit Henry und mit Abdul. Man erfuhr, die Guardia Civil sei in den vergangenen Tagen verstärkt worden.
„Wir haben nichts zu verlieren, außer unserem Leben“, sagte Pierre eindringlich, „denkt daran, sie haben keinen Schießbefehl. Sie werden nicht schießen. Ihr müsst vorwärts. Der Weg zurück heißt Marokko. Die Marokkaner schießen und verschleppen euch: Oujda, Wildnis, Wüste! Bewaffnet euch.

Nehmt Knüppel, Steine, Stangen, was ihr finden könnt. Denkt dran, die Spanier haben keine scharfe Munition, nur Gummigeschosse. Zwanzig Mann bekommen Drahtscheren. Sie arbeiten in Gruppen und schneiden Löcher. Wir springen dann durch die Breschen wie Korken aus der Sektflasche. Die anderen tragen Leitern, immer zu viert, Leitern ansetzten und rüber. Wir werden von allen Seiten kommen. Ich habe mich mit den anderen Chairman über die Uhrzeit geeinigt. Doch die sage ich euch später. Legt euch jetzt schlafen. Ich wecke euch wenn es losgeht."

An Schlafen war in dieser Nacht nicht zu denken. Man saß bei glimmenden Holzscheiten, erzählte Geschichten in nervöser Spannung, machte sich Mut, vertrieb die Angst, indem man die Spanier klein und sich selber groß redete.

Allmählich verloren die Gesichter ihre Konturen, nur das Weiß von Hunderten von Augen leuchtete in der Dunkelheit.

Kebba und Süleyman und ein Malier, der sich zu ihnen gesellte, setzten sich abseits an den Buschrand, hüllten sich in ihre Jellabas und blickten zur illuminierten Stadt.

„Welchen Namen willst du angeben?", fragte Süleyman, „ich meine, damit ich nach dir fragen kann, wenn wir uns verlieren."

„Je suis Jean Marie Bemba", antwortete Kebba, „un habitant de République Démocratique du Congo."

"Ich glaube, das kann ich mir nicht merken", antwortete Süleyman, „Moment mal!" Er hielt inne und warf einen Stein nach einer Ratte, deren Schwanz aus einer leeren Konservendose heraus lugte. Es schepperte und die Konservenbüchse war mit einem Satz verschwunden.

„Ich bin Klasse", lobte sich Süleyman, „also okay, du bist, ehm, wie war das noch mal?"

"Jean Marie Bemba."

„Okay, okay, schreib es für mich auf. Ich jedenfalls heiße John und bin aus Togo. Einen Nachnamen habe ich nicht, einen Pass habe ich nie gehabt, lesen und schreiben kann ich auch nicht, außerdem werde ich politisch verfolgt."

„Warum sollte man dich verfolgen, wenn du nicht schreiben und lesen kannst?“
„Damit ich nach Spanien gehe“, flachste Süleyman, „dort kann man CDs verkaufen, Schmuck und Accessoires.“ Er sah zu dem Malier hinüber: „Ich habe einen Bruder in Madrid. Er wohnt in Albergue El Parque und macht Kopien. Die verscherbelt er an dumme Malier.“
Der Malier richtete sich auf. „Du wirst nie in Spanien ankommen“, sagte er dann.
„Woher willst du das wissen? Das kannst du nicht wissen. Ich bin schon morgen in Spanien!“ Süleymans Stimme klang betroffen.
„Ich sage dir, du kommst nie nach Spanien, weil du dich schon in Melilla verläufst. Sieh dir nur, an wie groß die Stadt ist. Du verläufst dich.“
„Ha, ich kann die Südgrenze von hier aus sehen. Dort, dort ist die Südgrenze!“
„Hey!“, zischte Kebba jetzt die Streithähne an, „seid ihr wohl still! Man kann euch bis zur Südgrenze hören.“

*

Unweit der südlichen Stadtgrenze stand Tabari Abd el Kadre und beobachtete das Grenzgebiet. Auf der Suche nach seinem Vater war er wochenlang unterwegs gewesen, doch weder in Tamanrasset, noch in Béchar, Figuig oder Oujda fand er eine Spur von ihm. Als er eines Morgen in Beni Anzar eintraf, kannte er alle Flüchtlingscamps zwischen Agadez und der spanischen Enklave. Vor ihm lag nun Melilla mit seinen fast unüberwindbaren Grenzanlagen.
Tausende Menschen durchströmten die Passkontrolle, Autoschlangen auf beiden Seiten der Grenze. Tabari stand wie betäubt von Lärm und Gewusel der Menschen.
„Hey, du“, rief jemand, „woher kommst denn du, dass du dich kleidest wie eine Frau?“
„Ich bin ein Imohar.“

„Imoschar, Imoschar, du bist nicht ganz gar, so wie du herum läufst."
Tabari sah sich um. Der Mann der ihn angesprochen hatte trug keinen Gesichtsschleier. Sein Gesicht war voller Altersflecken, und an der Stirn hatte er eine Warze. Auch andere Männer zeigten schamlos vor Fremden ihr Gesicht, ihren unreinen Mund. Nur er, Tabari, trug den Tagelmust, der ihn als sittlichen Mann auszeichnete. Schon in Algerien war er damit aufgefallen. Was sollte er tun? Vor fremden Menschen sein Gesicht zeigen?
„Wo finde ich eine Herberge?", fragte er den Mann mit der Warze.
„Dort", sagte der Warzenmann und zeigte Richtung Nador, „aber mit deiner Maskerade wirst du kein Glück haben."
Inzwischen kamen die ersten Marokkaner aus Melilla zurück. Sie trugen, soviel sie konnten, waren oft unter ihrer Last nicht zu erkennen: Stoffballen, Taschen aus denen Plastiktüten heraus quollen, Autoteile, ausgemusterte Fahrräder.
Tabari sah eine Weile dem Treiben zu, dann ging er durch die vermüllte Grenzstraße nach Beni Anzar zurück und rechnete.
Sein Geld reichte noch für wenige Tage. Was er seiner Mutter gelassen hatte, reicht noch für vielleicht eine Woche. Sein Magen war leer und die Marokkaner waren ungastlich. Zu viele bettelnde Flüchtlinge, zu wenig großherzige Menschen. Er musste sein Brot erwerben. Aber wie?
Neben einem Coiffeur fand er eine Pension und mietete ein Zimmer. Dort legte er den Schleier ab und duschte den bläulichen Glanz von seinen Wangen. Aus dem blinden Spiegel sah ihm ein verwildertes Gesicht entgegen. Er ging hinunter zum Coiffeur, ließ sich die Haare schneiden, den Henryquartbart neu dressieren. Der Coiffeur benutzte ein Haarwasser, bevor er Tabaris Haare kunstvoll kämmte. Als Tabari jetzt in den Spiegel sah, wusste er plötzlich, dass er den Schleier nie wieder tragen würde.
In den kommenden Tagen lungerte er an der Grenze von Melilla herum und versuchte sich zu orientieren. Das Chaos, das

er anfangs gesehen hatte, war an dieser Grenze die Regel, Morgen für Morgen, Tag für Tag, oft bis in den späten Abend hinein. Ein nicht enden wollender Strom von Menschen und Autos drängte sich in die spanische Enklave. Dort, auf der anderen Seite des Zauns, wurden schon in der Nacht Waren herangekarrt. Gehandelt wurde mit allen, was die Enklave hergab: Ersatzteile, Reifen, Kleiderspenden, Schrott, schottischer Whiskey, Obst, Gemüse, die Überproduktion Europas.
Die Betriebsamkeit der Grenze stieß Tabari ab und faszinierte ihn gleichzeitig, mal sehnte er sich nach der Einsamkeit der Ténéré zurück, mal dachte er, ein Handel mit schwarzem Pfeffer könnte ihm etwas einbringen. Doch als passloser, namenloser Flüchtling kam er nicht über die Grenze. Also beobachtete er weiter.
Vorne an der Schranke schlugen sich zwei junge Marokkaner. Einer zog dem anderen das T- Shirt vom Körper und wurde mit Fußtritten abgewehrt.
Zollbeamte eilten herbei und rissen die Streithähne auseinander. Jetzt kam eine Frau hinter dem Rücken der Männer herbei gelaufen und warf ein Bündel über den Zaun, wo es von Kindern gepackt und eilig weggetragen wurde. Einer der Zollbeamten erkannte das Täuschungsmanöver, wandte sich der Frau zu und trat nach ihr. Dazwischen blitze ein Fotoapparat.
„No Flash, no Flash“, schrie der tretende Zollbeamte und packte den Fotographen, „du Journalist, vose permission?“
Die beiden Streithähne von vorhin lachten. Der größere gab das T-Shirt zurück, dann schlenderten die beiden gemütlich und gut gelaunt Richtung Marokko.
Während die Grenzer sich noch mit dem Fotographen beschäftigten, kniff ein etwa Zehnjähriger mit einer Zange ein Loch in den Maschendraht und reichte seinem Bruder ein Paket mit Schmuggelgut zur anderen Seite. Die Aktion blieb unbemerkt.
Tabari nahm die Hilflosigkeit der Beamten mit Befriedigung zur Kenntnis. Langsam reifte sein Plan. Die Blechlawine verstopfte den Grenzübergang. Die Fahrzeuge standen stundenlang wegen der Formalitäten.

Besonders Europäer hatten wegen ihrer mangelnden Sprachfertigkeit das Nachsehen und warteten bis zu einem halben Tag.
Zielsicher, mit der Präzision des Hungrigen, erkannte Tabari seine Chance. An anderen Tag besorgte er sich auf dem Markt eine gebrauchte Jeans, ein blaues Hemd. Dann ging er runter zur Grenze und machte seinen Job. Er brauchte nur wenige Stunden, sich in seine neue Aufgabe einzuarbeiten, und er spezialisierte sich auf Europäer.
Tabari führte die Fahrer zur Passkontrolle, besorgte die Formulare, füllte sie aus und schob seine Klienten mit sanften Ellenbogen durch die Warteschlangen in günstige Positionen. Während diese dort abgefertigt wurden, machte Tabari die Wagenpapiere fertig und stellte das Fahrzeug dem wachhabenden Offizier vor. Der gab den Stempel in die Papiere und frei war die Fahrt nach Marokko. Die jeweiligen Grenzgänger sparten durch Tabaris Hilfestellung oft mehrere Stunden und bedachten ihn mit großzügigen Trinkgeldern.
Er machte seinen Job mit einer Gründlichkeit und Routine, dass die meisten Zollbeamten nach kurzer Zeit nicht mehr wussten, dass er eigentlich nicht zu ihnen gehörte. Neu hingekommene Zöllner nahmen von vornherein an, Tabari sei ein ziviler Mitarbeiter.
„Tabari“, sagte jemand, „das ist doch der Mann von Service.“
„Er ist Praktikant“, meinte ein anderer.
„Wahrscheinlich ist er ein ziviler Beamter“, meinte ein dritter, „einer von Rabat. Ein V- Mann der Regierung.“
Das Vertrauen seiner Kollegen erhöhte noch Tabaris Effizienz und wenn einer der Kunden es besonders eilig hatte, so reichte Tabaris Aussage: „Ich habe bereits kontrolliert, es ist alles in Ordnung“, um demjenigen schnelle Durchfahrt zu ermöglichen.
Inzwischen kannte Tabari die Grenze wie das Webmuster seines Schleiers, der verwaist an der Garderobe hing. Er wusste stets, wo gerade ein Loch im Zaun war, wo die Grenze durch

Strauchwerk unübersichtlich war und wer Tag für Tag die Grenze schmuggelnd passierte.
Da war Muhamed der Blinde, der jeden Morgen über die Grenze ging und sich am Kreisverkehr auf der spanischen Seite niederließ, um Zigaretten zu verkaufen. Muhamed hatte sechs Sorten, davon mindestens immer eine ohne Steuerbanderole, und er erkannte die verschiedenen Sorten am Geruch. Er verkaufte sie einzeln zu 0,20 € das Stück oder auch einer Packung für 2,80 €
Da war Omar der Dicke, der vulkanisierte Reifen auf seinem Mofa über die Grenze holte. Um möglichst viele auf einmal transportieren zu können, zog er einen Reifen in einen anderen hinein, nahm dann noch einen dritten und steckte ihn quer in die beiden anderen. Mit diesem Knäuel auf dem Gepäckträger machte er dann die Reise nach Nador und zurück, und das oft sechsmal pro Tag. Mit Hilfe von Gummilösung verjüngte er die alten Karkassen und verkaufte sie in Nador als Neureifen.
Monsieur Dubois, sein Vater war Diener einer französischen Familie gewesen, weshalb er diesen Spitznamen trug, hatte sich auf Kühl- und Gefrierkombinationen spezialisiert, die er, quer über den Fahrradgepäckträger gelegt, aus Melilla holte.
Und da war noch Süleyman, der mit seinem Rollstuhl, das Rohrgestell voll Cannabis, in die Enklave fuhr. Sie alle kannten inzwischen das Foto von Abd el Kadre, und einige schworen auf den Koran, ihn mehrfach in Melilla gesehen zu haben.
Und so blieb Tabari Grenzhelfer am Tor zu Europa, in der Hoffnung, sein Vater würde eines Tages am Zaun erscheinen.
Gleichzeitig schickte er regelmäßig Geld an die Familie.
Nun, Wochen später, stand Tabari am Fenster seiner Wohnung und beobachtete die Grenze. Er war unruhig, denn heute Morgen hatte einer der befreundeten Zöllner, ihn gewarnt. Es stünden Sonderkontrollen bevor. Man plane Militär an die Grenze zu verlegen, und wer jetzt noch rüber wolle, der müsse sich beeilen.

Tabari spürte, dass Ungewöhnliches bevorstand. Er roch die Gefahr förmlich, so, wie er früher einen Sandsturm um Stunden vorhergesehen hätte.
Seine Augen suchten den Grenzzaun ab. Der südliche Teil war für ihn einsehbar, der Autofriedhof, der ausgetrocknete Fluss, der Grenzübergang und der Playa de la Hipica.
Unter den Eukalyptusbäumen der Avenida General Astilleros standen noch vereinzelt Marokkaner. Der Handel an diesem Marktplatz neigte sich dem Ende. Unter den Bäumen stapelten sich Verpackungen und Müll. Einige Männer saßen auf Kisten und grillten Maiskolben.
Die Grenztürme waren besetzt, doch die Gesichter der Grenzwachen sahen müde aus, und auf dem Hügel zwischen den südlichen Wachtürmen lagen hunderte Illegale in Deckung.
Ein Arbeitswagen fuhr zwischen den Doppelzäunen und schloss eine Lücke in der Stacheldrahtrolle, die in der letzten Nacht entstanden war.
Im trockenen Flussbett, parallel zur Grenze, hatte man tagsüber Bäume abgeholzt, doch hinter verbliebenen Sträuchern lagen ebenfalls Flüchtlinge und warteten auf die Dunkelheit.
Über dem Grenzportal prangte das Wappen der Stadt. Der Mann auf dem Wachturm daneben blickte verkniffen unter seinem Käppi hervor.
Tabari kannte inzwischen jeden Fuß der zehn Kilometer langen Grenzen. Die besten Einfallstore waren westlich seines Hauses. Dort konnte man in Deckung einer Fabrikhalle von Beni Anzar bis wenige Meter vor den Zaun gelangen. Dann war da die günstige Stelle am Autofriedhof, direkt neben der Kaserne der Legion. Den langen Nordzaun konnten Flüchtlinge nur einrennen, wenn sie zu Hunderten anstürmten. Tabari hatte das schon mehrmals mit Unbehagen beobachtet. Dabei war er gerade jetzt so gut im Geschäft, schmuggelte jede Woche ein bis zwei Flüchtlinge über die Grenze oder verkaufte ihnen Schwimmwesten für 250,- Euro und zeigte ihnen, wie sie die Hafenabgrenzung umschwimmen konnten. Einmal brachte er einen Inder über die Grenze. In Maskerade und ge-

schminkt hatte der ausgesehen wie ein spanischer Grande. Tabari hatte 500 Euro kassiert und 400 davon nach Agadez geschickt. Doch wie es jetzt schien, waren die goldenen Wochen vorüber.
Unruhe und Hektik war im Grenzverkehr entstanden. Die Kontrollen waren schon verschärft worden, und es war nur eine Frage der Zeit, wann man ihn, Tabari, stellte und abschob. Tabari beschloss bei nächster Gelegenheit zu gehen. In Melilla konnte er Asyl beantragen. Er würde nach Spanien kommen, und wenn er auch den Vater nicht fand, so konnte er wenigsten Geld für die Familie verdienen. Das war sicherer, als dieser Job auf dem Schleudersitz. Ja, genauso würde er es machen! Es war einfach das Klügste. Morgen schon konnte er in Spanien sein. Tabari wollte sich gerade in sein Zimmer begeben, als draußen die Hölle losbrach.

*

Auf der anderen Seite der Stadt wartete Kebba auf das Kommando des Chairman. Vom Hügel aus sah man den illuminierten Plaza de Espana. Kebba lag neben einem Rosmarinstrauch auf dem Rücken, versuchte, seine Ungeduld, seine Erregung, seine Angst zu zügeln die ihm fast den Atem nahm. Er nahm sein Handy und versuchte vergeblich jemanden in Jerome zu erreichen um eine Nachricht für seine Mutter zu hinterlassen. In der Hemdtasche fühlte er die Visitenkarte von Elias. Sollte er den anrufen?
Er betrachtete den Himmel. Die Wolkendecke über der Straße von Gibraltar war ein Negativ der Meerenge. Breit und gemächlich kam sie von Osten, verdichtete sich zwischen dem Dschebel Tarik und Tanger wie Sand in der Eieruhr und schwebte, dann wieder breit, auf den Atlantik hinaus.
Die untergehende Sonne marmorierte seitliche Wolkenfetzen mit rötlichem Licht, und sie wirkten mal wie Schäfchen, mal wie roter Samt.

Zum Westen erblickte man die Silhouette von Tanger, etwas weiter nördlich konnte man die Gipfel der Sierra Nevada erkennen. Der Rest Europas war unter dunklem Blau verborgen. Würde er, Kebba, jemals das Gelobte Land erreichen? Es konnte soviel passieren.

Neben Kebba raschelte es. Er richtete sich auf.

„Was machst du?“

„Das ist gegen die Prügel und das gegen den Stacheldraht“, sagte der Malier, stopfte Pappe unter den Pullover und wickelte Stofffetzen um die Hände.

Die Worte Prügel und Stacheldraht trafen Kebba zutiefst. Würde er den Sturm auf Mellila überleben? Er musste seiner Familie Nachricht geben! Schließlich gab er sich einen Ruck, rief Elias an und gab ihm seine persönlichen Daten durch. Danach zwang er sich zur Ruhe und döste sogar für eine kurze Zeit ein.

Plötzlich kam jemand von einem der Lagerfeuer heran gelaufen: „Macht euch fertig. Es geht los!“

Es war am 28.09.05 gegen 2:00 Uhr, als vor Melilla die Hölle losbrach. Hunderte Männer robbten zur Grenze, jeden Baum, jeden Strauch als Deckung nutzend. Pierre gab Kommando: „Sobald sie uns bemerken stürmen wir los!“

Die ersten Männer waren bis auf wenige Meter an die Einfriedung heran gekommen und warteten in Deckung. Pierre gab Handzeichen und Dutzende Vierergruppen stürmten im fahlen Mondlicht mit Leitern dem Zaun entgegen.

Kebba, Süleyman und der Malier trugen ihre Leiter zu dritt. Kebba hielt sich in Deckung einer Vierergruppe, denn er hatte Angst, man könne auf sie schießen.

Der Zaun kam näher und wurde größer, höher. Kebba hatte das Gefühl, er schwebe ihm entgegen. Dornen rissen seine Waden auf, er stolperte, verlor einen Schuh, doch er stürmte voran.

„Wenn sie schießen?", rief Süleyman bang.

„Es sind Europäer, die schießen nicht.“

Rechts vor ihnen stolperte jemand, eine Leiter fiel zu Boden, die darauf folgende Gruppe raste hinein, jemand fluchte, jemand schrie. Männer wälzten sich am Boden, sprangen wieder hoch, schnappten die Leitern und rannten weiter.
Jetzt waren die ersten im Bereich der Scheinwerferkegel. Die Wachen auf den Türmen waren klar zu erkennen, Sirenen heulten auf, Kommandos wurden gebrüllt. „Dort“, schrie es spanisch, „es sind Dutzende, nein, es sind Hunderte, es sind Tausend, Tausend und mehr. Wir brauchen Verstärkung, Verstärkung!“
Eine erste Welle von Angreifern brachte die Leitern in Stellung. Die Männer wurden von den Scheinwerfern erfasst, doch sie kletterten, bogen den Stacheldraht zurück, sprangen hinunter, rissen Drahtscheren aus den Taschen und durchkniffen den zweiten Zaun, hinter ihnen riss man weitere Löcher in den ersten Zaun.
Polizeimannschaften preschten in Jeeps heran, sprangen heraus und droschen mit Gummiknüppeln auf die Eindringlinge ein. Schüsse krachten und Gummigeschosse schwirrten. Ein Flüchtling entriss einem Polizist den Schlagstock und verprügelte.
Jetzt kamen Kebba, Süleyman und der Malier am Zaun an. Kebba Hände zitterten, als sie die Leiter anlegten. Die Steine des felsigen Untergrundes drückten sich mit spitzem Schmerz in seine nackte Fußsohle.
Süleyman hetzte als erster das Holzgebilde hinauf, der Malier hinter ihm. Überall schrieen Menschen. Polizisten prügelten einen Flüchtling durch ein Loch im Zaun zurück. Süleyman fiel von der Leiter und knallte auf den felsigen Boden. Kebba bückte sich, um ihm aufzuhelfen, doch der Freund lag wie tot auf dem Gesicht. Kebba wendete seinen Körper und schrie auf. In Süleymans Stirn war ein Loch.
Kebba schwitzte und sein Mund war trocken. Etwas in seiner Brust zog sich schmerzlich, süßlich zusammen. Er sah zum Waldrand, von wo noch immer Männer gelaufen kamen. Nein! Es gab kein zurück. Er mochte nicht als Feigling gelten. 4000

km lagen hinter ihm, durch Länder, die seine Sprache nicht sprachen, und nur dieser Zaun trennte ihn vom Glück. Noch immer wurde geschossen, Sirenen heulten, Ampeln blinkten, Kebba jagte die Leiter hinauf, in nur wenigen Sekunden. Er presste ein Handtuch auf seinen Kopf und drückte damit die Stacheldrahtrolle hoch. Dann versuchte er, den Draht zur Seite zu biegen. Stachel bohrten sich in seine Hand, er kletterte weiter, Stacheln rissen seine Brust auf, er kämpfte weiter.
Neben ihm schrie jemand auf: „They shoot me, they shoot me, oh mother, they shoot me."
Kebba geriet in Panik: „Gambia, Senegal, Guinea, Algerien, Gefängnis, Grenzen und Prügel. Die Stationen seiner Flucht schossen ihm durch den Kopf. So viele Länder, sollte seine Flucht umsonst gewesen sein?
Er stemmte sich gegen den Draht und brüllte: „Let me go, god, let me go!" Er brüllte es immer wieder.
Auf einmal gab die Drahtrolle nach und fiel zur anderen Seite hin. Kebba triumphierte: „geschafft, es ist geschafft!"
Er schwang sich über den Zaun. Nur wenige Sekunden und er würde in Europa sein. Die Flucht würde enden, er würde leben können, vielleicht ein, ja, vielleicht zwei Jahre, aber endlich Leben.
In diesem Augenblick federte die Drahtrolle zurück: Kebba verlor den Halt und fiel in die Drahtrolle hinein. Verzweifelt griff er um sich. Der Draht federte, doch er gab ihn nicht frei. Er hing wie ein Vogel im Netz, gefangen im Zaun an der Grenze zwischen Afrika und Europa.
Unten liefen Uniformierte zusammen und sahen zu ihm empor, gestikulierten.
„Umsonst", dachte Kebba, „umsonst, alles umsonst." Er merkte nicht, dass er es laut schrie.
Sie würden ihn in einen LKW packen und wieder nach Oujda bringen, oder nach Guelmin, oder nach Mali: Wüste, Hitze, Durst, Knast und Hunger.
„Umsonst", schrie er abermals, „umsonst."
„Ruhig, mein Junge", sagte eine Stimme, „wir tun dir nichts."

Er sah mit aufgerissenen Augen aus seinem Netz auf den Sprechenden. Hatte der Soldat mit ihm gesprochen? Der Mann hatte eine Bassstimme.
„Bleib ruhig, wir holen dich runter“, sagte die tiefe Stimme.
Männer kamen mit Leitern und legten sie an.
Kebba spürte Hände, eine Bolzenschere knirschte durch den S-Draht.
„Halt dich an meiner Schulter fest, Junge. Pedro pass auf. Ich habe ihn.“
Minuten später stellte man ihn auf zitternde Beine. Zwei Männer nahmen ihn zwischen sich, und zu dritt gingen sie hinter dem Offizier mit der Bassstimme. Breite Schultern, Epauletten mit zwei Sternen, Koppel, Schlagstock, Pistole, Handschellen. Während man ihn wegschleppte, wurden andere niedergeknüppelt und in die Löcher des Zauns zurück gedrängt, wo sie von marokkanischen Einheiten abgefangen wurden. Soldaten in grünen Uniformen schlugen auf die Camaradas ein. Dann gaben Kebbas Knie nach und er fiel in Dunkelheit.

*

Es war kaum hell, als Elias durch die Souks eilte. Er gebrauchte die Ellenbogen und murmelte Verwünschungen wie in einem ärgerlichen Selbstgespräch. Das ausgerechnet jetzt diese verdammte Gipsgaze ausgehen musste. Das hätte Hartfield auch gestern merken können, dieser englische Wüstenwildhund.
Von Baustellen dröhnten Presslufthämmer und der muffige Staub des Bauschutts brannte in den Augen. Irgendwo da vorn, an der Rue de Portugal, musste der Großhandel sein. Schweiß lief von Elias Stirn.
Die Gelassenheit der Weltmetropole kam heute aus dem Tritt. Im Cafe El Hafa saßen wie eh und je alte, ehrwürdig aussehenden Graubärte vor aromatisierten Minzetee, Touristen kauften wie seit Jahrzehnten ihr Parfüm bei Madini, doch die Marokkaner lasen ihre Zeitungen an diesem Morgen mit

klammheimlicher Freude oder saßen im Saal des Fuente vor einem Riesenmonitor.
Die Medien berichteten vom Massenansturm tausender Flüchtlinge auf Ceuta und Melilla. Die Camps seien organisiert gewesen, der Ansturm generalstabsmäßig geplant. Zeitungen zeigten fettgedruckte Schlagzeilen: Mafia organisiert Grenzsturm, zwölf Tote am Grenzzaun, Marokkanische Armee bestreitet Todesschüsse, 259 durch den Zaun gebrochen, Nacht der Aggression, Melilla vor dem Kollaps.
In der Medina bepackten Asad und Hartfield den Ambulanzwagen mit medizinischem Gerät und Verbrauchsmaterial. Routinierte Handgriffe verstauten Arztkoffer, Trage, Schienen und alles für die kleine Chirurgie. Sie regelten die Versorgung im Hospital und saßen auch schon im Landrover. Hartfield fegte per Kavalierstart aus der Medina. Der Hilferuf vom Camp Bel Younech war um 7:00 gekommen und Hartfield hatte sofortige Hilfe zugesagt.
An der Avenue d' Espagne nahm er Elias auf, der dort eingestaubt stand, Pakete zu seinen Füßen.
Hartfield empfing ihn mit Neuigkeiten: „Unser Melillateam ist auf Deportierte gestoßen. Sie sind heute Nacht den Bussen nachgefahren. 150 Migranten, südlich von Oujda in der Sahara ausgesetzt, ohne Wasser, ohne Nahrung. 50 wurden schon behandelt: Prellungen, Schnittwunden, eine Fußamputation. Drei Schwangere sind auch dabei. Unser Team hat bei irgendeinem unaussprechlichen Nest in Algerien ein provisorisches Lager aufgemacht."
"Sind die Marokkaner verrückt geworden?", fragte Elias, "wie können sie so etwas tun?"
"Ich verstehe es auch nicht. Bisher hat man die Migranten immer gelassen ertragen, doch anscheinend machen die Spanier Druck, wegen dem Ansturm auf Melilla vorgestern Nacht."
Die Bucht von Tanger lag zur Linken, wo Abbruchmaschinen an Häusern wüteten. Dahinter durchkämmten Soldaten den

Strand, kontrollierten Pässe, legten Menschen in Handschellen.
„Sehen Sie“, sagte Hartfield, „Tanger will an seine große Vergangenheit anknüpfen und da ist das Strandgelumpe im Weg. Was den Blick aufs Meer versperrt, wird abrasiert.“
„Aber dort“, rief Asad, „sie nehmen Marokkaner fest, Dutzende, nein, es werden Hunderte festgenommen.“
Hartfield hielt den Wagen an und blickte zum Strand hinüber: „Es sind Berber“, sagte er dann, „wahrscheinlich aus der Westsahara. Auch sie stören das Stadtbild. Man wird sie auflesen und nach Hause bringen.“
Auf der Promenade kamen berittene Polizisten entgegen. Sie hielten die Pferde an, einer beugte sich zur geöffneten Fahrerseite hinunter: „Fahren Sie weiter. Es gibt hier nichts zu sehen.“
Asad und Elias schwiegen, Hartfield fuhr: „Mohammed VI. ist der letzte aufgeklärte Absolute: alles für das Volk, nichts durch das Volk.“
„Es ist nicht so schlimm“, sagte Asad, „in Somalia hätte man uns erschossen, nur weil wir gehalten und geschaut haben.“
Sie passierten den neuen Hafen. Danach war die Straße eine einzige Baustelle. Zwischen Asphaltmischer, Stahlröhren und Brückenteilen weidete ein Junge im Boss T-Shirt seine Ziegenherde.
„Es kann nicht mehr weit sein“, sagte Hartfield, als ihnen ein Militärbus mit Gefangenen entgegen kam, „da kommt schon die erste Ladung fürs Gefängnis. Sie bekommen eine warme Mahlzeit, werden dann an irgendeiner Grenze ausgesetzt, unsere nächsten Kunden.“
„Ich habe vieles darüber berichtet“, sagte Elias, „doch ich habe nicht geahnt, wie fürchterlich es ist.“
„So verrückt wie in diesem Sommer war es auch noch nie. Und wir haben Herbst. Sie müssen hinüber oder zurück.“
„Dabei ist Europa so nahe“, zeigte Asad, „solange wir fahren sehen wir dort Europa.“

„Sie haben Recht“, sagte der Engländer, „solange man Gibraltar im Blick hat, glaubt man das Land da drüben gehöre zu uns.“
Die roten Felsen Ceutas lagen, von Sonne gewärmt, vor blauem Meer.
Vor der Grenze waren MG- Stände aufgebaut, mit Sandsäcken verstärkt, marokkanische Soldaten hoben Verteidigungsgräben aus. Spanische Soldaten fällten Bäume, die zu nahe an der Grenze standen. Vor dem Grenzübergang stand eine kilometerlange Schlange von Autos, Bussen und Fußgänger und drängte in die Stadt.
„Ceuta und Melilla“, sagte Hartfield, „Anachronismen am Tropf der Steuerfreiheit. Schengengebiet! Zieht eure Schuhe aus, heiliger Boden.“
Am Fuß des Hügels stand ein 2CV mit der Aufschrift: Weißes Kreuz, Tanger.
„Pater Pedro Alvarez“, kommentierte Hartfield, „ein Pfaff, dessen Fürsorgeaggression vor Nichts zurück schreckt. Bei jeder Razzia in der Medina ist sein Dachgarten überfüllt. Manche füttert er wochenlang durch.“
Der Pater stand in Anthrazit unter einen Baum und machte den Eindruck, als habe er schon auf sie gewartet.
„Gut, dass sie endlich kommen. Wir haben einen Schwerverletzten.“
„Hoffentlich nur einen“, erwiderte Hartfield.
Die Menschen in Bel Younech waren still, ihre Gesichter verhangen, ausdruckslos, Pudelmützen auf rasierten Köpfen, eingehüllt in Fetzen erbettelter Jellabas.
Als sie Hartfield sahen, verschwanden einige in ihren Zangas, andere begnügten sich mit einem misstrauischen Blick. Pater Diego ging voran.
Der Verletzte lag in einem Zelt unter einer blauen Planen und stöhnte. Ein anderer hockte bei ihm, hielt seine Hand und redete leise auf ihn ein.

Als Hartfield eintrat, erhob er sich: „Laterale Schlüsselbeinfraktur mit Beteiligung des AC-Gelenkes“, meldete er in nahezu militärischer Haltung.
„So“, sagte Hartfield.
„Ich bin Arzt“, sagte der Flüchtling.
„Ja, ja“, antwortete der internationale Arzt, schob den angeblichen Kollegen beiseite und beugte sich zu dem Verletzten, „Justin, Trage.“
Elias sah irritiert zu Hartfield, dann zu dem Flüchtling, dann zu Asad. Der tippte mit dem verbliebenen Ringfinger an die Stirn: „Ich geh schon.“
Sie trugen den Verletzten zu Diegos 2CV, der Pater fuhr mit dem Verletzten zum italienischen Krankenhaus.
Hartfield sah sich die anderen Verletzten an. Wortkarg, schroff, verteile er die Arbeit: „Justin, kleinere Wunden, desinfizieren, Pflaster drauf. Blutergüsse und größere Wunden macht Rahewein: Heparin, Gaze, Verband, einfache Knochenbrüche schienen. Alle anderen zu mir.“
Die drei gingen an die Arbeit. Er waren 80 Männer und sechs Frauen im Camp. Alle hatten Blessuren: verstauchte Knöchel, Schnittverletzungen vom Stacheldraht, Frakturen und blaue Flecke.“
Unter den Verletzten war Ben, Jeans Dritter. Er stellte sich bei Hartfield an, der schickte ihn zu Elias: „Beule am Kopf? Macht die Logistik.“
„Ich weiß nicht was heute mit ihm los ist“, sagte Elias, „sonst ist er nicht so.“
„Als wir Ada gebracht haben, war er auch so.“
„Zeig mal her!“
Ben nahm die Pudelmütze vom rasierten Kopf: „Eine Beule, so dick wie ein Elefantenhoden.“
„Angeber! Sieht aber trotzdem böse aus.“
„Gummigeschoss, die Spanier schossen mit Gummi, die Marokkaner mit Blei, dann schossen die Spanier auch mit Blei. Sie haben auf uns eingeprügelt, mit Knüppeln.“

Elias reinigte Bens Wunde mit Tupfern und drückte einen Streifen Heparin aus der Tube darauf.
„Wie bist du so schnell hier her gekommen?“
„Mit Otmans Cousin. Er hat Busse. Beinahe hätte ich es geschafft. Einmal bin ich über den Zaun, sie haben mich rausgeprügelt. Dann bin ich durch das Loch zurück. Sie haben mich zu viert gepackt und wie einen Sack rausgeworfen. Als ich dann wieder rein bin, bekam ich das Gummi. Aber macht nichts. Heute Nacht versuchen wir es noch mal.“
„Ihr seid verrückt. Ihr rennt euch die Köpfe ein.“
„Heute Nacht sind wir dreimal soviel. Die erste Busladung ist schon da. Sie sind drüben im Busch.“
Elias gab Ben noch ein Pflaster für eine Schnittwunde und rieb seine Schulter ein, die mit blauen Flecken übersät war.
Inzwischen war auch der Pater zurück und brachte Lebensmittel und Trinkwasser.
Mittags waren alle Verwundeten versorgt. Das Team packte die Sachen und verließ Bel Younech. Elias und Asad gingen voran, Hartfield mit dem Pater hinter ihnen.
„Was glaubst du?“, fragte Elias, „warum ist dieser Engländer so schroff?“
„Er fürchtet das Elend wie der Pavian den Wolf“, erwiderte Asad, „und wir sollen es nicht merken.“
„Kann sein“, sagte Elias, „aber dann ist er kein wirklich starker Mann.“
„Er ist gleich bei uns. Lass uns was anderes reden.“
„Okay, okay“, antwortete Elias und einer plötzlichen Idee folgend: „Hast du Lust, heut Nacht zu fotografieren?“
„Ich hab es auch gehört“, antwortete Asad, „alle reden davon. Es soll der ganz große Sturm werden.“
„Wir könnten im Wäldchen auf Beobachtungsposten gehen. Ich mit dem Diktiergerät, du mit der Kamera.“
„Ich werde Hartfields Teleobjektiv ausleihen.“
„Sie sind geborene Äskulapjünger“, lachte Hartfield hinter ihnen und klopfte ihnen auf die Schultern, „Manche haben rich-

tig gelacht, nachdem sie von Ihnen verarztet worden sind. Ich wollte, ich hätte auch solche Hände."
„Hilfst du einem von uns, so hilfst du ihm nicht", meinte Asad, „lamentierst und jammerst du über seine Notlage, so hast du ihm bereits geholfen. Mitgefühl ist das Zauberwort."
Hartfield ließ sich in den Autositz fallen: „Ich kann ihnen einen Verband geben, vielleicht einen Imbiss. Und ich fühl mich beschissen, hilflos."
„Es würde schon reichen, wenn Sie aufmerksamer wären."
„Wie meinen Sie das, Asad Rahewein?"
„Der Mann, den Sie heute Morgen beiseite geschoben haben, war auch Arzt. Er hatte die gleiche Hautfarbe wie wir."
Hartfield senkte den Blick, und es hatte den Anschein, als ob er rot anliefe.
„Habe ich das? Wirklich? Der hatte doch Nichts dabei, keinen Koffer, einfach nichts."
„Aber er war Arzt."
„Wo ist er denn hin? Ich habe ihn anschließend nicht mehr gesehen."
„Ich glaube, er ist in den Wald gegangen. Er wird sich geschämt haben."
Hartfield schwieg, ließ den Wagen an, kurbelte die Scheibe herunter und lenkte ab: „Sehen Sie dort?"
„Was?"
Hartfields Stimme klang unecht: „In der Fortaleza del Monte Hacho sitzt die Soldateska, die das angerichtet hat."
„Die sollten verschwinden", antwortete Elias, „nach Madrid, Barcelona oder Malaga?"
„Da wären sie besser aufgehoben als auf dem Gauklerplatz in Marrakesch."
Den Rückweg fuhren sie schweigend. Hartfield schien vor sich hin zu grübeln, und sie überließen ihn seinem schlechten Gewissen.
Erst als sie in Tanger einfuhren, fand Hartfield seine Sprache wieder: „Well, I take a leaf from that book. Wir geben dem Jungen Unterkunft, bis er einen Platz in Freetown Camp be-

kommt. Vielleicht kann er erst mal im Hospital bleiben. Ach ja, noch etwas Asad. Selbstverständlich leihe ich Ihnen das Tele."

Hartfield steuerte den Wagen an der Uferpromenade entlang und zum Wald von Missnana hinauf. Im Camp herrschte eine mysteriöse Stimmung. Es waren keine Wachen aufgestellt. Die Flüchtlinge hockten in Gruppen zusammen, mit Regenzeug bekleidet, die Pudelmützen in die Gesichter gezogen. Sie blieben unbeteiligt und hielten die Köpfe gesenkt, als die drei Ankömmlinge grüßten. Etwas weiter entfernt saß Komano mit der Gitarre und sang Rap.

Elias fragte nach Charles, doch niemand antwortete. Er fragte erneut: „ihr müsst doch wissen, wo euer Chairman ist. Ich soll ihm etwas ausrichten."

Komano kam näher: „Du warst bei Alima?"

„Klar."

„Was willst du ausrichten?"

„Das ist nur für Charles bestimmt. Außerdem, ich habe einen Brief für ihn. Er geht nie ans Handy, wenn Alima anruft."

„Ja", sagte Komano gedehnt, „das ist eine Sache. Er war scharf auf Alima wie der Schakal auf das Straußenei, und jetzt?"

„Was jetzt?"

„Ich kann es dir nicht sagen. Erst morgen früh, wenn der Anruf kommt."

„Kiss me", erwiderte Elias, „ist wenigsten Yussuf da?"

Sie fanden Yussuf und ein junges Mädchen in seiner Höhle. Die saßen dort und hielten sich umklammert als frören sie. Asad und Hartfield warteten, während Elias zu den beiden ins Zanga kroch. Die Kinder trugen Regenzeug.

„Meine Schwester", stellte Yussuf vor, „sie ist auch bekloppt. Sie war bei der Armee. Für die Offiziere."

„Du musst das nicht erzählen, du musst das nicht erzählen, es ist auch nicht wahr", protestierte das Mädchen.

Elias schätze sie ab. Sie war höchsten ein Jahr älter als Yussuf. Was würde Hartfield sagen, wenn er *zwei* Kinder heranbrachte?
„Ich mache euch einen Vorschlag", sagte er dann, „Ich habe eine Unterkunft für euch, unten in Tanger bei den Ärzten. Dort könnt ihr bleiben, bis sich etwas Besseres findet. Vielleicht könnt ihr nach Freetown Camp."
„Freetown Camp" sagte Yussuf und verzog das Gesicht, „was soll ich in Freetown Camp? Man wird zum Automechaniker ausgebildet, doch es gibt keine Autos; oder man wird Schreiner, doch es gibt kein Holz; Freetown Camp? No! Niemand sagt uns, wie wir Gemüse anbauen und Reis und Hirse, wie die Eltern taten. Und meine Schwester hat auch Nichts mehr gelernt. Sie war Soldat, mit 15 von der Armee entführt. Yussuf sprach in Englisch weiter: "She was only there to do the dishes, but some month later she was armed and then she married one of the officers."
"Du sollst das nicht erzählen", rief das Mädchen, „meinst du, ich verstehe dich nicht, weil du englisch redest?"
Elias beachtete es nicht: „Aber dort wärt ihr Zuhause."
„Otman fährt heute", erwiderte Yussuf, „und wir fahren mit. Meine Schwester und ich."
Schon wieder dieser Otman, dachte Elias. Zur Hölle mit diesem Patron.
„Du kannst ihn doch gar nicht bezahlen. Für euch beide, das kostet 4000 Dollar. Außerdem sind inzwischen alle Buchten mit Wachen besetzt."
„Alle Buchten besetzt, yeah", lachte Yussuf glucksend, „alle Buchten besetzt. Nur unsere nicht. Aber ich sag es dir nicht. Nein, ich sag es dir nicht."
„Ich erfahre es sowieso von Charles."
„Von Charles, yeah, von Charles erfährst du Nichts. Der ist Upstairs, erst vor ein paar Minuten."
„Es schneit in Europa", fragte das Mädchen dazwischen, „wie ist das? Erfriert man dann?"

„Man zieht etwas an", antwortete ihr Elias und wandte sich wieder an Yussuf: „Was ist denn mit deinem Freund Bob? Willst du den plötzlich hier lassen?"
„Bob ist selbst schuld. Er hat geklaut und ist erwischt worden. Yeah, ausgerechnet vor der saudischen Botschaft hat er geklaut und da haben sie ihn geschnappt."
Elias dachte nach: Charles war weg, Otman würde fahren und zwar in einer Bucht, die nicht bewacht war. Er startete einen Versuchsballon: „Alle Buchten sind bewacht. Ich war vorhin noch runter: Herkulesbucht, Achacare, Cap Spartel, Beach of Slokia, alle sind bewacht."
„Und die Bucht des Pharao?"
„Da war ich nicht."
„Sie haben den Wachposten in seinem Container angekettet und fahren die ganze Nacht durch. Und morgen und übermorgen."
„Und wovon bezahlt du die 4000 Dollar?"
„Von dem Diamanten. Doch ich sag niemandem, wo ich den habe. Sonst schlitzen sie mich auf."
Elias wünschte den beiden viel Glück und gab ihnen seine Med Int-Visitenkarte. Auch am Lagerfeuer gab er einigen die Karte. Während der Rückfahrt erzählte er das Gehörte.
„Irgendwie wird man dieses Tor dicht machen", prophezeite Hartfield, „Zerstörer, Marine, Radar, Feinradar, Ultraschallortung oder etwas ähnliches, ich wette, in einem halben Jahr kommt hier niemand mehr durch."
Elias dachte darüber nach, was er Alima über Charles Flucht sagen sollte. Alima war eine so schöne, warmherzige Frau. Sie tat ihm leid.
„Was meinst du?", fragte Asad plötzlich, „wie viele Tage können sie den Wachposten festhalten, bevor es auffällt?"
Elias hatte mit einem Mal viele Fragen, doch Hartfield kam ihm zuvor: „Rahewein, Sie bleiben. Sie werden im Hospital gebraucht."

*

Das Hospital war von Reportern umlagert: Kameras, Mikrofone, Blitzlichtgewitter, Fragen: „Herr Dr. Hartfield, wie viele Verletzte haben sie heute behandelt? In welchem Camp waren sie? Wie lange wird der Exodus nach andauern? Man sagt, der Journalist Frank Talk arbeitet für Sie?“
Die Drei quetschen sich durch die Medienvertreter, Hartfield beantwortete die eine oder andere Frage, doch seine Auskünfte betrafen nur medizinische Sachverhalte.
Im Büro wartete Alima. Elias erkannte sofort, dass etwas geschehen sein musste, denn Alimas Gesicht wirkte gehetzt.
“Ada?”, fragte er fast automatisch.
“Sie ist seit gestern Abend verschwunden. Ich habe sie zum Wasserholen geschickt und sie ist nicht zurückgekommen. Das Baby schreit.”
“Vielleicht ist sie mit einem der letzten Boote abgehauen”, meinte Hartfield, “obschon, das Baby?”
“Oder man hat sie verhaftet, oder sie ist verunglückt, oder sie wurde überfallen, oder, oder, oder.”
Die Vier beratschlagten, was zu tun wäre und einigten sich schnell. Alima würde ein paar Besorgungen machen, Fläschchen und Milchpulver. Hartfield würde zur Polizeistation und zum Gefängnis gehen, und Asad würde in den Krankenhäusern nachfragen. Elias übernahm das Leichenschauhaus und er machte sich sofort auf den Weg.
Es war am Nachmittag überraschend heiß geworden, und nur die Bettler saßen vor den Restaurants.
Die Straßen von Tanger lagen voll gelblichem Sand, und die Autos waren mit einer ebensolchen Staubschicht überzogen. Elias schwitzte.
„Hier ist niemand eingeliefert worden“, sagte der Mann zu Elias, „schon seit gestern nicht.“
„Und gestern?“, fragte Elias.
„Ja, da waren welche hier.“
„War eine Frau dabei?“
„Es sind immer Frauen dabei.“

„Ich meine eine Schwarze, eine mit kleinen Zöpfen."
„Sie sind alle schwarz", sagte der Mann, „und alle haben solche Zöpfe."
„Aber sie ist sehr groß", sagte Elias.
„Es waren zu viele", sagte der Mann, „es waren 65. Da kann ich mir Einzelne nicht merken."
„Hat man sie schon begraben?"
„Man hat."
„Wo?"
„Sie haben sie vor die Stadt gefahren, dort wo die Erde weich ist und wo die Bagger ein großes Loch machen können", sagte der Mann vom Leichenschauhaus und wollte sich abwenden, doch Elias hielt ihn am Arm fest.
„Wann haben sie sie weggefahren?"
„Gerade eben, als ich zu Mittag gegessen habe."
„Wann isst du zu Mittag?"
„Wenn Mittag ist."
Elias sah nach den Schatten, die das Haus auf die Straße warf. Sie waren bereits lang.
„Wo ist die Stelle?"
„Dort", sagte der Mann und wies mit dem Arm nach Süden.
Elias beeilte sich und fand das Massengrab vor der Stadt. Die Bagger standen etwas abseits und die Fahrer machten Pause.
Elias Blick ging über die Leichen, die kalkbestreut und mit verengten Gliedern in dem großen Loch lagen.
Er hielt sich die Nase zu und trat näher an das Loch heran.
65 Leichen, schwarz, in zerrissener Kleidung, die Gesichter entstellt von Blut und Fliegen.
„He, was machst du da?", fragte einer der Arbeiter.
„Ich suche jemanden. Ich suche ein Mädchen. Sie ist sehr groß und schlank, sie hat Zöpfe, sie ist 30 Jahre alt und sie heißt Ada."
„Von denen hat niemand einen Namen. Aber suche, nur wenn du willst."
Einige hatten zusammen gebundene Hände. Das mussten die sein, die mit einem nigerianischen Patron gefahren und bei der

Überfahrt ertrunken waren. Bei den anderen handelte es sich um solche, die auf der Straße an Hunger, Durst oder Erschöpfung gestorben waren.
Elias suchte vergebens nach einer Frau mit Dreadlocks. Nach einer halben Stunde gab er die Suche auf. Er lief zurück, lieh sich Hartfields Wagen und fuhr die Camps der Hügel ab. Nur vereinzelt traf er Flüchtlinge. Ada fand er nicht. Er fuhr zum Hospital zurück und sprach mit Hartfield und Asad, die ebenfalls nichts von Ada gehört hatten. Elias runzelte die Stirn: „Sie wird doch nicht mit einem der Transporte gefahren sein?“
„Glaube ich nicht“, sagte Asad, „eine Mutter lässt niemals ihr Baby zurück.“
„So etwas kann man nie sagen“, sagte Hartfield, „es gibt Nichts was Menschen nicht tun, im Guten wie im Bösen. Wir sollten Otman fragen. Es ist ja wohl der einzige Patron, der noch fährt.“
Elias machte sich auf zur Pension Lexus. Inzwischen war es dunkel. Im Vorhof der Pension saß eine alte Frau und spann Wolle mit einer Drille. Sie schaute gleichgültig auf: „Er ist oben“, sagte sie und wies zur hölzernen Wendeltreppe.
Elias hetzte die Stufen hinauf und war außer Atem, als er Otman auf dem Dach fand. Otman telefonierte, während er ein Fernglas auf den Estrecho gerichtet hatte und ließ sich durch Elias Erscheinen nicht im Mindesten stören. Elias bekam noch mit, wie Otman jemandem Geld anbot.
„Was ist?“, fragte der Schleuser, als er das Glas absetzte.
„Wir suchen Ada, eine junge Frau. Ist sie mit einem deiner Booten gefahren?“
„Wie soll ich das wissen? Ich hab heute Nacht sechs Boote auf Reise, 180 Nigger. Meinst du, ich frage nach ihren Namen?“
Elias fühlte, wie ihm heiß wurde. Dieses erniedrigende Wort aus dem Mund eines Schleppers, der mit diesen „Niggern“ Geld verdiente. Er hatte eine hitzige Antwort auf den Lippen, doch er wandte sich ab und sah auf den Estrecho hinaus. Seine Augen waren feucht.

„Da ist ein Niggerbaby, dessen Mutter verloren gegangen ist und du sollst mir helfen sie zu finden."
„Tut mir leid, keine Zeit."
„Mann! Verstehst du nicht? Wir suchen eine Mutter, die gerade entbunden hat. Was sollen wir mit dem Baby machen, wenn wir seine Mutter nicht wieder finden?"
„Ich weiß nicht, wie ich dir helfen könnte."
„Wo bei uns Niggern das Herz schlägt, sitzt bei dir der Geldbeutel", erwiderte Elias und wandte sich zur Treppe, doch dann hatte er einen Einfall.
„Otman, was glaubst du, was passiert, wenn ich der Polizei melde, in welcher Bucht deine Männer sind?"
Otmans Augen funkelten: „Wer von den verdammten Morros hat gequatscht?"
„Niemand, ich bin selbst drauf gekommen."
„Bluff", sagte Otman kalt, doch seine Hand fuhr unter die Jacke, „mich legst du nicht herein. Ich sage Bluff!"
„Die Bucht des Pharao."
„Verdammter Journalistenhund", brüllte Otman und riss eine Pistole aus der Jacke, „ich knall dich ab!"

*

Träge rollte der Gambia seinem Delta zu, umrahmt von Land, dessen Breite bestimmt war von der Reichweite der Kanonenboote ehemaliger Kolonialherren, die das tiefe Wasser bis nach Basse Santa Fu hinauftrug. Die Baobabs[28] an den Ufern sahen wie damals den Schiffen zu, doch jetzt glitten hochwandige Pirogen über sanfte Wellen und Fischer anlandeten ihren Fang für die Märkte von Kerewan, Sukuta oder Basse. Kebba saß am Ufer und sah dem bunten Treiben zu. In den Galeriewäldern sangen Vögel aus dem Norden, Fische sprangen, und der Fluss brach sich in ruhigen Bewegungen durch den Urwald, gleich einem Krokodil im Sumpf.

---

[28] Affenbrotbäume

„Du bist geboren, als die Fähre unterging“, summte seine Mutter und es klang wie Gesang, „seitdem gibt es hier die Schule, und mein Kebba wird der schlaueste Junge in Gambia.“
Die Süduferstraße zog mit rostbrauner Decke durch grüne Wälder und trug Kebba die fünf Kilometer zur Schule. LKW, beladen mit Erdnüssen, fuhren auf der Straße und Brennholzsammler mit ihren Ochsenkarren.
Schimpansenherden wechselten die Fahrbahn, und er trieb sie mit Geschrei und Stockschlägen auf umliegende Büsche, denn diese Spitzbuben stahlen seiner Mutter die Mangos.
„Wie heißt die gambianische Währung“, fragte der Lehrer und wie immer blieb er bei dieser Frage vor Kebba stehen: „Kebba Dalasi, du wirst es uns sagen können, nun?“
„Sie heißt Dalasi, Herr Lehrer. In der Prägung erkennt man das Krokodil. Das ist unser Wappen, denn das Krokodil ist ein heiliges Tier und es hat so viele Zähne, wie ein Gambier Sprachen spricht.“
Der Lehrer lobte und schickte die Kinder heim mit der Warnung, nicht in den Busch zu laufen und die Steinkreise zu meiden, denn die waren verhext und konnten Unheil bringen, zumal niemand zu erzählen wusste, wie diese Hünengräber entstanden waren.
Der Heimweg war beschwingtes Hüpfen, Spielen und Laufen. Es war Freitag. Männer zeigten am Dorfrand beim Wrestling ihr Geschick, der Imam betete mit dem Priester vor der Moschee, und die Mutter, gekleidet mit Batikstoff, ermahnte Kebbas jüngeren Bruder, der die Ziegen nicht rechtzeitig aus den Bäumen vertrieben hatte: „Einen Jungen der beim Ziegenhüten einschläft, den wird Gambo[29] überraschen und verschlingen.“
Dann schritt sie im bunten Kleid, einen Ballen Ware auf dem Kopf, auf rötlichen Sandwegen durch grünen Tamariskenwald zum Markt.

---

[29] Gambianische Seeschlange,

Der nächste Morgen begann mit den Lauten der Tiere: Dem lang gezogenen Wiehern der Esel, dem Hahnenschrei und den Axtschlägen des Nachbarn.
„Dem soll eine Eidechse ins Essen speien", schimpfte Kebbas Mutter, verärgert über den frühen Lärm, wurde sich dann jedoch bewusst, dass sie damit den Tod gewünscht hatte und schickte ein: „mein Jesus, Barmherzigkeit", hinterher. An diesem Tag kam der Harmattan von Nordosten, er brachte den feinen Staub der Sahara, er brachte die Trockenzeit und er brachte Kankurang, den bösen Geist des Waldes.
Kebba sammelte Holz und half seiner Schwester beim Kochen, denn die Felder konnten erst zu Beginn der Regenzeit wieder bestellt werden und sein Vater war in Banjul, um Touristen zu führen. Plötzlich schrie draußen der Bruder:
„Bongo, Bongo, sie sind bei den Mangos."
„Verdammte Schimpansen", fluchte Kebba, ergriff einen Stock und stürmte los zum Feld, laut heya, heya rufend.
Die Affen waren schon aus den Mangos verschwunden und trollten sich zum Busch, Früchte in den Händen. Kebba schnitt einem den Weg ab. Der Affe sprang auf einen Baum und rettete sich auf einen Ast. Weitere Kinder kamen hinzu.
„Bewerft ihn mit Steinen", rief Kebba seinen Kameraden zu, und gemeinsam bombardierten sie das Tier, das sich verängstigt hinter dem Stamm zu versteckten suchte und kreischte, wenn es getroffen wurde.
Dann hörte man einen Schuss und noch bevor der Kugelschlag verhallte, lag der Schimpanse tot am Boden.
Die Kinder kreischten vor Begeisterung, einer band den Kadaver an ein Seil, und gemeinsam schleiften sie ihn über den Sandweg und traktierten ihn mit Stockschlägen.
Am Abend kam die Nachricht vom Untergang der Fähre Joola. Sie hatte 1800 Menschen in den Tod gerissen, darunter Kebbas Vater.

„Der ba dimma[30] wird dir keine Antwort geben“, sagte seine Mutter, als Kebba auch am dritten Tag noch am Fluss saß und den Pirogen der Fischer nachblickte.
„Nein“, sagte Kebba und weinte und plötzlich fühlte er die Stockschläge, mit denen sie den toten Schimpansen traktiert hatten, fühlte sie auf seinem Rücken, auf seinen Armen, am ganzen Körper.
Er floh in das nahe Haus. Dort saß seine Familie. Seine Mutter trug ein schlafendes Baby im Tuch auf dem Rücken. Alle saßen auf Bastmatten um die große Schüssel herum und aßen mit der Hand: Couscous und würzigen Reis, Fisch und Möhren, Auberginen und Maniok, und der würzige Duft der Köstlichkeiten raubte Kebba fast die Sinne.
Kebba erwachte am frühen Morgen im Lazarett des Lagers von Melilla. Sein rechter Arm war bandagiert und seine gesamte Brust war bepflastert. Unter den Verbänden war die Haut gelb von Desinfektionsmittel.
Draußen sammelten Soldaten die Leitern der Sturmnacht von den Zäunen und verbrannten sie auf großen Scheiterhaufen. Pritschenwagen brachten Maschendraht und Stacheldrahtrollen, und Männer standen in den Körben der Arbeitswagen, reparierten den Zaun, wanden neuen Stacheldraht um die Pfosten und spritzten das Blut von den Wänden.
Migranten, die in der Nacht die marokkanische Armee eingefangen hatte, befanden sich bereits in Bussen auf dem Weg nach Oujda, wo man sie in der algerischen Wüste aussetzten würde.
Das alles beobachteten die Camaradas, die es nicht geschafft hatten vom nahen Wald aus und wussten nicht, woher sie den Mut für den nächsten Ansturm nehmen sollten. Doch dass sie ihn aufbringen würden, da waren sie sicher.
Im Auffanglager Melilla standen Schlangen vor der Essensausgabe und Schlangen vor Untersuchungszimmern.

---

[30] der Gambia

Kebba lag mit sechs anderen Männern und einer Frau in dem Zimmer und neben ihm jammerte jemand unaufhörlich.
„Was ist mit ihm?"
„Sein Kind wird heute getauft", sagte die Frau, „er kann nicht dabei sein, weil er eine Gehirnerschütterung hat, von einem Gummigeschoss."
„Ist sein Kind auch mit über den Zaun?"
„Seine Frau kam vor Wochen an, sie hat die Umzäunung umschwommen."
„Warum ist er dann nicht mit geschwommen."
„Ich kann nicht schwimmen", plärrte der Jammerer, „ich bin über den Zaun. Dann haben sie mich nach Oujda abgeschoben, ich bin zurück und habe es vorgestern versucht, und jetzt habe ich die Beule."
Eine Krankenschwester brachte ein Handy, damit der Jammerer mit seiner Frau telefonieren konnte, und sagte zu Kebba, er solle zur Untersuchung kommen.
Auf dem Flur stand ein Mann von der Guardia Civil mit Schlagstock, Pistole, dunkelblauem Käppi, Embleme auf den Deltoidmuskeln, die Sonnenbrille in die Haare geschoben, die Zigarette im Mundwinkel.
Kebba blieb wie angewurzelt stehen, unfähig sich zu bewegen. Seine Knie waren plötzlich weich und er zitterte am ganzen Körper, seine Augen starrten unverwandt auf den Uniformierten, der jetzt auf ihn zukam, während der Schlagstock am Koppel wippte.
„Was starrst du mich so an, sin papeles?"[31]
„Untersuchung."
„Ja, ja, consulta", grimmte der Spanier, „Malaria, Aids, Ebola. Wir haben den grünen Marsch überlebt, wir überleben auch den schwarzen."
Er schob Kebba über den Flur in ein Zimmer. Man besah sich seine Zunge, prüfte die Reflexe, nahm Blut ab und gab ihm einen Plastikbecher für den Urin.

[31] Mensch ohne Papiere

Die Klappe an der Durchreiche klemmte, und Kebba ging in das Sekretariat zurück und stellte den Plastikbecher auf den Schreibtisch. Die Helferin zog ein Gesicht und wandte sich angeekelt ab.

„Was ist?“, schrie Kebba, „es ist einfach nur Pisse. Ich habe weder Malaria, noch Aids, noch Ebola, noch sonst etwas.“

Mittags wurde Kebba aus dem Hospital entlassen. Er reihte sich in die Schlange vor der Kantine ein, bekam seine erste Mahlzeit nach zwei Tagen des Hungerns, und er glaubte, es geschafft zu haben.

Allmählich erholte er sich von seiner Verwundung. Der Schnitt, der quer über die Brust ging, begann zu jucken, an der Hand konnten die Fäden gezogen werden.

Das Aufnahmelager war überfüllt. So kam er nur zu den Essenzeiten. Die ersten Nächte schlief er, wie viele Flüchtlinge, auf den Bänken der öffentlichen Parks.

Diese Nächte waren grausam, denn er hörte Schüsse von der Grenze her. Menschen schrieen und Sirenengeheul schwebte über der nächtlichen Stadt. Morgens kamen dann neue Flüchtlinge hinzu. Im Lager baute man Zelte auf.

Täglich sah man mehr Soldaten auf den Straßen, wöchentlich kamen welche vom Festland dazu.

Der Offizier mit der Bassstimme hatte im Lager ein Büro mit dem Schild: Oficial de la inmigración. Kebba ging zu ihm und dankte ihm. Der Offizier bot ihm eine Zigarette an. Kebba lehnte dankend ab. Sie versuchten eine Unterhaltung, doch Kebba konnte zu wenig spanisch und so verabschiedete er sich verlegen.

Melilla war die schönste Stadt, die Kebba je gesehen hatte: Beleuchtung, Häuser aus Ziegeln, Marmor und Glas, Boulevards, Kasinos, grüne Anlagen. Tagelang lief er durch die Straßen, und alles schien verwirrend und sehenswert: die Stierkampfarena, der Hernandezpark und das Wasserspiel des Plaza de Espana unter Platanen und Palmen.

An den Bäumen hing noch die Weihnachtsbeleuchtung vom vorigen Jahr. Es gab Läden, in denen man alles kaufen konnte,

was man in Gambia nur in Werbefilmen sah und natürlich Autos, deren Bässe so weit aufgedreht waren, dass der Rosenkranz am Rückspiegel tanzte.
Kebbas Brust war fast verheilt, die Fäden gezogen und er verspürte kaum noch Schmerzen. Auch der Schnitt in der Hand begann zu heilen, doch eine Narbe war geblieben.
Bei seinen Streifzügen vermied Kebba mit der Polizei in Berührung zu kommen. Das war nicht einfach, denn es gab die Junta de Puerto, die Policia, die Guardia Civil und die Policia Ciudad, und alle waren Angst einflößend. Springerstiefel, Funkgeräte, Pistolen und Schlagstöcke waren Insignien ihrer Brutalität. Dazu gab es noch die Einheiten der Fremdenlegion mit bunten Wappen und der Schrift: pour la Patrino.
Kebba kannte bald all diese Einheiten, und kam ihm ein Polizist entgegen, so wechselte er die Straßenseite.
An den Zäunen wurden täglich montiert: Bewegungsmelder, Scheinwerfer, Sprinkleranlagen, doch die Schlange vor der Kantine wurde von Tag zu Tag länger.
In der zweiten Woche rief er seine Mutter an. Es dauerte einige Zeit, denn in Jerome gab es nur ein Telefon, und seine Mutter musste erst geholt werden. Es gehe allen gut und sein Bruder sei jetzt bei der Armee und bringe jeden Monat Sold heim. Kebba stutzte, sein Bruder bei der Armee? Sold? Der war doch viel jünger? Es gab ihm einen Stich. Er, Kebba, hatte in den vier Jahren seiner Wanderschaft nur wenig Geld nach Jerome schicken können. Das bedrückte ihn mit einem Mal so, dass er seiner Mutter nicht mehr zuhören konnte.
„Ich bin jetzt in Europa“, sagte er dann, „ich schicke auch Geld, schon in ein, zwei Wochen.“
Journalisten kamen nach Melilla, stellten Fragen, fotografierten. Auf dem Plaza de Espana sprach ihn ein Reporter an. Sie gingen in ein Cafe und Kebba erzählte seine Geschichte, Dichtung und Wahrheit sorgfältig abgewogen. Der Reporter gab ihm 25 Euro. Tags darauf schickte Kebba das Geld seiner Mutter.

Seine anfängliche Skepsis gegenüber der Stadt verflog allmählich. Einzig die Unfreundlichkeit der Menschen schüchterte ihn ein. Wie war das in Gambia gewesen? Hatte man einen Fremden nicht gefragt: Woher kommst du? Wohin gehst du? Wie geht es dir? Willst du mit uns Essen? Und hatten nicht die Kinder jeden Fremden umringt, mit ihm zu spielen versucht, ihn beklatscht? Hier hielten die Mütter ihre Kinder zurück, wenn ein Fremder in die Nähe kam.

In der dritten Woche wurden hunderte Flüchtlinge auf das Festland verlegt. Jetzt wies man Kebba ein Zimmer zu, groß wie eine Besenkammer.

Sein Zimmergenosse hatte eine schmale, gerade Nase, mandelförmige Augen mit ungewöhnlich langen Wimpern und rote Augen. Er stellte sich als Tabari vor und sagte, er sei ein Imohar.

„Wo liegt das?"

„Dort", sagte Tabari, und wies mit dem Arm nach Osten, „Imohar sind die Freien. Sie gehören keinem Staat."

„Wann bist du gekommen?"

„Gestern", antwortete Tabari.

„Man hat aber nichts gehört."

„Ich bin nicht über den Zaun gegangen. Wäre mir zu gefährlich gewesen."

Kebba taxierte sein Gegenüber: Selbstbewusst, würdevoll. Tabari bemerkte den abschätzenden Blick, doch er tat gleichgültig. Nach dem Sturm auf Melilla war sowohl die spanische, als auch die marokkanische Grenze am frühen Morgen schwächer besetzt. So hatte er wie gewohnt einen LKW durch die Zollabfertigung geschleust, hatte das Fahrzeug als kontrolliert gemeldet und war dann, unter dessen Abplanung versteckt, mit über die Grenze gefahren. Dort hatte er sich bei der Einwanderungsbehörde gemeldet. Sein Benehmen hatte für einigen Wirbel gesorgt. Er erzählte es Kebba.

„Woher kommst du?", hat der Offizier gefragt.

„Von Afrika."

„Welches Land?"

„Wüste.“
„Hör mal zu, du Bürschchen. Wenn du mich verarschen willst, gibt es ein paar hinter die Löffel. Und wenn du nicht weißt, woher du kommst, dann schicken wir dich einfach zurück.“
„Bitte, schicken Sie mich zurück! Ich bin sehr gespannt.“
Tabari lachte: „der Kerl hat so etwas bekommen, was man hier den Schlag nennt. Sie haben ihn dann im Hospital eingeliefert. Und woher bist du?“
„Gambia.“
„Hast du es denen gesagt?“
„Ich habe gesagt, ich bin Jean Marie Bemba aus der demokratischen Republik Kongo.“
„Merde.“
„Warum?“
„Spanien kann dich 40 Tage lang festhalten. Wenn bis dahin nicht feststeht woher du kommst, oder wenn mit deinem Land keine Rücknahmerecht besteht, wirst du auf dem Festland frei gelassen.“
„Darum hast du denen nichts gesagt. Jetzt verstehe ich dein Benehmen. Aber was ist mit dem Rücknahmerecht? Besteht mit Gambia ein solches Recht?“
„Bist du denn nicht aus Kongo?“
„Ich habe den Spruch: Je suis Jean Marie Bemba, un habitant de République Démocratique du Congo solange repetiert, dass ich jetzt noch nichts anderes sagen könnte, wenn sie mich erneut fragten. Was ist nun mit Gambia?“
„Genau weiß ich es nicht, ist aber möglich. Ich habe jedenfalls nichts gesagt und ich habe auch keinen Pass. Habe nie einen gehabt.“
In der zweiten Woche begann ein allmorgendlicher Unterricht. „Soy tu profesor“, stellten sich die Dozenten vor. Sie lehrten Spanisch, spanisches Recht, spanische Benimmregel und die Gefahren der illegalen Zuwanderung, doch dass man sich nicht vor anderen schnäuzt oder in der Nase bohrte, das wussten diese Lehrer offenbar nicht.

Allmählich gewöhnte Kebba sich an die unpersönliche Art der Spanier und an die Graffitis an Wänden: „Nigger va a Afrika, oder Inmigracion No."
Sprüche und Benehmen standen im Gegensatz zur sonstigen Behandlung.
Wem das Mittagessen nicht schmeckte, der ging zu den Karmeliterinnen und bekam dort eine kostenlose Suppe. Beim Pastor konnte man ein paar Münzen für ein Telefonat nach Hause erbetteln, beim Roten Kreuz bekam man, sofern benötigt, Pflaster und Verbandmaterial, und dann waren da auch noch die Medicus International.
Auch ging man zum Büro der Melilla acoge[32] und ließ sich beraten, doch der Signore Alvarez machte nur wenig Hoffnung: Keine Aufenthaltsgenehmigung, das hieß, keine Arbeitserlaubnis und damit kein Geld. Das Lager sei nur für 400 ausgelegt, doch es seien 1500 drin. Alvarez entschuldigte sich mit einem Lächeln.
„Trotzdem lieber tot als zurück", sagte sich Kebba und er verdiente ein paar Münzen, indem er Autofahrern Parkplätze zuwies oder ihre Autos bewachte.
Tabari entdeckte ein lohnendes Geschäft. Des Morgens wurden im Hafen Überschüsse der EU gelöscht. Ganze Karawanen von Händlern stellten sich an, kauften auf und verhökerten die Waren an Marokkaner, die nach Zollrecht soviel über die Grenze nehmen durften, wie sie tragen konnten.
Tabari erwarb morgens in der Früh einige Säcke Pfeffer und verkaufte sie nach dem Unterricht kiloweise am Grenzübergang.
In der vierten Woche fiel der Unterricht aus. Das war ungewöhnlich. Die Flüchtlinge trafen sich vor den Gebäuden und debattierten.
„Die Spanier wollen uns nach Marokko abschieben, doch die nehmen keine Migranten aus Drittstaaten. Allerdings gibt es

[32] Melilla nimmt auf

einen Vertrag, nachdem man uns abschieben kann. Das Papier ist von 1992 und da spricht man von Sondermaßnahmen."
„Sondermaßnahmen, wie sich das anhört."
„Es ist ein ganz normales Wort. Sondermaßnahmen, Abschiebehaft, Auffanglager, Regelvollzug, Endlösung, alles ganz normale europäische Vokabeln."
„Spanien bietet Marokko humanitäre Hilfe an, habe ich gelesen, dabei würden wir das Geld besser gebrauchen können."
„Sie wollen noch einen weiteren Zaun dazu setzen."
„Die Marokkaner wollen ihr Land zurück. Ceuta und Melilla gehören zu Marokko und wir sind es, die ihnen die Enklaven zurück erobern."
„Es sollen welche zur Entlastung auf das Festland geschickt werden."
Kebba ging zum Einwanderungsbüro und fragte den Offizier mit der Bassstimme.
„Du kommst nach Malaga", sagte der.
Der Offizier sah ihm nicht in die Augen, sondern stöberte auf seinem Schreibtisch herum, als suche er etwas Wichtiges.
„Darf ich in Spanien bleiben?", fragte Kebba, doch der Bass wich seinem Blick aus und schichtete Akten.
„Darf ich in Spanien bleiben?", rief Kebba verzweifelt. Er berührte den Bass an der Schulter, zeigte auf seine Handfläche: „Look, it´s the theme coulor. Tell me the trues!"
Der Offizier räusperte sich: „Man wird euch alles sagen, wenn ihr drüben seid. Geh jetzt. Ich hab zu tun."
Kebba verließ den Raum, schloss die Tür und rief sich das Bild des Mannes wieder vor Augen. Hatte der Offizier die Wahrheit gesagt? Warum hätte er lügen sollen? Schließlich hatte er ihn vom Zaun geschnitten.
Er horchte an der Tür. In dem Büro war kein Laut zu hören. Wenn der Offizier in irgendwelchen Akten geblättert hätte, er, Kebba hätte es gehört. Doch er hörte Nichts. Der Mann hatte aufgehört auf dem Schreibtisch zu kramen. Was mochte das heißen? Nach Malaga verlegt? Durch die Tür hörte Kebba das schnappende Geräusch eines Feuerzeuges. Der Offizier rauch-

te. Warum rauchte er jetzt. Hatte er ein schlechtes Gewissen weil er gelogen hatte? Würde man ihn gar nicht nach Malaga bringen? Und wenn nicht nach Malaga, wohin dann?
„Hey", schrie jemand auf dem Flur, „was horchst du da an der Tür? Mach das du raus kommst."
Der Morgen wurde zu einer Qual. Kebba, Tabari und ein Anwalt aus Gambia standen zwischen einigen Hundert Menschen und es wurde palavert.
„Wir kommen nach Malaga."
„Die vierzig Tage sind noch nicht um. Vielleicht bringen sie uns nach Marokko zurück."
„Die Marokkaner wollen uns nicht."
„Die Marokkaner haben mehrere erschossen und sie würden es noch einmal tun."
„Was sollen die Marokkaner machen", sagte der Anwalt, „halten sie uns auf, beschimpft man sie als Polizeistaat, tun sie es nicht, sagt man sie seien Komplizen."
„Und die Algerier?"
„Die sind froh, wenn sie ihren Erzfeind Marokko ärgern können. Darum lassen die uns durch."
Ein Senegalese steckte Kebba einen Zettel zu: „Wenn du nach Madrid kommst, da gibt es die Organisation Karibu, dort sind Senegalesen, sie helfen mit Sachen zum Anziehen und Essen."
Der Bus der sie abholte, machte eine Stadtrundfahrt durch Melilla. Aus einem Gebäude mit der Aufschrift Los Penitentes wurden Männer in Handschellen zum Bus verbracht.
Die Fähre transportierte sie nach Malaga. Sie übernachteten in einer Kaserne. Einige Tage später ging es mit dem Bus weiter: nach Westen, vorbei an Städten und Dörfern: Marbella, Gibraltar, Algeciras. Dort mussten sie die Fahrzeuge verlassen. Polizisten standen Spalier und geleiteten sie ins Flughafengebäude. Dort wurden sie mit Handschellen gefesselt und in eine Maschine gesetzt.
„Es ist wie beim Mensch ärgere dich nicht", sagte der Anwalt, „kurz vor dem Bau wird man rausgeworfen."

Als Alima mit den Babysachen heimkam, hörte sie schon vor der Türe Adas Baby schreien. Ihre Bewegungen wurden schneller. Im Wohnraum spielten einige Männer Karten, andere saßen vollständig bekleidet, die Mützen übergezogen, auf gepackten Taschen. Ein CD-Player spielte *Celebrate The Day.*
Alima lief zur Kochplatte und setzte Wasser auf, um dem Baby eine Milch zu bereiten. Wenn es nur schon soweit wäre, dachte sie, dann könnte ich es stillen. Zwei Männer mit Pudelmützen kamen herein und hielten ihr Geld hin: „Wir fahren heute. Hier, dein Geld."
„Okay, okay, viel Glück." Alima steckte das Geld weg. Oben weinte Adas Baby, und eines von Brians Mädchen versuchte es zu trösten. Alima hatte die einfältige Dalmar dafür ausgesucht, denn die war gefällig, wogegen die anderen sich mehr damit beschäftigen, ihre Haare zu drehen und ihre Haut zu bleichen.
Dalmar, die Einfältige, hatte gehört, eine ihrer Freundin habe einen Vertrag als Fotomodell in Paris bekommen hatte, und sie sprach von nichts anderem mehr als von dieser Freundin, die einen französischen Freund hatte, der einen Sportwagen fuhr. Jetzt erzählte sie es Adas Baby.
Alima rief nach ihrem Sohn: „Chike!" Der Junge antwortete von oben. Gut, er war bei Dalmar. Alima gab Milchpulver ins Fläschchen, Wasser dazu, schüttelte, hielt es an die Wange und brachte es hinauf zu Dalmar.
„Hier, warte noch, es ist ein wenig heiß."
„Hey, warum soll ich das machen?"
„Tue es Dalmar. Mir ist nicht gut. Du weißt schon."
Alima strich über ihren Bauch und seufzte: „Es kann ja nichts dafür."
Dalmar nahm die Flasche entgegen: „Charles war hier", berichtete sie, „es gehen wieder Transporte."
Alima hatte die Frage auf der Zunge, hat er nach mir gefragt, doch sie sagte nur: „Wenn Transporte gehen, hat Charles immer viel zu tun."

Was mochte Charles hier gemacht haben? Unten rief jemand ihren Namen. Sie glaubte Brians Stimme zu hören und ging hinunter. Was mochte der Mädchenhändler jetzt wollen? Brian war aufgebracht, sein Jackett war zerknittert: „Wo ist Charles?“
„Im Camp“, antwortete Alima.
„Da ist er nicht.“
„Wo soll er sonst sein?“
„Du weißt es und willst es mir nicht sagen“, stieß Brian hervor. Er packte sie an den Schultern. Alima schüttelte ihn ab, gab ihm eine Ohrfeige und flüchtete zu ihrem Schlafzimmer. Brian schimpfte hinter ihr her.
Sie ging hinüber zu ihrem Bett, um sich einen Augenblick hinzulegen, doch sie blieb wie angewurzelt davor stehen.
Ihr Herz zog sich zusammen. Das Kind in ihrem Bauch strampelte und ihr wurde speiübel. Sie lief zum Klo und übergab sich. Den Mund ausgespült und abgewischt, ging sie zum Bett zurück. Dort hing ein Zettel in bekannter Handschrift: Bin Upstairs, hole dich nach. Charles.
Alima wurde erneut übel. Oben schrie Adas Baby und Chike kam herunter und quengelte, den Daumen im Mund.
Sie lief zur Kasse, riss sie auf. Die Kasse war leer. Chike sagte etwas, doch sie hörte es nicht. Adas Baby schrie herzerweichend. Alima hastete hinauf: „Die Flasche war doch noch heiß, Dalmar, wie konntest du?“
Sie nahm der Ungeschickten das Kind vom Arm, prüfte die Flasche an der Wange und ließ das Kleine trinken, ohne Dalmar zu beachten.
„Ich habe keine Kinder“, sagte Dalmar.
„Das ist auch gut so.“
„Ich bekomme auch keine Kinder.“
„Vielleicht findest du ja in Europa einen, der es dir doch besorgt.“
„Es wird mir nicht so gehen wie meiner Schwester. Sie hat es wochenlang mit einem Blonden getrieben, doch das Baby war

schwarz wie ein Pavian. Wenn es passiert, gehe ich zur weisen Frau."
Dalmar stolzierte, als sei sie auf dem Laufsteg: „Brian hat gesagt, er bringt mich zum Modelwettbewerb nach New York. Da darf ich keinen dicken Bauch haben."
„Ich denke, du willst nach Paris zu deiner Freundin mit dem Sportwagen."
„Vielleicht, vielleicht nicht", summte Dalmar, „Ajuma Nasenyana aus Kenia hat es auch geschafft. Sie hat den Ford Supermodel Wettbewerb gewonnen. 200.000 Dollar. Brian meint, ich könnte für Boss arbeiten oder für Jil Sander oder für Westwood."
„Und du meinst, du gewinnst so einen Preis?"
„Brian hat gesagt, ich bin das schönste Mädchen. Wenn du keinen Preis gewinnst, bekommt nie wieder ein Mädchen einen Preis. Darum bin ich nicht mit Charles."
Dalmar lachte: „Darum war Brian doch so wütend. Charles hat zwei von seinen Mädchen mitgenommen."
„Hier", sagte Alima, „nimm das Baby. Die Temperatur ist jetzt richtig. Und passe auf Chike auf. Ich muss hier raus."
Alima ging auf die Straße. Aus dem Haus ertönte der CD-Player *Celebrate The Day* und Dalmar rief ihr durch das geöffnete Fenster nach: „Aber nicht zu lange."
Sie lief zum Strand, setzte sich auf einen Stein und sah hinüber, zu dem braunen Landstrich am Horizont, wo der Erzeuger ihres Kindes war, den sie liebte und den sie verfluchte, und dessen letzte Nachricht über ihren Bett hing: Bin Upstairs, hole dich nach. Dieser Schuft. Konnte sie ihm glauben? Er hatte das ganze Geld mitgenommen. Geld, das sie von den Mieten zurückgelegt hatte. Nicht einmal einen Naira[33], nicht mal einen Kobo[34] hatte er zurück gelassen. Sie rechnete nach. Ein Jahr würde sie arbeiten müssen, um dieses Geld wieder zusammen zu kriegen. Dabei ging das Geschäft miserabel. Die Flüchtlin-

---

[33] Nigerianische Währung
[34] 100 Kobo = 1 Naira

ge wurden zum Winter weniger, und die Überwinterer hatten kein Geld. Abweisen mochte sie auch niemanden. Was sollte werden? Sie musste mit jemandem reden und wenn es ein Mann war. Hartfield, der Arzt? Oder Elias?
Wenn sie wenigstens Komano erreichen könnte. Und warum hatte Elias ihr nichts davon gesagt? Er hatte es doch bestimmt gewusst. Doch vielleicht hatte er aus Mitleid geschwiegen. Komano war auch aus Kano, aus Fagge, dem Viertel neben der Stadtmauer und sie beide sprachen Hausa. Wenn man mit jemandem reden wollte, so war es am bestens in der Muttersprache, obwohl, Komano war ein Mann und man konnte nicht alles mit ihm besprechen, im Grunde genommen gar nichts. Aber sie konnte wenigsten die vertrauten Laute ihre Muttersprache hören, auch wenn sie Kano in den letzten Jahren gehasst hatte. Mit diesem Ort verband sie weiße Baumwollfelder, Erdnüsse, nach der Ernte in Säcken verpackt, zu weithin sichtbaren Pyramiden aufgetürmt. Sie roch gebratenes Hühnchen mit Erdnusssauce, und den Geruch der Gerbsäure an den Ziegenfellen, die man als Marokkoleder nach Übersee verschiffte. Sie dachte an die Stadtmauer aus Lehmziegeln, an der ständig repariert wurde und an ihren Vater, der außer ihrer Mutter noch zwei Nebenfrauen gehabt hatte, so dass sie nicht genau wusste, wie viele Geschwister sie hatte.
Damals war Alima war froh gewesen, nicht in Katsina geboren zu sein, denn es hieß, dort dürften Frauen nicht einmal im gleichen Bus mit den Männer fahren, so streng konnte die Geschlechtertrennung ausgelegt werden. Natürlich gab es auch in der Altstadt rückständige Sippen, doch man pflegte mit ihnen keinen Kontakt.
Alimas Kindheit endete, als sie fünfzehnjährig von einem Freund des Vaters vergewaltigt wurde. Sie weigerte sich, den Mann zu heiraten. Wegen dieser Verfehlung wurde sie von der Familie geächtet und lebte von da an im Viertel Bompai, in einer Gasse, wo sie unter einem Vordach Schutz fand.
In einer Gerberei erbettelte sie Lederreste und lernte Sandalen zu flechten. Diese Arbeit machte sie in den frühen Morgen-

stunden, doch es war noch nicht ganz Mittag und sie gesellte sich zu anderen Straßenhändlern, die von Zigaretten, über Gemüse, Obst und Gebäck bis zu rostigen Nägeln und Schuhschnallen alles anboten.

Die Straßen in Kano waren bis tief in die Nacht voller Menschen, Buschtaxis, Bussen, Eselgespannen und Kleinviehherden, die man zu allen Tageszeiten zu Händlern und Schlachtern trieb.

An eine Anzeige wegen der Vergewaltigung dachte Alima nie, denn die Richter der Scharia hätten sie wegen Unzucht auspeitschen lassen. Seit man vor einigen Jahren in Kano die Scharia[35] eingeführt hatte, gab es die Steinigung für eheliche Untreue, Amputationen der Hand wegen Diebstahl, oder wie in ihrem Fall, 100 Peitschenhiebe für Unzucht. Dabei kannte Alima keine Frau, die nicht Opfer dieser Rechtlosigkeit geworden waren, weder ihre Mutter, noch ihre Tanten, noch die Nachbarinnen. Frauen im Norden Nigerias waren rechtlos, Frauen wurden verstümmelt, Frauen wurden wegen ihrer Verfehlungen bestraft, vergewaltigt oder getötet. Frauen wurden zwangsverheiratet, quer durch alle Bevölkerungsgruppen. Eine vergewaltigte Frau war stigmatisiert.

Es war um die Zeit, als die Kel Ewey Tuareg das Salz zum Markt von Kano brachten, als Alima eines Nachts von Männern der Hisbah[36] aufgegriffen und erneut vergewaltigt wurde. Einer der Männer war aus Fagge, ihrem Heimatviertel und mit ihr zur Schule gegangen.

Sie kehrte in dieser Nacht nicht in ihre Gasse zurück, sondern machte sich auf den Weg nach Lagos. Hier, in der Anonymität der Großstadt der Großstadt, hoffte sie ungestört ihr Kind zur Welt bringen und leben zu können. Sie wandte sich in Lagos an die Menschenrechtsorganisation WRW[37] und zeigte auf den

---

35 Islamisches Recht

36 Miliz für Einhaltung der Scharia zuständig

37 Woman Right Watch

Rat einer dort tätigen Anwältin den Vergewaltiger, ihren ehemaligen Mitschüler an.
Die Folge war eine Verleumdungsklage des Vergewaltigers. Sie kam vor das Magistratsgericht in Ikeja[38], wurde zu Gefängnis verurteilt und in die Haftanstalt Kirikiri gesteckt. Ihre Anwältin erfuhr nach zwei Wochen von der Verhaftung und besuchte sie in der Zelle.
„Wir haben den Penal Code im Norden, den Criminal Code im Süden", sagte die Anwältin, „dazu noch die Scharia und diverse Area Courts und sogar einen High Courts, aber kein Recht."
Der Anwältin gelang es dennoch nach vier Wochen, Haftverschonung zu erreichen. Sie wurde wenige Tage danach mit durchschnittener Kehle aufgefunden. In der Zeitung stand: Von Unbekannten ermordet. Vier Monate später gebar Alima einen Sohn: Chike. Alima schauderte, wenn sie an das alles daran dachte. Lieber ein Hund in Europa, als eine Frau in Afrika.
Sie erhob sich von dem Stein und ging vorbei am Haus des verrückten Engländers zur Medina. Bin Upstairs, hole dich nach. Dieser Schuft. Nein, wenn sie noch einmal ein Kind haben würde, dann sollte es nicht so aussehen wie Charles. Lieber ein Kind von so einem wie Dr. Hartfield oder Komano oder diesem Elias. Charles Kind wollte sie nicht.
Am Abend brachte sie Chike ins Bett; früher als sonst und er sträubte sich. Sie erzählte ihm Geschichten wie jeden Abend, doch heute wollte er nicht einschlafen und hatte immer neue Fragen: „Warum ist der junge König so schlau gewesen?"
„Der junge König aß jeden Tag die Nase einer Hyäne. Dadurch bekam er auch die feine Nase und den Mut wie eine Hyäne."
„Aber hier sind keine Hyänen und ich werde kein Jäger. Außerdem ist es nur ein Märchen."
„Siehst du, Chike, du bist auch ohne Hyänennasen schon schlau."

---

38 Stadtteil von Lagos

„Warum kommt Charles nicht mehr?"
„Er hat viel zu tun im Camp oben. Doch vielleicht ist er in ein paar Tagen wieder da, und jetzt schlafe, mein Chike."
„Wenn wir in Spanien sind, dann müssen wir uns nicht mehr verstecken und nicht mehr betteln."
„Aber Chike, wir betteln doch nicht und wir verstecken uns auch nicht."
„Doch verstecken wir uns. Brian kommt immer nur abends oder morgens, und er guckt immer auf die Straße, bevor er wieder geht, und Dalmar bettelt an der Moschee, jeden Freitag."
„Du hast Recht. Wenn wir in Spanien sind, dann ist alles anders. Wir haben ein Haus und können arbeiten und niemand kann uns wegschicken."
„Warum kommt denn Charles nicht mehr. Ich weiß, dass er nicht mehr kommt."
„Männer sind wie ein Baobab, wenn du seinen Schatten am dringendsten brauchst, hat er sein Grün abgeworfen."
„Aber ich nicht. Ich bleib immer bei dir, Mom."
„Ja, natürlich, Chike. Du bleibst bei mir."
Alima dachte nach, welches Märchen sie ihm noch erzählen könnte, und sie fing an mit dem Märchen von der Ziege und dem Löwen: „In ihrer Not sagte die Ziege zum Löwen: wenn du mich nicht frisst, dann zeige ich dir, wie man Grashalme zupft und von welcher Rinde man in der Trockenzeit leben kann. Aber ich mag kein Gras und keine Rinde, sagte der Löwe, und darum fresse ich dich, sonst muss ich selbst verhungern."
Chike schlummerte und Alima ging in die Küche, nahm Wasser aus dem Eimer, wusch ihr T-Shirt und dachte nach. Charles hatte das Geld mitgenommen, und nun war Spanien unendlich weit geworden, obwohl sie es durch das Fenster sehen konnte. Drüben waren die Lichter von Algeciras, und Gibraltar. Charles, dieser Schuft, der sollte sich in Zukunft bei Nacht in die Sonne setzen.

In dem blinden Spiegel sah sie ihren gewölbten Bauch, den Körper, der keine Lust mehr empfand. War Charles deshalb gegangen? Oder war er weg, weil er Chike nicht mochte und Angst hatte, Vater eines Jungen zu sein, der das Ergebnis einer Vergewaltigung war?

Alima streichelte ihren Bauch und lauschte, ob sich etwas rege, doch das Kind schien zu schlafen.

Sie wrang das T-Shirt aus und wusch es erneut. Unten im Raum war es ruhig. Die meisten Männer waren jetzt, wenn die Polizei Feierabend hatte, auf den Terrasse Bab el Bahah, wo sie diskutierten und Pläne für Europa schmiedeten oder träumten.

Im Nebenraum brabbelte Pat, eines von Brians Mädchen, und es kam Alima so vor, als sagte sie Zahlenreihen auf, doch genau verstand sie es nicht. Zwischendurch sang Pat das Lied von Calamocarro: "So far away, so far, my Törn to Calamocarro."

Alima wrang das T-Shirt aus, wusch es erneut, und sah dabei in den Spiegel: Ihre Haut war glatter geworden. Es war schön schwanger zu sein, doch nicht von Charles und nicht, wenn sie das Kind in Marokko zur Welt bringen musste.

Wie sollte sie diesem Kind Liebe geben? War nicht ihre ganze Liebe schon für Chike verbraucht worden? Und Vertrauen? Ihm sagen, dass es sich lohnte zu leben? Jetzt, wo sie selbst kein Vertrauen mehr hatte, nicht wusste wofür sie lebte? Nicht mehr geliebt wurde von diesem Mistkerl. Würde sie es durchhalten, Mutter für ein weiteres Kind zu sein?

Hab Freude über jedes Kind, hatte ihr Vater gesagt und er hatte allen Geschwistern das Glaubensbekenntnis ins Ohr geflüstert.

Wenn sie ihr Kind töten würde, wer würde dann für sie später aufkommen? Und was würde Chike sagen wenn er davon erfuhr?

Sagte nicht der Koran: „Vermögen und Söhne sind der Schmuck des diesseitigen Lebens?

Ihr Vater war ein Hafiz[39] gewesen und hatte es so gelehrt. Andere Frauen bekamen keine Kinder und suchten Hilfe bei Wunderheilern.
Auch die Mutter hatte sie die Gebote gelehrt, und Abtreibung war doch eine Erscheinung der westlichen Welt.
Sie würde verstoßen gegen den Islam, die natürliche Religion des Menschen.
Und welcher Tag war heute? Hatte das Kind in ihrem Bauch schon eine Seele? War nicht der 40. Tag bereits überschritten? Wenn sie es dennoch tat, musste sie eine Diya zahlen, doch wovon? Die Diya war ein Zehntel des Blutgeldes eines erwachsenen Menschen. Ihr sollt nicht töten, den Menschen, den Allah geschaffen.
Doch wenn es noch vor dem 40. Tag war? Wenn das Wesen, sie wagte nicht an das Wort Kind zu denken, noch keine Merkmale hatte, keine Finger, keine Hand, weder Auge noch Fuß? Dann war doch die Sünde nicht so schwerwiegend. Doch wenn diese Merkmale vorhanden waren, war dies ein Zeichen, dass Allah diesem Wesen die Seele bereits eingehaucht hatte. Dann war es Haram.[40]
Sagte nicht einer der Heiligen: Ich hörte den Propheten sagen, wenn an dem Samentropfen 42 Nächte vergangen sind, schickt Allah einen Engel der ihn formt. Doch woher hatte der Prophet das gewusst? Hatte er...? „Nein", sagte Alima laut, „ich will das nicht denken, ich darf so nicht denken. Es ist wie der Prophet gesagt hat, es ist Haram."
Sicherlich hatte das Kind jetzt schon Füße und Hände und Augen und Ohren. Alima erschrak bei dem Gedanken. Wenn es nun alles mitbekommen hatte? Es würde Todesangst haben. Sie horchte in sich hinein ob das Kind sich rege, doch sie spürte Nichts.
So, oder so, sie wollte das Kind nicht. Nicht nachdem Charles abgehauen war. Wie sollte sie allein mit zwei Kindern überle-

---

39 Bewahrer
40 Mord

ben. Noch dazu das Kind von Ada. Wenn Ada nicht zurückkam, wer würde sich um Adas Kind kümmern? Nur noch ein Jahr gut verdienen, hatte Charles gesagt und dann war er abgehauen.
Von Nebenan kam Pat zur Küche herein: „Ich hab's, Alima", sagte sie und summte, „ich habe es ausgerechnet. 40000Euro, macht 1300 Männer, macht 5 Männer pro Tag, ein Jahr lang. Alima, nach einem Jahr kann ich Brian das Geld zurückgeben. Dann bin ich frei."
Alima wrang ihr T-Shirt aus und wusch es erneut. Dieses dumme Mädchen. Wie schaffte Brian es, die Mädchen bei der Stange zu halten?
„Du bist ein freier Mensch, Pat. Vielleicht nicht in Afrika, aber in Europa. Wenn du erst drüben bist, vergiss Brian."
„Er hat eine Puppe", sagte Pat bekümmert, „mit meinem Blut. Er bringt sie zum Voodoomann. Er wird sie verbrennen. Dann muss ich sterben. Vielleicht verprügeln sie auch meine Mutter."
Pat drehte an ihren Rastazöpfen und ging wieder in ihr Zimmer. Das Lied, so far away to Calamocarro, klang traurig.
Alima hing ihr T-Shirt auf, warf sich eine Jacke über die runden Schultern und verließ das Haus, die gestrickte Mütze tief ins Gesicht gezogen.
Sie ging die Gasse hinunter. Ihre Füße schienen den Boden nicht zu berühren. Das Haus der weisen Frau lag zwischen einer Kohlenhandlung und einer Schusterwerkstatt. Alima blieb außer Atem vor der Türe stehen. In der Schusterwerkstatt brannte Licht. Der Schuster lag in dem winzigen Raum auf seinen Pennklamotten und schlief. Ein paar Pappen an der Wand, vergilbte Fotos, ein Bild von König Mohammed VI, eines von Hassan II, bemalte Wände, daneben das Schusterwerkzeug: Hammer, Nadeln, Zange, Messer. Alimas Blick blieb wie gebannt daran hängen.
Plötzlich bewegte sich der Schuster, blinzelte aus unrasiertem Gesicht: „Cest que vous desirez, Madam?" Alima blickte zu ihm hin und erschrak.

Sein rechtes Auge blickte klar, das Rechte war blind und schielte weißgrau auf ihren Bauch.
„Nichts“, stammelte Alima, „gar nichts, ich wünsche wirklich nichts, Mister.“
Der Schuster ging an die Scheibe und zog eine Sonnenblende herunter. Alima hastete zurück. Nein, sie würde das Kind behalten. Sie würde es nicht wegmachen lassen, ob Charles nun ein Schuft war oder nicht. Das Baby konnte nichts dafür.
Als Alima in die Rue Lahnot einbog, sah sie Polizisten vor dem Haus. Sie wandte sich um und hastete zurück, vorbei an der Pension Lexus, vorbei am Continental. Plötzlich standen dort ebenfalls Uniformierte auf der Straße. Sie floh querab in eine der Gassen, stolperte über Unrat, stieß gegen eine Karre, fiel und rappelte sich wieder auf. Als sie die Gasse verließ, stand sie plötzlich wieder vor dem Haus zwischen dem Schuster und der Kohlenhandlung.

*

Auf der Dachterrasse der Pension Lexus blickte Elias in die Mündung von Otmans Pistole. Das Loch war großkalibrig und drohend. Elias spürte kalten Schweiß auf seinem Rücken. Verdammt, dachte er, bin ich durch halb Afrika geflohen um mich von diesem größenwahnsinnigen Schleuser umbringen zu lassen. Wie sollte er hier heile heraus kommen?
„Mach keinen Unsinn, Otman“, begann er, „in Marokko gibt es noch die Todesstrafe.“
„Zerbrich dir nicht meinen Kopf“, erwiderte Otman, „die ist praktisch abgeschafft und du bleibst hier, bis alle Boote drüben sind.“
Elias bemerkte, dass Otman Hand zitterte. Der Mann hatte anscheinend zum ersten Mal so ein Ding in der Hand. Der würde nicht einfach schießen. Doch wenn er aus Angst abdrückte? Oder sich ein Schuss löste?
„Otman, es geht um ein Kind. Du kannst etwas tun. Rufe in der Bucht des Pharao an und frage nach. Vielleicht ist sie da-

bei und ich bin zufrieden und du kannst die Waffe wieder wegstecken."
Otman fühlte sich sichtlich unwohl und er schien nachzudenken. Elias atmete auf.
„Du kannst dich darauf verlassen. Ich verpfeife dich nicht. Ich bin doch illegal. Ich kann nicht zur Polizei gehen."
Der Schleuser zögerte, ließ die Waffe sinken, nahm sie wieder hoch, ließ sie wieder sinken.
„Woher soll ich wissen, ob du Wort hältst? Erpresser!"
Otman hob die Waffe wieder. Sie zeigte auf Elias Bauch.
„Was hast du davon, wenn du mit umnietest? Nichts! Ich will doch nur wissen, wo diese Ada ist. Dann geh ich und erzähle nichts."
Otman ließ die Waffe wieder sinken und schien nachzudenken.
„Na gut", sagte er nach einer Weile, „doch wenn du mich reinlegst, füttere ich die Fische mit deinem Kadaver."
Er steckte die Pistole weg, nahm sein Handy und telefonierte. Er aktivierte Leute, um die Strände zwischen Cap Espartel und Malabata abzusuchen. Er rief in der Bucht der Phare an und fragte nach Ada. Er alarmierte verschiedene Camps, von deren Existenz Elias noch nichts wusste. Die Suche blieb jedoch ergebnislos. Sie diskutierten noch minutenlang, welche Möglichkeiten es noch gäbe und Otman versprach, Elias sofort zu informieren, wenn Ada gefunden wäre. Er will mich loswerden, dachte Elias, nun gut, ich gönne ihm sein Feigenblatt. Sie tauschten die Handynummern aus.
Elias machte sich auf den Weg. Es war zwar schon spät, doch er ging noch bei Alimas Haus vorbei. Dort saßen Männer auf gepackten Taschen, zwei von Brians Mädchen tanzten im hinteren Raum. Niemand konnte ihm sagen, wo Alima war.
Eine Viertelstunde später war er mit Asad in Hartfields Wagen auf dem Weg. Über Schleichwege umfuhren sie die Posten, die sie morgens gesehen hatten, stellten das Auto drei Kilometer vor Ceuta ab und schlichen über die Hügel, jeden Strauch als Deckung nutzend.

Hinter einer Baumgruppe, Bel Younech gegenüber, gingen sie in Stellung, Fotoausrüstung, Fernglas, Tonband und Handy bereitgelegt. Ceuta war hell erleuchtet, und besonders die alte Festung erschien romantisch im gelblichen Licht. Doch Suchscheinwerfer bestrichen das Grenzgebiet. Am Grenzzaun patrouillierten Uniformierte, Wachtürme waren besetzt. Durch das Glas konnte Elias die einzelnen Männer erkennen, und er meinte gespannte Gesichter zu sehen. Doch im Augenblick war alles friedlich. Man hörte nur den Verkehr auf Ceutas Straßen. Elias und Asad tauschten leise ihre Erlebnisse aus, warteten zwei Stunden. Es wurde kühl und sie froren in ihrer dünnen Kleidung. An der Grenze blieb alles ruhig, im Camp Bell Younech rührte sich nichts.
„Ich glaube, wir sind vergebens hier“, meinte Asad und zog fröstelnd die Schultern zusammen.
„Glaube ich nicht“, antwortete Elias, „irgendwann heute Nacht geht es los.“
Asad konnte seine Ungeduld nicht verbergen: „Man hört nichts, keinen Ton. Wenn im Camp so viele Männer wären wie Ben gesagt hat, dann müsste man es hören. Doch nichts, kein Husten, kein Räuspern, niemand redet. Es sind doch nur zweihundert Meter bis Younech.“
„Sie sind eben vorsichtig“, erwiderte Elias und streckte sich lang, „heute Nachts passiert etwas und wir werden es sehen, fotografieren und davon berichten.“
Der Verkehrslärm von Ceuta hatte nachgelassen, nur hier und da fuhren noch Fahrzeuge. Eine unheimliche Stille breitete sich aus. Elias zählte das Leuchtfeuer von Punta Almina aus: Funkelfeuer, zehn Sekunden Wiederkehr. Es war bereits nach Mitternacht.
„Da!“, flüsterte Asad plötzlich und zeigte auf eine Bodenmulde vor der Umzäunung. Eine Gruppe kam mit Leitern aus der Deckung und lief lautlos auf den Grenzzaun zu. Eine zweite Gruppe folgte, eine dritte, eine vierte, schließlich Dutzende.
Die erste Gruppe geriet in den Kegel der Suchscheinwerfer, Sirenen heulten auf, Kommandos wurden gebellt, dann nur

noch Laufende, Schreiende, Kletternde, Prügelnde, Fallende. Leitern und Kletterstangen wurden an den Zaun gelegt, Männer hangelten sich am Maschendraht hoch, andere versuchten den Draht zu durchschneiden. Schon hatten die ersten den Vorzaun überwunden.
Spanische Uniformierte jagten sie mit Schlagstöcken durch die Zaunlücken zurück. Flüchtlinge wehrten sich, warfen mit Steinen oder prügelten mit Knüppeln auf die Grenzwachen ein. Andere blieben auf dem Zaunfirst im S-Draht hängen und schrieen um Hilfe.
Schon krachten die ersten Schüsse. Marokkanische Soldaten liefen auf die Kletternden zu, rissen sie vom Zaun herunter. Flüchtlinge wehrten sich erneut, prügelten mit Knüppeln zurück, warfen wieder Steine. Krankenwagen kamen mit heulenden Sirenen heran gefahren. Tragen wurden herangeschleppt, Mannschaftswagen brachten Verstärkung auf der spanischen Seite. Flüchtlinge versuchten mit Stangen die S-Drahtrollen vom den Zäunen zu ziehen. Polizisten jagten einen Flüchtling zwischen den Zäunen. Weiteres marokkanisches Militär preschte heran. Querschläger jaulten, Tränengasgranaten wurden geworfen, überall Geschimpfe: „Kanaken, Nigger, Hurensöhne, hands up, hands up, stehen bleiben!"
Menschen schrieen in verschiedenen Sprachen nach Asyl: Spanisch, Französisch und Englisch.
Elias bekam mehrere Anrufe aus der Gendarmerie von Ceuta; von Flüchtlingen, denen er irgendwann eine Visitenkarte gegeben hatte. Sie berichteten, sie seien geschlagen worden und man hätte sie in Handschellen gelegt. Sechs Camaradas seien erschossen worden.
Gegen vier Uhr morgens war Ruhe am Zaun von Ceuta. Jenseits des Zauns trugen Männer Särge, diesseits steckten Soldaten Leichen in Säcke.
Elias und Asad schlichen zum Wagen zurück. Auf dem Rückweg kamen sie in eine Polizeikontrolle, zeigten ihre Med Int Ausweise und durften passieren.

„Ich habe so etwas noch nicht gesehen", sagte Asad, als sie weiterfuhren, „nicht einmal in Somalia."
„Ich komme mir wie ein Kriegsberichterstatter vor", antwortete Elias.
Kurz vor Tanger ging Elias Handy. Eine Stimme schrie aus den Gerät: „Frank, Frank Talk, hörst du mich? Wir treiben, das Schiff kommt immer näher, der Außenborder ist verreckt. Vier sind schon ertrunken. Ich soll dir etwas sagen von Yussuf, oh nein, das Schiff kommt auf uns zu, Frank, Frank, hörst du mich? Wir verrecken!"
Elias hörte Getöse, dann nur noch Rauschen.
„Was war das?", fragte Asad.
„Es muss einer aus dem Camp gewesen sein. Jemand, dem ich meine Karte gegeben habe, wahrscheinlich eines von Otmans Booten, denn andere fahren zurzeit nicht."
„Damit hat Otman sein erstes Boot verloren."
Zurück von Ceuta werteten sie Bilder aus: Ein Polizist trat auf eine liegende Frau ein. Ein Spanier zog einen Flüchtling am Ohr hinter sich her. Ein Flüchtling warf mit Steinen, eine Bahre mit Leiche, ein Mann vor dem Zaun im freien Fall.
„Es müssen Hunderte gewesen sein", sagte Asad.
„Mehr als Tausend", antwortete Elias, „achtzig habe ich gezählt, die es geschafft haben, drei, die vom Zaun herunter gestoßen wurden, als sie schon fast drüben waren. Geh ruhig schlafen Asad! Ich danke dir. Den Rest kann ich allein." Elias schrieb, noch unter dem Eindruck des Geschehens, den nächsten Report: Afrikanischer Exodus, Sturm auf Ceuta.
Nach einiger Überlegung zeichnete er noch eine Karikatur unter den Artikel: Einen Afrikaner der, Schweißperlen auf der Stirn, zwischen zwei Königen steht. Sprechblasen zeigen deren Unterhaltung:
König Eins: „Ich will den Kerl nicht!"
König Zwei: „Aber er gehört doch zu Afrika!"
König Eins: „Lassen wir ihn schwimmen. Vielleicht ersäuft er."

Als der Muezzin rief, hatte Elias die Reportage bereits an alle bekannten Agenturen gesandt.

*

Mit dem Ruf des Muezzins, bahnte sich in einem Ort, mehr als Tausend Kilometer südlich von Tanger, eine Katastrophe an. Dort zogen, wie jeden Morgen, die Wasserhändler mit ihren Eselsgespannen zu den zentralen Speichern der Stadt und füllten ihre umfunktionierten Ölfässer mit dem kostbaren Nass, um es in die Haushalte zu bringen. Der Wasserhandel war ein lohnendes Geschäft, denn Wasser war kostbar in Nouakchott, der größten Stadt der Sahara und er war krisensicher.
Die großen Speicher waren umstanden von Dutzenden Eselsgespannen. Die mageren Kreaturen, den leeren Futtersack umgebunden, warteten geduldig, die Hufe bis zum Gelenk in Morast, bis ihr Herr an die Reihe kam. Der packte den Schlauch, vom Schlamm schlürfend freigegeben und steckte ihn in das Spundloch. Gurgelnd pulsierte der Schlauch und langsam füllten sich die Fässer. Dann gab der Händler den Schlauch weiter. War der nächste Mann nicht gleich zur Stelle, so warf er den Schlauch in den Schlamm, von wo er erneut aufgehoben wurde, um weitere Fässer zu füllen.
Der Rufer Allahs forderte nun zum Gebet und die Händler knieten nieder, ihr Gesicht gen Mekka und bezeugten die Größe Gottes. Nur wenig später waren die Straßen belebt. Frauen und Mädchen trugen Körbe und Gefäße auf den Köpfen und gingen zum großen Markt. Nomaden trieben eine Ziegenherde dorthin und Bauern ihre Eselsgespanne, die so bepackt waren, dass man das Zugtier kaum mehr erkennen konnte. Hier und da sah man eine Nobelkarosse oder hochglanzpolierte Jeeps des laufenden Baujahres.
Menschen schleppten ihren Müll vor die Stadt, wo große Halden entstanden. Später würde man die Halden einplanieren, neue Häuser darauf bauen und niemand würde sich darüber aufregen. So war schließlich die ganze Stadt entstanden.

Die Wasserhändler fuhren nun durch die Straßen, riefen markschreierisch ihre Ware aus und verteilten das Wasser.
Sie fuhren von Haus zu Haus und füllten die Kanister, die Haussklaven ihnen entgegenstreckten.
Als sie dann, in Hütten zwischen meterhohen Abfallbergen der Slums von El Mina, ihre letzten Kunden besucht hatten, stank das restliche Wasser in den Ölfässern.
Es war um die Zeit des Ramadan in Nouakchott, der Stadt der geschundenen Esel, der überladenen LKW, der zerbeulten Autos, der Luxuskarossen und der Sklaven. Die Menschen fasteten und enthielten, sich den Tag, über jeder Flüssigkeitsaufnahme, bis die Sonne im Atlantik versank.
Zu Hunderten zogen nun die Wasserhändler auf müden Eseln heim. Rasch vergaßen sie die schimpfenden Frauen der Slums von Sebhka und Arafat. Nur die Frauen der Fischer, die fröhlich ihre Kanister reichten, blieben ihnen im Gedächtnis.
Die Dämmerung war kurz und dann brachen die Wasserhändler das Fasten. Sie aßen schnell vom würzigen Safranreis mit Hühnchen, denn sie hatten sich tagsüber jegliches Essen und Trinken, das Rauchen und sogar die unflätigen Gedanken versagt.
Der Muezzin rief nun zum Nachtgebet und die Wasserhändler von Nouakchott neigten sich wieder gen Mekka, priesen Allah und schliefen dann mit ruhigem Gewissen, denn sie wussten nicht, dass sie Tausenden den Tod gebracht hatten.

*

Genau vier Wochen nachdem Kebba in Mellila über den Zaun gesprungen war, betrat er erneut afrikanischen Boden. Neben ihm schritt Tabari. Gemeinsam mit hundert anderen trieb man sie in Handschellen eine Gangway der Royal Air Maroc hinunter: Eine Abfertigungshalle, ein Spalier aus Soldaten, ein Bus. Sie fuhren durch Tanger zu einer Kaserne. Anderentags kamen weitere Flüchtlinge hinzu. Nach deren Erzählungen hatte man sie vor Ceuta aufgegriffen: auch Verletzte, schwangere Frauen und Kinder. Abends gingen sie erneut durch ein Spalier, diesmal zu einem Konvoi, der sich dann in stockfinsterer Nacht in Bewegung setzte.

„Zehn Busse, acht LKW", sagte Tabari leise, „wir fahren nach Osten. Hinter uns ist Militär."

„Der Fahrer isst ein Baguette: Salat, Mayonnaise und Schinken."

„Nein", sagte Tabari, „es ist ein Sandwich, wie wir es in Melilla gegessen haben. Den Tee kann ich auch riechen. Seit Algeciras nicht einen Schluck, nicht einen Krümel."

Der Bus schaukelte durch die Nacht. Sonnenaufgang, Sonnenuntergang, die Hinweisschilder Tetouan, Ouezzane, Fes.

„Wenn sie uns zu essen und zu trinken gäben", sagte der Anwalt, „dann müssten sie uns auch scheißen und pissen lassen."

Sie erlebten einen weiteren Sonnenaufgang und den Tag und wieder eine Nacht, sahen die Hinweisschilder Taza, Taourirt und Oujda.

Ab da fuhr der Bus südwärts. Es war bereits wieder Abend, als der Bus in einer wüstenähnlichen Gegend hielt. Die Schotterstraße war schmal und verlor sich irgendwo in den Bergen. Soldaten stießen die Flüchtlinge mit Gewehrkolben aus den Bussen: „Aller, aller", rief ein Offizier und wies nach Osten, „là ba, là ba."

Man trieb sie von den Bussen weg. Die Fahrzeuge wendeten und fuhren an. Einige Flüchtlinge liefen hinterher, versuchten die Türen aufzudrücken, schrieen und fluchten. Doch schon bald sah man von den Bussen nur noch die Staubfahnen.

Die Flüchtlinge befanden sich inmitten kahler Berge. Ein paar Dornenbüsche, hier und da ein vertrockneter Baum. Keine menschliche Behausung so weit man blickte, zur einen Seite Geröllwüste, zur anderen ein Dünenmeer.

Einige Flüchtlinge schimpften, andere setzten sich an den Straßenrand und schlugen die Hände vor das Gesicht. Ein junger Mann weinte: „Sie haben uns in die Wüste gebracht, einfach in die Wüste. Ich habe ein Papier von der UNCHR, doch sie haben mich gepackt und in den Bus gesetzt."

„Mein Mann hatte auch einen Asylantrag beim UNHCR in Rabat gestellt“, sagte eine Schwangere, „trotzdem haben sie uns einfach aufgeladen. Haben wir denn etwas falsch gemacht, William?“
„Nichts habe ich falsch gemacht“, wehrte William ab, „hier ist das Papier von der UN, es ist Scheiße wert.“
„Sie hätten uns die Tür nicht eintreten dürfen. Sie haben doch auch gesagt, sie wollen das Papier prüfen.“
Es wurde eine Zeitlang geredet, diskutiert, angeklagt. Schließlich stellte sich der Anwalt auf einen Felsbrocken: „Hört mal alle her. Wir müssen uns organisieren, nachdenken was wir tun können, um aus diesem Dreck heraus zu kommen. Wer hat eine Idee, wo wir uns befinden?“
„Es ist Algerien“, sagte ein baumlanger Kerl.
„Wichtiger Hinweis“, sagte der Anwalt, „aber soweit war ich schon. Sag mir, wo wir Wasser kriegen und Brot, zumindest für die Kinder!“
„Woher willst du wissen, das hier Algerien ist?“ fragte Kebba und sah sich den Langen genau an. Der trug eine blaue Hose, braune Socken und Badelatschen aus Kork.
„Ich war schon einmal ihr“, sagte der Lange, „es war vor drei Monaten. Allerdings haben sie uns damals etwas weiter dort abgesetzt.“ Er wies mit dem Arm nach Westen.
Nun setzte eine Diskussion ein und der Lange wurde mit Fragen bestürmt. Er genoss die Aufmerksamkeit sichtlich. Der Anwalt bat sich Ruhe aus, doch niemand hörte auf ihn. Schließlich kam er von dem Stein herunter.
Es wandte sich an Kebba und Tabari: „Wir müssen telefonieren. Wer hat noch ein Handy? Wir rufen eine der Organisationen an. Man wird uns hier rausholen.“
Es begann ein Suchen nach Telefonen. Es gab so gut wie alles: Handys ohne SIM-Karte, Handys ohne Akku, Handys mit leerem Akku. Volle Akkus mit defekter SIM-Karte. Zwei findige Togolesen bastelten schließlich ein funktionierendes Gerät zusammen. Doch wen sollte man anrufen. Es kamen Dutzende Vorschläge. Nach einigem Palaver einigte man sich auf Frank

Talk. Kebba rief ihn an, erzählte was passiert war. Doch die Fragen nach dem Standort konnte er nicht beantworten. Einige wurden ungeduldig: „Beeil dich! Gleich ist der Akku leer."
Tabari nahm das Telefon: „Frank? hast du eine Karte? Dann schau da rein. Wir sind südlich von Oujda und sehen noch weiter südlich einen hohem Berg. Er ist ungefähr so hoch wie der Mont Tamgak im Air. Wir telefonieren in einer Stunde. Okay?"
Inzwischen hatte sich der Lange auf den Stein gestellt: „In einer Stunde können wir schon fast in Marokko sein." Er zeigte mit dem Arm, „wir müssen immer nur in die Richtung."
„Warum stehen wir dann herum?", rief jemand, „lasst uns losgehen. Je eher je besser."
Einige marschierten in die gezeigte Richtung.
„Genau", rief der Lange, „dahin müssen wir." Er sah zu Tabari hinüber: „Was ist mit dir? Was starrst du mich an. Kriegst du den Mund nicht mehr zu?"
Tabari schaute auf den Langen, dann in den Sternenhimmel: „falsche Richtung", bemerkte er dann, „der Nordstern ist links, sie gehen also nach Osten, doch wir sollten Nord oder West. Dort ist Oujda und dort habe ich einen Oued gesehen."
Tabari wandte sich an Kebba und den Anwalt: „Was meint ihr?"
„Alles Chaos", sagte der Anwalt zu Tabaris, „einer muss die Führung übernehmen. Wie es scheint, kennst du dich aus."
„Ich bin in der Wüste geboren."
„Hört alle mal her", rief der Anwalt, „er hier übernimmt die Führung. Er kennt sich aus. Okay, keine Gegenstimmen. Du machst das."
„Er war noch nie hier, aber ich", protestierte der Lange.
„Du wolltest vorhin schon in die falsche Richtung und wir wären dir nachgelaufen. Tabari hat einen Fluss gesehen und dort gehen wir hin."
Tabari marschierte los. Kebba wollte ihm nach, doch der Anwalt hielt ihn am Arm: „Kümmere dich um den Langen, verwickle ihn in ein Gespräch. Stell ihn kalt."

„Kein Problem“, erwiderte Kebba, „dem mach ich klar, dass er in der Wüste Gobi ist.“
Kebba machte sich an den Langen heran: „du scheinst dich gut auszukennen. Ich bewundere schlaue Kerle wie dich. Woher kommst du?”
“Mali”, sagte der Lange, “Agadez, Algerien, Libyen, Lampedusa, Sizilien, Cassibile, dann wieder Mali.“
„Was meinst du, was sollen wir jetzt machen?“ fragte Kebba.
„Footing“, sagte der Lange, „sofort, und die ganze Nacht durch. Dann sind wir morgen Früh wieder in Marokko.“
„Vorausgesetzt die Algerier schnappen uns nicht“, warnte Kebba, „sie dürfen uns nicht schnappen. In Algerien bekommen wir drei Monate.“
Die Flüchtlinge liefen hinter Tabari und dem Anwalt nach Nordwesten und Kebba schob den Langen hinterher. Der redete pausenlos: „Vielleicht ist es gar nicht schlecht, wenn wir nach Oujda gehen. Im Wald hinter der Universität gibt es ein Camp. Wir könnten auch …, aber dafür sind wir zu weit südlich“, der Lange zog die Stirn kraus, „ …sonst könnten wir zum Valley gehen. Da wohnen welche von unseren Leuten.“
„Wie weit ist das?“
„Es ist im Norden. The Valley ist eine Stadt. Eine richtige afrikanische Stadt, oben bei Maghnia, ich war zwei Monate lang dort. Zwischen den Felswänden, alles war organisiert. Es gibt einen Präsidenten, eine Legislative, eine Judikative eine Exekutive und Bodygards für die Wasserholer.“
„Warum bist du denn da weg, wenn es dort so gut war?“, fragte Kebba und schob den Langen wieder ein bisschen mehr in die richtige Richtung.
„Eines Tages gab es ein Feuer und sechs Hütten sind abgebrannt, meine auch. Da bin ich weg, ab nach Italien. In Cassibile hatte ich Arbeit. War ganz einfach. Man ging morgens auf den Marktplatz. Dahin kamen die Kapos[41]. Sie haben uns gemustert, du weißt schon, Muskeln befühlen und so. Aber an

---

[41] Im früheren Sprachgebrauch KZ- Polizist

die Eier haben sie nicht gepackt. Mir haben sie gesagt, ich wäre okay. Wow, 34 Euro hab ich verdient, jeden Tag, jede Stunde zwei Euro für Kartoffeln suchen. Unser Kapo hat uns eine Garage gegeben mit zehn Matratzen. Kein Problem, wenn du siebzehn Stunden Kartoffeln gesucht hast, kein Problem. Meinetwegen hätte das jahrelang weitergehen können. Jeden Monat hab ich 700 Euro nach Bamako geschickt. Ja und dann kam die Polizei, hat den Kapo eingelocht und uns haben sie abgeschoben."

Sie waren am Ende der Gruppe zwischen Frauen, um Brot weinenden Kindern und William mit seiner schwangeren Frau. Der Mond beleuchtete ihren Weg, bizarre Felsen, Geröll, einzelne Macchiasträucher. Kebba hatte an die 900 Menschen gezählt, die in einer Kette von mehr als einem Kilometer nordwestwärts marschierte und vorn vermutete er den Anwalt und Tabari. Man verständigte sich mit der Spitze durch eine Rufkette in verschiedensten Sprachen, und die Menschen fanden sich in entsprechenden Gruppen zusammen.

„Wir laufen die Nacht durch", kam es in Französisch von vorn.

„Wir brauchen Essen und Wasser für die Kinder", wurde in Suaheli gerufen und in Englisch weitergegeben.

„Übermorgen kommen wir an einen Fluss", rief es in Africaans von Nordwesten.

„Die Kinder können nicht mehr gehen", protestierte es in Hausa von hinten.

„Stimmt das mit dem Fluss?", fragte jemand zweifelnd aus der Mitte des Zuges, „wir sind doch in der Wüste."

„Der Fluss ist trocken", ließ Tabaris zurückgeben, „doch wir graben und finden Wasser."

Gegen Mitternacht hatte Tabari Elias am Handy: „Ihr seid nördlich vom Dschebel Aissa, südlich von Oujda. Wenn ihr nach Südwesten geht, so stoßt kommt ihr irgendwann auf Tendrara. Vielleicht in vier Tagen. Ich werde von hier aus alle Organisationen informieren und euren Standort durchgeben. Wir versuchen, euch Hilfe zu schicken und Med Int schickt ein

Ärzteteam von Oujda aus. Wir bleiben über die Handys in Verbindung."
Als Elias gerade aufgelegt hatte, fiel der Akku aus dem gebastelten Handy. Was Tabari auf Tamaschek[42] sagte, klang wie ein Fluch.
Dann besprach er sich mit dem Anwalt, der Bill hieß. Sie korrigierten die Richtung, und gaben die Informationen weiter. Lediglich aus den genannten vier Tagen machten sie drei, um keine Panik auszulösen.
„Vier Tage ohne Wasser und Essen", stöhnte Bill, „oh Gott."
„Für mich kein Problem", sagte der Tuareg, „doch die meisten von euch werden sterben, wenn man uns nicht findet."
Sie marschierten, der Mond ging unter. Sie marschierten und die Sonne ging auf. Das Licht überflutete die wüste Landschaft: Dünen, Felsen und ferne Berge im blauen Horizont.
In einem vertrockneten Flussbett mit spärlichem Bewuchs fanden sie Spuren von Wildeseln und Losung von Muffelwild.
„Sträucher, Gräser und Losung verraten das Wasser", sagte Tabari, „dort wo die höchsten Büsche stehen, werde ich graben."
Die Flüchtlinge lagerten im Schatten der Felsen. Es dauerte mehrere Stunden, bis alle am Flussbett angekommen waren. Fünf Männer und eine Frau wurden Bill und Tabari als vermisst gemeldet, doch man war zu erschöpft, um Mitleid zu empfinden und suchte zwischen dem Gestrüpp nach Essbaren, Eidechsen, Schlangen, Mäusen.
Gegen Mittag hatten sie ein zwei Meter tiefes Loch in das Flussbett gegraben und fanden Wasser: Jubel, Freudengeheul, Streit.
Nur wenig später kamen algerische Soldaten mit Jeeps und Panzerspähwagen herangefahren. Die Frauen suchten sich zu verstecken oder stellen sich krank, damit sie nicht von den Soldaten vergewaltigt wurden.

[42] Sprache der Tuareg

Diese hatten jedoch Mitleid. Sie verteilten Wasser und Brot. Danach wiesen sie nach Westen: „Aller, aller."
„Wir wollen nach Tendrara", sagte Tabari.
„Aller, aller."
Sie marschierten: Männer, Frauen, Jugendliche und Kinder. Zwei Frauen trugen ihre Babys auf dem Rücken. Am Rastplatz ließen sie zwei Tote zurück, Männer die vor Erschöpfung gestorben waren.
William kam zu Tabari: „Ich mache mir Sorgen."
„Kann sie nicht mehr?"
„Sie sagt, sie kann. Sie sagt, es macht ihr nichts aus. Aber ich glaube das nicht. Ihr Baby kommt doch schon bald. Drei Tage hast du gesagt. Was wird, wenn du dich irrst? Wenn du den Weg nicht findest?"
„Nichts wird dann", antwortete Tabaris, „niemand würde es je erzählen können."

*

Elias und Asad versteckten sich seit mehreren Tagen in Hartfields Wohnung am Bab el Bahah. Die beiden Zimmer waren spärlich eingerichtet: Ein Bett, Schlafcouch, Tisch und Stühle, ein verstimmtes Klavier vor dem Fenster und verschiedene Afrikakarten an den Wänden, und das Wichtigste für Elias, ein TAE - Anschluss. Vom Fenster blickte man auf die Hafenmoschee und über die Marineschiffe hinweg auf Spanien.
Das Klima in Tanger hatte sich geändert. Seit dem Sturm auf die Grenzen gab es täglich Razzien auf den Hügeln. Ein Camp nach dem anderen wurde mit Gewalt geräumt. Einheiten von Polizei und Armee erledigten dies gemeinsam. Sie kamen in den frühen Morgenstunden, bewaffnet, die Schlagstöcke bereit, die Handschellen am Koppel, umzingelten die Camps und nahmen fest, was nicht rechtszeitig fliehen konnte, je zwei Mann auf einen Migranten. Sie suchten wie Stöberhunde unter jedem Busch, jedem Strauch. Das Schreien der Migranten drang bis nach Tanger hinein.

Fast im Minutentakt kamen auf Elias Handy Anrufe von Verzweifelten, die man festgenommen hatte und die an unbekannten Orten inhaftiert waren. Die Hilferufe kamen aus ganz Marokko, aus Casablanca, Rabat, Casablanca, Tanger und Nador. So war Elias der best informierte Journalist in Marokko und er schrieb an der nächsten Folge des Afrikanischen Exodus, während Asad Gespräche entgegennahm und notierte: „Die Militärs schleifen Missnana."

„Sie reißen Hütten und Zangas ab, zertreten die Feuerstellen mit den Stiefeln."

„Eine Razzia bei Pater Alvarez, acht Mann, ein Frau festgenommen."

„Ein Mann sagt, er kennt dich. Er heißt Bamadou, ist aus Mathare. Er sagt, er war mit dir in Agadez. Jetzt ist er im Gefängnis von Tanger."

„Alima am Apparat. Sie sagt, Brian ist vor ihrem Haus verhaftet worden."

„Die Buchten zwischen Asilah und Nador werden von Einheiten der Armee bewacht. In jeder Bucht stehen Wachcontainer."

„Hartfield hat Recht gehabt", sagte Elias resigniert, „von hier aus kommt niemand mehr nach Europa. Otman kann seine Schlauchboote verkaufen."

„Sie werden andere Weg finden", sagte Asad, „selbst wenn die Europäer eine Mauer bauen, vom Meeresboden bis in den Himmel, wir kommen trotzdem."

„Willst du überhaupt noch?"

„Schon", sagte Asad, „doch nicht mit dem Boot und schon gar nicht mit einem nigerianischen Patron. Wenn, dann damit."

Er wies zum Parkplatz hinunter. „Bevor die Röntgenanlage aus Melilla zurück ist, hau ich ab, Marokkotrans, Kardantunnel, 500 Dollar."

„Wen hast du angesprochen?"

„Abdurahman, wen sonst?"

Unten am Hafen waren jetzt Busse vor dem Polizeigebäude vorgefahren. Das Gelände war mit roten Bändern abgesperrt.

Polizisten standen Spalier, vom Gebäude bis zu den Bussen und trieben Menschen an, die mit hängenden Schultern die Busse bestiegen. „Aller, aller, vite, vite“, riefen Polizisten, die Hand am Schlagstock.
Gegen Mittag kam Hartfield, brachte das Mittagessen in einem Thermosbehälter und Zeitungen, um die Elias gebeten hatte. Elias nahm sie ungeduldig entgegen. Seine Berichte hatten die Weltöffentlichkeit aufmerksam gemacht, und in Tanger wimmelte es inzwischen von Reportern, die sich von inoffiziellen Führern die Stadt und die Camps zeigen ließen, fotografierten und Fragen stellten.
Die Schlagzeilen waren dementsprechend: Drei Millionen Flüchtlinge drängen nach Europa. Marokkanische Polizei überfordert. Bereits 4000 vor Gibraltar ertrunken. Acht Tote vor Lampedusa angetrieben. Angefressene Leichen am Strand von Tarifa. UNHCR spricht von Katastrophe mit biblischem Ausmaß.
Irgendwo im Kleingedruckten fand Elias noch die Erwähnung: Amnesty International setzt sich für Freilassung des kamerunischen Verlegers Justin ein.
„Nun Frank Talk“, fragte Hartfield, während er den Thermosbehälter abstellte, „sind Sie zufrieden mit ihren Operationen?“
Elias blätterte in den Gazetten: „Meine letzten Artikel stehen im Le Matin und in Douman[43] und Domain. Die Fotos, die Asad vor Ceuta geschossen hat, sind gestern im Spanischen Sender Telecinco ausgestrahlt worden. Was will ich mehr?“
„Haben Sie das schon gesehen“, fragte Hartfield und zeigte auf eine Schlagzeile im Maison du Maroc: Frank Talk beleidigt Mohammed VI.
Elias überflog den Kommentar, in dem man sich aufgebracht über seine Karikatur ausließ. „Na und?“, erwiderte er, „ob so einer etwas schreibt oder der Witchdoktor orakelt.“ Er zuckte mit den Schultern.

[43] Marokkanische Zeitung

„Majestätsbeleidigung“, stellte Hartfield fest, „kann Ihnen einige Jahre einbringen.“
„Man kann das Fleisch zerschneiden, aber nicht den Knochen.“
„Sie nehmen das zu leicht“, warnte Hartfield. Er blickte zu Asad, der eben die Teller füllte, „für mich nicht. Ich muss zum Hospital zurück.“
„Nur der Lügner ist in Eile“, erwiderte Asad, „nehmen Sie einen Stuhl und essen Sie mit uns.“
„Eigentlich haben Sie Recht. Es kommen kaum noch Patienten.“
Gemeinsam löffelten Sie eine sämige Erbsensuppe und wischten die Teller mit Fladenbrot aus. Danach brach Hartfield wieder auf.
„Seit gestern durchsuchen sie die Medina“, warnte er, als er schon in der Türe stand, „auch nachts gibt es verstärkte Kontrollen. Seid vorsichtig!“
Asad machte den Abwasch. Elias überflog die restlichen Zeitungen: In Spanien demonstrierten Menschen gegen die Behandlung der Flüchtlinge. Spanien hatte offiziell die Abschiebung gestoppt. Internationale Zeitungen und Radio Vatikan berichteten über das Flüchtlingsproblem. Derweil ging unten am Hafen die Verladung von Hunderten Migranten weiter.
Des Nachmittags kamen weitere Anrufe aus Algerien und aus der Westsahara. Asad notierte: Man hatte nicht nur Illegale deportiert, sondern auch Studenten, weil sie den Illegalen halfen, sie warnten, oder versorgten.
Am Abend erreichte Elias der Hilferuf von Kebba und Tabari. Letzterer gab Elias Anhaltspunkte für den Standort. Nach dem Telefonat schaute er mit Asad in die Karte, und gemeinsam suchten sie nach einem Berg südlich von Oujda.
„Hier, sagte“, Asad und zeigte mit dem Finger, „Hier ist der Jbel Dokh. Er ist etwas höher als der Mont Tamgak, den Tabari nannte.“

„Man hat sie in der Hamada[44] ausgesetzt", stellte Elias fest, „hinter der Grenze in der Wüste, ohne Wasser, ohne Lebensmittel, Frauen, Kinder, Schwangere."
„Der nächste Ort ist Tendrara. Was tun wir?"
„Helfen!
„Wie?"
„Asad, du gehst zu Hartfield. Er soll ein Team der Med Int organisieren. Am besten das von Oujda. Ich gebe den Ausgesetzten ihren Standort durch. Dann informiere ich Presse, Funk, Fernsehen, Human Right Watch, die UNHCH und ich halte Verbindung mit der Gruppe."
„Ich gehe anschließend zu Abdurahman", sagte Asad, „ich weiß nicht, ob wir uns noch sehen."
„Es ist gefährlich, in einem Kardantunnel mitzufahren", stellte Elias fest.
„Eine Steineiche verbrennt selbst im Feuer nicht", entgegnete Asad, „mach es gut. Ich rufe an, wenn ich drüben bin."
Die beiden umarmten sich. Danach handelte Elias rasch: Er informierte die Migranten über ihren Standort und schrieb Pressemitteilungen über den Abschiebeskandal. Als er sie verschicken wollte, war jedoch der Analoganschluss blockiert. Er versuchte es ein Dutzend Mal ergebnislos. Solche Probleme gab es in Afrika häufiger und Elias dachte an nichts Arges. Er kopierte die Dateien auf den USB- Stick und machte sich auf durch verschwiegene Gassen zum Internetcafe in der Rue de la Kasbah. Es war inzwischen fast Mitternacht und nur noch wenige Geschäfte hatten geöffnet. Zum Glück kam er gerade noch rechtzeitig, und ein paar Dinare überzeugten den Besitzer des Cafes von der Wichtigkeit der Mission.
Auf dem Rückweg kam Elias an Alimas Haus vorbei. Elias beschloss, nach Adas Baby zu sehen. Er versuchte noch Hartfield zu erreichen, bevor er dort einkehrte, doch dessen Handy war besetzt. Als er das Haus betrat, sah er noch eben eine Frau

[44] Geröllwüste

mit Baby auf dem Rücken die Gasse hinunter laufen und er glaubte Dalmar zu erkennen.
In Alimas Haus war noch keine Razzia gewesen. Das musste damit zusammen hängen, dass es einem hohen Polizeioffizier gehörte, der seine gut zahlende Mieterin behalten wollte. Doch die Stimmung in Alimas Haus war gedrückt. Die Männer, ein Senegalese, den Elias aus Missnana kannte und einige Gambier, saßen mit großen Fragzeichen in den Augen auf Kistenbrettern. Sie trauten sich selbst abends nicht mehr auf die Straße. Zu groß war die Angst vor Handschellen und Deportation.
Jemand las in der Bibel, irgendwo klingelte ein Handy, Alimas stand in ihrem Laden, der noch immer gefüllt war mit Wein, Bier, Konserven, Säcke mit Mais und Reis, Haschisch und Cremes Clear.[45]
Alima kam hervor, als sie Elias sah, doch sie sah mit großen Augen an ihm vorbei: „Wo ist Dalmar?“
„Es ist Freitag“, sagte der Senegalese.
„Dummkopf“, fuhr sie ihn an, „ich weiß selber, dass Freitag ist.
„Sie ist mit Adas Baby los. Salem Aleikum machen.“[46]
„Ihr Unglücklichen! Warum habt ihr sie nicht aufgehalten?“, rief Alima und eilte zur Türe.
„Sprich nicht mit uns, als wären wir deine Kinder, Alima!“
„Hab ich dich durchgefüttert, damit du dich zum Krähen auf meinen Kopf setzt?“, gab Alima zurück und schon war sie auf der Straße und zur Moschee hinunter.
Elias hastete hinterdrein, doch nach wenigen Metern bemerkte er seine Dummheit. An der Moschee war jetzt ständig Polizei. Warum sich also in Gefahr bringen. Er ging zurück.
„Was sollen wir tun, Elias?“, fragte der Senegalese, als er wieder eintrat.
„Es sieht nicht gut aus“, antwortete Elias, „ihr steckt fest, könnt nicht vor, nicht zurück.“

---

[45] Hautbleicher
[46] betteln

„Money for nothing“, sagte der Senegalese, „zwei Jahre lang verstecken, betteln, jobben und jetzt stecken wir fest.“
Am Herd stand Pat und rührte lustlos in einem Topf der nach Gewürzen, Fleisch und Tomaten roch, doch ihr Lied klang traurig: „God give a chance for desperat.“
„In unserer Straße gibt es niemanden in meinem Alter, der es nicht schon versucht hat“, sagte der Senegalese, „ich bin der Einzige, der es nicht schafft.“
„Lass uns Karten spielen“, schlug einer der Gambier vor, und der Senegalese wandte sich ab.
Kurze Zeit später kam Alima zurück. „Man hat sie verhaftet“, atmete sie angestrengt heraus, „was sollen wir nun machen? Um Dalmar ist es nicht schlimm, dumme Eltern, dummes Mädchen. Aber das Baby! Elias das Baby!“
Elias war irritiert. Alima war anders als sonst. Ob es mit Charles zusammenhing?
„Ich werde mit Dr. Hartfield reden“, antwortete er, „vielleicht gibt man ihm das Baby.“
Elias blieb noch eine Zeitlang bei Alima, hörte ihr zu und merkte, dass ihr Charles Flucht zusetzte. Doch da war noch etwas. Etwas, das ihr arg zu schaffen machte. Doch er wagte nicht zu fragen, sie sprach nicht davon, und er ließ es dabei bewenden.
Gegen zwei Uhr klingelt Alimas Handy. Der Ton war so laut, dass Elias zuhören konnte: „Hier Charles, ich bin in Cappuccino[47] Nr. 1265.“ Alima legte auf und warf das Handy an die Wand.
Als Elias sich auf den Heimweg machte, erreichte ihn ein Anruf Hartfields: Elias, gehen Sie nicht zur Wohnung. Man hat sie durchsucht, Asad festgenommen und den Laptop beschlagnahmt. Der Anschluss wurde abgehört. Gegen Sie gibt es einen Haftbefehl. Kommen sie zum Hospital.“

*

[47] Abschiebegefängnis in Malaga

Nur wenige Tagen später waren alle Camps in Nordmarokko geräumt, Zangas und Hütten geschleift, Tausende Flüchtlinge evakuiert, deren Hoffnung zerstört. Viele von ihnen hatten Jahre in den Camps um Tanger verbracht. Hatten gewartet und gebettelt oder mit Schnürsenkel, Cremes und Ledersachen gehandelt, um ihr Dasein zu fristen. Vorbei!
Der Zustrom der Flüchtlinge ließ jedoch nicht nach. Sie kamen weiterhin mit überladenen LKW oder zu Fuß durch die Wüste, und ihre Wege waren gesäumt von Toten.
Doch die Weltöffentlichkeit war aufmerksam geworden. Elias Pressemitteilungen führten zu internationalen Protesten, die schließlich auch Rabat erreichten. Dort schoss man zunächst mit Schimpfkanonaden auf den unverschämten Journalisten. Frank Talk bewirft Marokko mit Dreck, hieß es in den Medien. Frank Talks Karikatur beleidigt nicht nur den König, sondern die gesamte Monarchie. Der marokkanische Innenminister sprach im Television Du Maroc von einer Ungeheuerlichkeit und erwog die Anwendung der neuen Antiterrorgesetze.
Gleichzeitig versuchte Rabat, dem internationalen Druck zuvorzukommen. Man ließ nun die Flüchtlinge aus dem algerischen Grenzgebiet genau so unauffällig wieder auflesen, wie man sie ausgesetzt hatte, Die UN erhielt eine Note, in der zugesagt wurde, alle Asylverfahren zügig zu bearbeiten. Bei der Geschäftsführung der Med Int in London ging ein Auftrag über die Soforthilfe für ausgesetzte Flüchtlinge in der Hamada ein.
Elias saß derweil in der Intensivstation des Hospitals Med Int und trug einen Gipsverband am Unterschenkel. Hartfield hatte behauptet, es gäbe keine bessere Tarnung.
Auf dem Schreibtisch vor Elias stand das Notebook, das der Arzt aus dem Spind eines Kollegen requiriert hatte, ein Ladegerät für Akkus und das Handy, über das er regelmäßiges Feedback über die Lage von Deportierten bekam. Allerdings

hatte er keine Verbindung mehr zu Kebba und Tabari bekommen.
Es war am Dienstagabend, als Asad anrief. Er sprach leise: „Elias? Hörst du mich? Ich bin in einem Bus. Ben sitzt neben mir. Du weißt, den wir in Bel Younech verarztet haben."
„Wo seid ihr?"
„Ich kann nicht viel reden, sie dürfen nichts merken. Der Bus fährt nach Süden, rechts ist Meer. Vor uns sind noch sechs andere Busse. Hinter uns auch einige. Ich muss Schluss machen."
Elias fluchte, als Asad auflegte. Dann schob er den Tisch mit dem Laptop beiseite und humpelte zu Hartfield in die Ambulanz. Der Arzt stöberte, wohl aus Langeweile, in den Karteikarten. Seit Tagen waren keine Patienten zu verzeichnen, und der Arzt hielt sich lediglich in Bereitschaft.
Hartfield hörte Elias Bericht, malte dabei nachdenklich mit dem Finger an der Schläfe und dachte laut: „Wenn das Meer rechts ist, fahren sie wirklich nach Süden. Alles andere macht keinen Sinn."
„Wohin könnten sie fahren?", fragte Elias, „nehmen wir an, es sind zehn Busse, so werden da etwa 500 Menschen deportiert. Selbst das Témara-Haftzentrum ist zu klein, um so viele auf einmal aufzunehmen."
„Null Ahnung", erwiderte Hartfield, während er die Marokkokarte an der Wand überflog.
„Wir müssen ihnen nach!"
„Wie stellen Sie sich das vor? Das Hospital allein lassen?"
„Ich bin Ihr einziger Patient und es geht mir blendend."
„Gut Elias! Wenn Sie mir sagen, wohin ich fahren soll, dann fahre ich und Sie dürfen mit."
„Asad wird sich wieder melden."
„Und wenn nicht?"
„Ich werde recherchieren."
„Ja, ja, ich weiß", frozzelte Hartfield, „die Recherche ist der Lebertran des Journalismus. Dann sagen sie mal! Wo ist der erste Wegepunkt der Rallye?"

„Der Gauklerplatz in Marrakesch“, konterte Elias.
Sie brauchten zwei Stunden, um Elias Gipsverband abzunehmen und zu packen: GPS, Kartenmaterial, Wasser, Proviant, ein Stromaggregat und das Notebook.
Wenig später fuhren sie die Küstenautobahn südwärts. Elias hatte eine Karte auf den Knien.
„Die Busse müssen irgendwann Rast machen“, sagte Hartfield, „das werden sie wohl nicht in den Orten, sondern außerhalb, vielleicht in Kasernen.“
„Kasernen sind nicht eingezeichnet.“
„Verrückt“, rief Hartfield, „es ist verrückt, was wir tun, verrückt. Wir haben nicht die Idee einer Chance.“
„Sie könnten telefonieren.“
„Und mit wem? Bitteschön. Wer könnte mir denn sagen, wo diese Busse hinfahren? Außerdem wollten Sie recherchieren, Sie Lebertranfreak.“
„Ich werde mit der UNHCR Marokko sprechen, die mit Med Int London, die wiederum mit Rabat und Rabat mit dem Geheimdienst.“
„Uns so weiter, und so weiter“, schnarrte Hartfield, „ich will Ihnen was sagen. Zwei Tage südwärts, das mache ich mit. Wenn wir sie bis dahin nicht finden, then finish!“
Des Nachts umfuhren sie Rabat und passierten Casablanca. Dann machten sie Rast und fuhren gegen drei Uhr Nachmittags weiter. Asad hatte sich noch nicht gemeldet. Auch die zuvor besprochenen Telefonate hatten keine Anhaltspunkte ergeben.
Die Autobahn auf der sie jetzt fuhren war halbfertig, voller Baustellen, und sie kamen immer schlechter voran. Hartfield fluchte.
„Wenn wir schlecht voran kommen“, sagte Elias, „haben es die Busse noch schlechter. Wir werden sie einholen.“
„Ihren Optimismus möchte ich haben“, erwiderte der Arzt, „doch egal. Bis morgen früh fahren wir. Dann wende ich diese Kiste.“
„Es könnte doch sein, dass die Busse über Marrakesch gehen.“

„Möglich“, kam es mürrisch zurück.
Am anderen Morgen, sie waren in der Höhe von Essaouira, als Hartfield wortlos den Wagen wendete. Elias schwieg ebenfalls. Es hatte keinen Zweck. Der Engländer würde sich nicht umstimmen lassen.
Sie waren etwa eine Stunde lang schweigend gefahren, als Asad anrief. Elias fragte nach dem Standort.
„Ich weiß nicht“, flüsterte Asad, „in der Nacht konnten wir nichts erkennen. Jetzt erkennt man Ziegen in den Bäumen.“
„Was siehst du noch.“
„Nichts, doch wir haben etwas herausgefunden.“
„Was? Sag schon.“
„Die Busse gehören Otmans Cousin Hasim, der Ben und die anderen nach Ceuta gefahren hat. Es sind zwanzig Busse. Sie fahren ohne Pause. Die Fahrer lösen sich ab und essen beim Fahren. Wir bekommen nichts. Es sind zwei schwangere Frauen und Kinder dabei, eine hatte eine Fehlgeburt, ein Mann hat ein gebrochenes Bein. Ich muss aufhören.“
Asad war weg. Elias berichtete Hartfield.
„Der phantasiert schon. Kein Wunder, wenn sie seit Tagen nichts zu saufen hatten. Ziegen in den Bäumen? Verrückt.“
„Das gibt es wirklich“, widersprach Elias, „es sind Arganbäume. Irgendeiner aus dem Camp hat es mir erzählt. Man lässt Ziegen in dem dornigen Baumgewirr die Kapseln fressen, durchsucht anschließend den Kot nach den Kapseln, reinigt sie und presst sie zu Öl. Das gibt dem Couscous einen besonderen Geschmack. “
„Werde nie wieder Couscous essen“, versprach Hartfield, während er erneut wendete, „haben Sie eine Ahnung, wo diese Bäume stehen?“
„Irgendwo bei Agadir.“
„Dann sind wir ja auf dem richtigen Weg. Was war denn mit diesem Cousin. Können Sie nicht versuchen, an Otman zu kommen?
„Richtig, der könnte vielleicht heraus bekommen, wohin die Busse fahren.“

Elias versuchte Otman zu erreichen. Es gelang ihm nach Mittag beim zwanzigsten Versuch. Otman erzählte, es habe eine Razzia in Alimas Haus gegeben. Alle seien deportiert wurden, nur Alima sei mit Chike entkommen.
Ob er herausfinden könne, wohin die Busse führen, sie gehörten doch seinem Cousin.
„Normalerweise würde ich für dich keinen Finger rühren", sagte Otman, „aber das, was zur Zeit in Marokko abgeht, ist eine Rieseneselstreiberei. Ich werde mit Hasim sprechen, melde mich wieder."
Sie erreichen Agadir am Abend und machten Rast auf einem Parkplatz. Sie schliefen auf den Sitzen, wurden jedoch gegen zehn von Otman geweckt: „Es sind 23 Busse im Einsatz, fünf davon gehören Hasim. Die anderen Fahrzeuge sind vom Militär. Zielort ist eine Kaserne in der Westsahara. Hast du was zum Schreiben? Ich gebe dir die Koordinaten."
Elias notierte, gab die Daten ins GPS ein und las die Entfernung ab: 1500 Kilometer.
„Noch drei Tage fahren", sagte Hartfield, „aber jetzt wissen wir wenigstens, wohin wir fahren müssen."
Sie brachen sofort auf. Der Arzt dachte laut: „1000 Menschen werden da seit Tagen ununterbrochen transportiert", schimpfte er, „wie Vieh. Elias, wählen Sie die Hotline der Med Int, und geben Sie denen alle Informationen weiter. Die sollen etwas unternehmen."
Elias tat wie ihm gesagt, doch er hatte wenig Hoffnung, dass man von London aus würde helfen können. Die bisherigen Telefonate waren schließlich auch ergebnislos geblieben.
Um neun Uhr morgens kam der Rückruf: die Flüchtlinge würden nach Guelmin zu einem Lager der UNHCR Marokko gebracht, dort würde man ihre Asylangelegenheiten regeln. Man werde von London aus den Zugang zu den Flüchtlingen fordern und den Namen Dr. Hartfield als Beauftragten nennen. Zudem sei ein Ärzteteam von Marrakesch bereits auf den Weg, um Soforthilfe zu leisten.
„Wer hat nun Recht", fragte Elias, „Med Int oder Otman?"

„Wahrscheinlich beide", meinte Hartfield, „Rabat treibt ein doppeltes Spiel, Vorzeigeasylanten, und solche, die schnell und ohne Anhörung ausgesetzt werden."
Ein Straßenschild zeigte: Guelmin 350 Kilometer. Sie schätzten acht Stunden für diese Strecke.
Hartfield lachte: „Asylangelegenheiten regeln. Es ist ein Hohn. Nur, wer wegen Religion, Rasse, Nationalität oder Partei verfolgt wird, ist als Flüchtling anzuerkennen. Hungersnot oder Erdbeben sind keine zulässigen Begründungen. Die UNHCR wird sagen, sie sei nicht zuständig. Eine nichtstaatliche Verfolgung ist auch kein Asylgrund. Gegen Reitermilizen, die dich aus dem Land verjagen, muss dein Staat dich schützen und nicht die UN."
„Sie haben Recht", erwiderte Elias, „nur ein politischer Flüchtling ist eine guter Flüchtling und das auch nur, wenn sein Tod von Amnesty International gemeldet wird."
Spätnachmittags kam erneut ein Anruf auf Elias Handy, und das Display wies Asad als Anrufer aus. Umso überraschter war Elias, als Ben sich meldete. Die Verbindung war schlecht und Bens Stimme klang resigniert: sie seien in einer Kaserne in der Westsahara. Man habe sie angekettet und ihnen bisher weder zu essen noch zu trinken gegeben.
„Wo? In welcher Kaserne?", fragte Elias.
„Es ist arabisch. Das kann ich nicht lesen. Von Guelmin aus drei Stunden."
„Wo ist Asad?"
„Er liegt hier. Sie haben ihn verprügelt. Er ist bewusstlos. Mein Gott, wir werden sterben. Ich muss Schluss machen, die Wache."
„Habe ich's nicht gesagt", kommentierte Hartfield, „Rabat spielt mit gezinkten Karten."
Sie kamen abends in Guelmin an und logierten im Hotel Bou Jerif, etwas außerhalb zwischen Kaktusdünen gelegen und machten sich über den Erfolg ihrer selbst gewählten Mission keine Illusion. Ihr Abendessen, Elias wählte Haschee von Kamelfleisch, Hartfield gegrillte Goldbrassen, sahen sie als eine

Art Henkersmahlzeit an. Im Foyer flackerte der Fernseher und spiegelte die Spannungsschwankungen des hauseigenen Generators wieder.
Der Sender TVE zeigte Flüchtlinge, welche die marokkanische Armee in der Hamada aufgelesen hatte, verstört, weinend, in Handschellen, protestierend, mit gesenktem Blick leise schimpfend.
Ein Reporter interviewte einige dieser Leute und kommentierte vollmundig: „Sie wurden geboren in Dörfern mit runden Hütten, gestampften Lehmböden, blitzsauber wie Marmor; sie trugen geflochtene Körbe, tranken aus Kalebassen und ihre Mörser zerstießen Hirse, die sie am Feuer aßen. Was ist geschehen, dass sie dem Paradies entfliehen? Monsieur Alumenda, sie haben Asyl beantragt. Was erwarten sie?“
Ein Mann kam ins Bild. Er schien erschöpft und sprach leise: „Alles ist mir Recht, wenn ich nur nach Europa komme.“
„Was erwarten sie in Europa?“
„Arbeit, damit ich meine Familie ernähren kann.“
„In Europa gibt es 20 Millionen Arbeitslose, also zu wenig Arbeit. Da werden sie auf dem Arbeitsmarkt keine Chance haben.“
„Hah, ha, hah, ha“, Monsieur Alumenda lachte und lachte, die Kamera schwenkte, der Ton wurde ausgeblendet.
Ins Bild kam eine Gruppe zerlumpter Menschen. Die Stimme des Reporters ölte erneut aus dem Lautsprecher: „Man hat sie in der Wüste ausgesetzt, ohne Nahrung, Algerien hat sie zurück gejagt. Der Afrikanische Exodus, seit Monaten berichtet darüber der Journalist Frank Talk, hat die Dimension einer Völkerwanderung erreicht. Einer dieser ausgesetzten Flüchtlinge wird uns nun seine Geschichte erzählen, Mister Kebba Dalasi, darf ich ihnen das Mikrofon übereichen?“
„Da“, rief Elias und sprang auf, „da ist Kebba. Der daneben war auch in Tanger. Sie sind in Bouarfa.“
Kebba und Tabari waren nach mehreren Tagen in Tendrara angekommen. Sie waren noch zu zwölft: Elf Männer und eine Schwangere, deren Tage ausgezählt waren. William ihr Mann,

war verschwunden. In der Nähe der algerischen Grenze hatten Banditen den Trupp überfallen und denen, die nicht schnell genug laufen konnten, die letzte armselige Habe genommen. Dadurch hatte sich die Gruppe zerstreut. Manche waren umgefallen und nicht mehr weitergelaufen, andere hatten sich auf der Flucht vor den Banditen verirrt.
Wieder andere setzten sich auf den Boden, stumm, in sich gekehrt und warteten auf den Tod.
„Wenn wir uns um sie kümmern, sterben wir auch“, sagte Tabari und ging weiter.
Kebba protestierte.
„Es ist wie bei einem Kamel“, entgegnete Tabari, „wenn es stehen bleibt, nimmt man ihm dass Geschirr ab und geht. Es wird nie mehr laufen und es ist besser, man rettet sich.“
Durch Telefonate fanden sie heraus, dass es in der Nähe von Tendrara ein Camp gab. Sie trafen nachts dort ein. Der Chairman, ein Gambier, gab ihnen Wasser und Essenreste. Dankbar aßen sie Reis mit Soße. Der Chairman sah ihnen zu und sein Unbehagen war ihm anzusehen.
„Wir sind eine kleine Gruppe und die Polizei lässt uns in Ruhe. Einige Camaradas sind auch in der Stadt, wir hatten eine Schwangere, wir haben sie gestern zum Hospital nach Bouarfa gebracht. Dort könntet ihr auch hin.“
Am darauf folgenden Tag kamen Reporter, stellten Fragen und erzählten, Marokko würde Flüchtlinge aus der Wüste zurück holen und ihre Asylverfahren würden dann von der UNHCR bearbeitet. Niemand glaubte ihnen.
Kaum das die Medienleute weg waren, drängte der Chairman, sie sollten gehen, immer wenn Reporter herkämen, gäbe es anschließend Razzien und man würde in die Hamada abgeschoben.
„Aber wenn unsere Asylanträge doch angenommen werden.“
„Ich will nicht nach Marokko sondern nach Europa“, antwortete der Chairman, „doch wenn ihr wollt, zeige ich euch den Weg nach Bouarfa.“

Die Camaradas diskutierten eine Zeitlang. Der Chairman verkaufte ihnen einen neuen Handyakku, dann begleitete er sie bis zur Nationalstraße nach Bouarfa. Dafür bekam er 10 Euro und meinte, er lebe von solchen Diensten, dass sei immer noch besser als Betteln.

An einer Kreuzung stand ein Schild: Bouarfa 80 km. Sie schickten SMS an Elias, Alima, Charles, Asad, Ben und alle, von denen sie glaubten die aktuelle Telefonnummer zu haben, informierten über ihren Standort und machten sich auf den Weg. Am Abend erhielten sie ein SMS von Komano: Bin in Nouadhibou, gehe zu den Kanaren.

Die folgende Nacht schliefen sie in einem Wadi, das zur Straßenseite hin vermüllt war. Sie sammelten umher liegende Plastiktüten, steckten sie am Schober eines Bauern voll Stroh und bauten sich bequeme Lager.

Am frühen Morgen wurden sie geweckt. Das Lager war von Soldaten umstellt.

Sie wurden eingesammelt, ein Beamter sagte in schlechtem Englisch, sie würden in ein Lager der Flüchtlingshilfe gebracht.

In dem Bus am Straßenrand trafen sie Bill und einige andere Bekannte. Der Busfahrer war der gleiche, der sie in die Wüste gebracht hatte, doch sie waren zu erschöpft, um zu fliehen. Kebbas Fuß war geschwollen.

Der Bus ruckelte an und bei der Schwangeren setzten die Wehen ein. Als der Bus in Bouarfa einfuhr, kam das Baby zur Welt.

Ein Team der Med Int war vor Ort und kümmerte sich um die Frau, das Neugeborene und Verletzte. In der Zeitung El Mundo standen Schlagzeilen: Frank Talk in Guelmin. Marokko reagiert auf internationale Proteste.

Anderen Tags sortierte die Armee drei Gruppen: Senegalesen, Malier und andere. Man wollte entsprechend abschieben. Die Gruppe „Andere“ nach Mauretanien. Das SMS von Komano im Gedächtnis, gesellten sich Kebba und Tabari zu dieser Gruppe.

Dies alles erzählte Kebba nun im Telegrammstil vor der Kamera. Die bevorstehende Abschiebung nach Mauretanien erwähnte er jedoch nicht, weil er Repressalien befürchtete.
„Mister Dalasi", fragte der Reporter nach, „wie haben sie es geschafft, sich in der Wüste zu orientierten?"
„Wir haben mit Frank Talk telefoniert."
Der Sprecher kam wieder ins Bild: „Sehr verehrte Damen und Herren, Frank Talk ist in aller Munde, wenn es um den afrikanischen Exodus geht. Der Mann ist ein Phänomen. Er scheint überall gleichzeitig zu sein. Wie dem TVE zugetragen wurde, befindet sich Frank Talk derzeit in Guelmin, um die Behandlung der Flüchtlinge zu untersuchen. Wir dürfen gespannt sein auf seinen nächsten Bericht."
Hartfield stellte den Fernseher leiser: „Ihre Reportagen haben viel Staub aufgewirbelt. Alle Achtung! Inzwischen interessiert sich die halbe Welt. Doch wer weiß, ob man uns morgen zu den Flüchtlingen lässt. Wir müssen uns eine Strategie ausdenken. Lassen sie uns überlegen."
Die beiden planten die halbe Nacht lang, gingen alle Möglichkeiten durch, wie sie Asad und Ben herausholen könnten und legten sich eine Strategie zurecht, doch schon am Morgen wurden sie von der Realität überholt. Hartfield bekam Nachricht vom AMDH[48]: 80 anerkannte Flüchtlinge befänden sich aus Protest gegen die Abschiebung im Militärlager Guelmin im Hungerstreik. Insgesamt seien über 1500 Flüchtlinge in Abschiebehaft.
„Eine genaue Übersicht haben wir noch nicht", sagte der Mann von der AMDH, „weil wir nicht wissen, wo sich überall Militärstützpunkte befinden, Sie müssen damit rechnen, dass man sie behindert."
So frühstückten die beiden eine Berberpizza mit Kräutern und machten sich auf den Weg.
Das Gebäude der UNHCR lag zwischen dem Kamelmarkt und dem Stadtmuseum. Vor einer Nebentür im bewachten Hof

---

[48] marokkanische Menschenrechtsvereinigung

standen Menschen Schlange. Gemäß ihrer Absprache stellte sich Hartfield offiziell als Beauftragter der Med Int vor, um sich nach der medizinischen Versorgung in den Lagern zu erkundigen. Elias nutzt eine Unaufmerksamkeit der Wachen, um sich unter die Flüchtlinge zu mischen.
Mit dem Ausweis der Med Int fühlte er sich sicher gegen Übergriffe, und er interviewte die Wartenden, das Diktiergerät unter dem Hemd versteckt.
In dem Gebäude wurden die Migranten den Mitarbeitern des UNHCR zu einer Anhörung vorgeführt. Man informierte sie, dass diese Anhörung endgültig und die Abschiebung unumgänglich sei, wenn nicht schwerwiegende Gründe dagegen sprächen.
Die Anhörung vor dem Kommissar der UNHCR Marokko sollte maximal eine dreiviertel Stunde dauern, unter Aufsicht zweier Militärs.
Die Menschen waren verstört, manche weinten, Kinder verbargen ihr Gesicht im Kleid zitternder Mütter, Männer brummten in ratloser Ohnmacht ihren Schimpf. Nur wenige verliehen ihrem Frust Worte: „Von Melilla nach Spanien, von Algeciras nach Tanger, von Tanger in die Wüste, von der Wüste nach Bouarfa, von Bouarfa nach Guelmin und das alles in drei Wochen“, sagte ein Mann aus Kamerun, der das Äskulapzeichen am Ärmel trug, „wie soll ich das alles so schnell erklären?“
„In Abidjan hätte man mich an die Wand gestellt“, murrte ein anderer, „wenn ich lästig gefallen wäre. Hier im Exil mordet man mich jeden Tag ein Stückchen.“
Die Vernehmungen, anders mochte Elias dies nicht zu bezeichnen, wurden in spanisch und französisch durchgeführt, gleichgültig, ob der jeweilige Migrant diese Sprache beherrschte.
Elias sprach mit dem kamerunischen Arzt und bot ihm an, statt seiner zur Anhörung zu gehen. Der willigte nach Einigem Verhandeln ein. Gegen drei Uhr wurde der Name Dr. Yabassi aufgerufen und Elias betrat das Büro des hohen Kommissars.

Dort schilderte er in allen Einzelheiten seine berufliche Karriere, das Urteil des Berufsverbotes, die Verfolgung nach Nigeria, die weitere Flucht.
Der Kommissar fühlte eine Karteikarte aus, machte ein paar Notizen und sagte mit gleichgültiger Stimme: „Ihr Antrag ist abgelehnt."
„Dagegen lege ich Widerspruch ein", antwortete Elias, „jetzt und hier!"
„Ein Widerspruch ist nicht möglich."
„Ich verweise auf die Artikel 28 und 33 der Genfer Flüchtlingskonvention, die ihr Staat mit unterzeichnet hat."
„Das würde heißen, Sie haben bereits Ausweispapiere aus einem Erststaat. Kann man die mal sehen."
Elias legte den Ausweis der Med Int vor.
„Was soll der Unsinn?", fragte der Kommissar, „hier steht ein anderer Name. Außerdem ist das ja wohl kein nationaler Ausweis."
„Dort steht *mein* Name und ich habe Ihnen *meine* Geschichte erzählt. Ich bin hier, um ihnen Fragen zu stellen: Haben Sie sich die Mühe gemacht, sich die Lager der Migranten anzusehen, oder bekommen sie dort keinen Zugang?"
„Monsieur, was erlauben sie sich?"
„Wussten Sie, dass dort Menschen angekettet sind? Wussten Sie, dass in den Lagern noch Tausende warten, die man Ihnen gar nicht erst vorführt, sondern gleich abschiebt?"
Der Kommissar erhob sich: „Ihre Anhörung ist beendet."
„Ich gehe, wenn Sie mir über den Verbleib zweier Flüchtlinge Auskunft geben."
„Nennen Sie mir die Namen."
Elias gab dem Mann Beschreibung und Namen.
„Ich will sehen, was ich tun kann", sagte der, „aber jetzt gehen sie!"
Der Kommissar hielt Elias unmissverständlich die Tür auf und die militärischen Beobachter wuchsen um einige Zentimeter.
„Bis wann?"
„Heute Abend."

Elias war ungefähr zwei Stunden in der Anhörung gewesen. Das war aufgefallen und man hatte gehorcht.
„Kannst du mich mitnehmen nach Kamerun?“, fragte ein Junge von vielleicht zehn Jahren.
Am Abend wurde Elias erneut vorgelassen.
„Wir haben Ihre Angaben überprüft“, sagte der Kommissar, „Ein Ben Amadou und ein Asad Rahewein sind nicht unter den Migranten.“
Am anderen Tag versuchten Hartfield und Elias erneut Kontakt zu Flüchtlingen zu bekommen, doch sie erhielten nirgendwo Zugang. Dr. Yabassi schrieb Elias eine SMS, in der Nacht sei eine Gruppe von 50 Migranten verschwunden. Das Gerücht besage, man habe sie in den Minenfeldern hinter der mauretanischen Grenze ausgesetzt.
Nachmittags traf das Team der Med Int Marrakesch ein und fuhr zu den bekannten Kasernen, um medizinische Hilfe zu bringen. Journalisten quartierten sich im Hotel Bou Jerif ein und Hartfield und Elias gaben eine Pressekonferenz, in der sie die Marokkanische Regierung aufforderten, die Situation der Migranten sorgfältiger zu sondieren. Am Abend schickte Elias die nächste Folge des Afrikanischen Exodus um die Welt.
Von Asad und Ben erhielten sie auch am folgenden Tag kein Lebenszeichen. Wahrscheinlich hatte man ihnen die Handys weggenommen. Hartfield versuchte ein Visum für Mauretanien zu bekommen, damit sie die Suche nach Asad und Ben fortsetzen konnten, doch die Behörden zeigten sich stur. Sie müssten mit einer Woche Wartezeit rechnen, wurde ihnen gesagt, Ausnahme gebe es nur bei Fällen von vitalen, nationalen Interessen. Resigniert traten sie die Rückreise nach Tanger an. Bevor sie packten, bekam Elias den Bischof von Douala ans Telefon: „Euer Exzellenz, sagen sie mir heute, wie es meinem Vater geht?“
„Ihrem Vater geht es relativ gut. Verschiedene internationale Organisationen bemühen sich darum, ihn frei zu bekommen.“
„Wo genau befindet er sich?
„Er sitzt in der Zelle, die Sie bereits kennen gelernt haben.“

„Oh Gott!“
„Ich besuche ihn regelmäßig, kümmere mich, ihn zu versorgen. Doch sie werden verstehen, dass ich niemanden bestechen darf.“
„Und die Zeitungen, die Druckerei.“
„Wie ich gestern sehen konnte, geschlossen.“
„Was kann ich jetzt tun? Wie kann ich ihm helfen?“
„Indem Sie sich nicht entmutigen lassen.“
„Wenn sie ihn sehen, grüßen sie ihn.“
„Ich werde ihm von Ihren Berichten mitbringen. Ich habe sie alle in mehreren Auszügen. Bemerkenswert!“
Die beiden vereinbarten eine Uhrzeit, zu der sie ab heute möglichst täglich telefonieren wollten. Der Bischof fragte, von woher er Konstantin Grüße ausrichten sollte.
„Ich fahre heute aus Guelmin ab“, erwiderte Elias, „und ich habe das Gefühl, nichts bewirkt zu haben. Doch ich mache weiter. Für Afrika zu kämpfen wird sich lohnen, früher oder später!“
„Sie haben einen weiten Blick“, entgegnete der Bischof, „weil sie auf den Schultern eines Riesen stehen.“

*

Elias und Hartfield waren auf dem Rückweg nach Tanger und aßen im atlantikumspülten Essaouira gegrillten Fisch, als eine Meldung vom Headquarter der Med Int sie erreichte. Der Anruf kam auf Hartfields Handy und Elias meinte, den Arzt unter seinen Sommersprossen blass werden zu sehen. Zumindest war der plötzlich heiser: „Choleraepidemie“, stieß er hervor, „in Nouakchott?“
„Was heißt das?“, fragte Elias. Der quirlige Fischerhafen war plötzlich laut und störend.
„Sie brauchen ein Notfallteam. Es gibt bereits über fünfzig Tote. Cholera, wissen sie, was Cholera ist?“
„Eine Art Diarrhöe.“

„Diarrhöe?“, grimmte Hartfield, „nein, Cholera, das ist Pissen mit dem Arsch, pro Tag zehn Liter Brühe, milchig wie Londoner Nebel.“
„Man wird Antibiotika brauchen.“
„Wasser braucht man, das Einzige, was hilft. Dreizehn Liter für jeden, um nicht auszutrocknen. Wo ein Kranker ist, da sind fünf weitere infizierte, die mit ihren Ausscheidungen das Bakterium an den Nächsten weitergeben. Eine Woche lang wird er dann kotzen und mit dem Hintern pissen, er wird austrocknen und eine Haut bekommen wie ein chinesischer Faltenhund, dann Muskelkrämpfe, Kreislaufkollaps, Exitus.“
Sie überlegten eine Weile, was zu tun wäre. Dann machten sie sich auf den Weg nach Agadir, wo Hartfield medizinisches Equipment besorgen wollte. Er telefonierte während der Fahrt und meldete Elias Erfolge und Misserfolge.
„Wir bekommen in Agadir eine Wasseraufbereitungsanlage. Sie schafft einige Kubik und dürfte für die ersten Tage reichen. Nichts desto Trotz haben die Kollegen eine größere geordert. Der Technical Support Germany liefert sie in der nächsten Woche nach Nouadhibou.“
„Warum nicht nach Nouakchott?“
„Das Ding kommt mit irgendeinem Containerschiff. Nouakchott ist dafür zu klein. Sie werden einen LKW besorgen müssen.“
In Agadir holten sie die Einreisepapiere von der mauretanischen Botschaft. Man war freundlich und gab ihnen einen Handzettel der anwies, die Pisten zu benutzen. Die Minenfelder im Grenzgebiet seien nicht gekennzeichnet.
Die Beiden fuhren erneut über Guelmin, dann die Küste entlang, wo die Sahara an den Atlantik stieß und der Passat nach Westen strich: Kühle Seenähe und springende Delphine im Kanarenstrom, mörderische Fahrt, kurze Dämmerung. Die Nacht verbrachten sie zwischen Dünen unter dem Sternenhimmel.
Hartfield hatte sich wieder beruhigt und beschwichtigte: „Es wird schon so schlimm nicht sein. Cholera ist ein logistisches

Problem, kein medizinisches. Sie werden sehen, in zwei Wochen sind wir wieder in Tanger."
„Ich werde in Marokko gesucht", antwortete Elias, „früher oder später kommen sie dahinter, wer Frank Talk ist. Vielleicht können Sie mir helfen. Ich möchte nach London gehen."
„Da wären Sie besser aufgehoben als auf dem Gauklerplatz in Marrakesch."
Am dritten Tag kämpften sie sich die Strandpiste entlang: zerschossene LKW, verwehte Spurrillen, auf Minen gefahrene Wracks und beste Aussichten, ein gleiches Schicksal zu erleiden.
Oft waren die Pistenmarkierungen entfernt. Hartfield vermutete, von den gleichen Einheimischen, die sich am Wegesrand als Führer anboten.
Am Grenzübergang weckten sie den Posten und zahlten 10 Euro für Carnet de Passage und den Einreisestempel.
Im Niemandsland zwischen marokkanischer und maurischer Grenze standen Hütten von Flüchtlingen, die an der Straße bettelten.
Am Abend kreuzte dann der Erzzug von F'derik mit einer endlose Schlange von Loren ihren Weg.
Es war Ebbe, und sie fuhren nach kurzer Rast am Atlantikstrand entlang, zur Rechten dunkles Meer, zur Linken die spiegelnden Augen der Schakale im Scheinwerferkegel. Die aufgehende Sonne enttarnte die karge Vegetation der Sahara, einige Fischerdörfer mit Kamelen und Ziegen, Gläubige, die im Sand zum Gebet knieten.
Drei Fahrzeuge kamen entgegen, zwei überholten. Kurz vor Mittag erhielten sie einen Anruf auf Elias Handy. Es war Asad: „Ich bin in Nouadhibou, und Ben und Tabari und Kebba sind auch hier."
„Nouadhibou, da sind wir heute Nacht durch gekommen. Konntest du nicht eher anrufen?"
„Man hat uns in Guelmin die Handys weggenommen. Jetzt müssen wir uns neu organisieren. Wir wollen von hier zu den Kanaren rüber. Der neue Flüchtlingshafen heißt Nouadhibou."

Elias und Asad verabredeten, sich ab heute täglich zu kontaktieren.

Als Elias und Hartfield in Nouakchott ankamen, reizte der Harmattan die Augenlieder und verbarg gnädig die armseligen Hütten mit gelbem Pudersand. Am Stadtrand waren Nomadenzelte, Kinder arbeiteten auf kleinen Feldern und magere Esel standen vor Karren, den Kopf im Futtersack.
An einem Wirtshaus neben gelbbraunen Gebäuden fragten sie nach dem Weg, und der Wirt erklärte ihnen die Route, während gegenüber ein Militärkonvoi Richtung Osten fuhr: „Tuareg“ sagte der Wirt und rollte die Augen, „Überfall, la Guerre.“
„Wohl eher einheimische Banditen“, meinte Hartfield auf englisch zu Elias, „aber für diese Leute ist eben alles Tuareg, was einen Tagelmust trägt.“
Sie durchquerten die Innenstadt von Nouakchott: staubige, löchrige Straßen, Geruch vor Garküchen, Gestank verwesender Fischabfälle und Abwässer. Nobelkarossen kämpften sich neben verbeulten Vehikeln durch die Menschenmenge.
Das notdürftige Behandlungszentrum, aufgebaut von örtlichen Ärzten, befand sich südlich der Stadt. Feldbetten standen im Sand neben Hütten, Zelten und Abfallhaufen. Die Latrine war übergelaufen, und die Leute in den Betten übergaben sich so, wie es sie überkam, auf den Boden. Einige lagen hilflos in eigenen Fäkalien, unfähig sich zu erheben.
Hartfield verhandelte einen ganzen Tag mit den Behörden. Elias dolmetschte und machte Hartfields rüden Sprachstil für die mauretanischen Beamten erträglich. Man erteilte die offizielle Erlaubnis, eine Krankenstation aufzubauen. Danach forderte Hartfield weiteres Personal bei Med Int an.
In der folgenden Woche hatte Elias nicht mehr als zwei Stunden Schlaf pro Nacht. Während Hartfield die medizinische Behandlung koordinierte, organisierte Elias das Equipment.
Mit fünfzig Helfern baute er das Camp auf, eine Quarantänestation, Zelte, Wasserspeicher, Desinfektionsmittel, Wasser-

aufbereitung, Abflüsse, Feldbetten für Bettlägerige, Pumpen, Leitungen, Aktivkohlefilter, Chlordosierung und natürlich Latrinen. Abends zahlte er die örtlichen Helfer aus und entschied, wer am kommenden Tag wiederkommen sollte, legte Karteikarten an.
Hartfield startete eine Aufklärungskampagne. Helfer klapperten nach seiner Maßgabe die Hütten ab und informierten: Dass es im Camp sauberes Wasser gäbe, über die Vorteile der Schluckimpfung, Viehhaltung außerhalb der Brunnenbereiche, Transportgefäße seien zu reinigen, das Wasser von Wasserhändlern sei abzukochen. Als Folge der Aufklärung wurden die Wasserhändler von El Mina verprügelt.
Es regnete in der Stadt häufig in dieser Zeit, und die Straßen waren dann Seen aus schlammigem, stinkendem Wasser. Nach jedem Regenfall blieb die Stadt tagelang in einem bestialischen Gestank und die Zahl der Kranken stieg sprunghaft.
Verlassene Mütter mit Kindern vegetierten in den Slums der Saharagroßstadt. Sie standen nun in bunten Gewändern und Badesandalen Schlange vor dem Camp, denn die mauretanische AMAMI verteilte Nahrungsmittel an Unterernährte.
In den Slums von El Mina lebten 100.000 Menschen, und die Zahl der Infizierten stieg täglich. Die Quarantänestation war hoffnungslos überfüllt, die schlimmeren Fälle lagen am Tropf und bekamen eine Glukoselösung mit Salzen und Kalium.
Per Flugzeug kamen weitere Helfer: Krankenschwestern von Helping Hand, Ingenieure vom Technical Support Germany, Ärzte von MED INT, Ärzte vom mauretanischen Roten Halbmond.
Elias erwartete sie auf dem Flughafen. Der Sandsturm blies ihm hart ins Gesicht. Schrottreife Gangways wurden heran gefahren, Zollbeamte kontrollierten verschlafen, und Fahrer in Jellaba und Tagelmust warteten in verbeulten Taxis.
Elias schleuste die Neuankömmlinge durch Passkontrolle und Zoll und mit Bakschisch lief alles wie geschmiert.

Im Stress tagtäglicher Überforderung kam Hartfields Kommandostil wieder zum Vorschein: „Hier, die Stückliste brauche ich bis morgen Früh."
„Schließen Sie die Moskitonetze ein. Die können alles daraus basteln, Hühnerkäfige, Brautschleier, manche nehmen sie auch zum Fischen."
„Elektrolyte müssen her, Antibiotika, besorgen Sie Ciprofloxacin und Salztabletten."
Elias besorgte, managte, organisierte. Nach zehn Tagen stellte er fest, dass er nicht ein einziges Mal mit Asad telefoniert hatte. War der überhaupt noch in Nouadhibou?
„Wir haben 5000 Patienten behandelt", sagte Hartfield morgens, „es wird erst abklingen, wenn 1 % der Stadt es gehabt hat. Das heißt, noch einmal 5000. Wir brauchen die Aufbereitungsanlage. Wann kommt sie an?"
„Morgen", sagte Elias, „ich fahre in der Nacht. Ich kann es kaum erwarten."
„Grüßen sie Asad von mir. Ich würde ihn wieder einstellen, doch nach Mauretanien bekomme selbst ich ihn nicht rein. Es war schon schwer genug, Sie hierher zu bringen."
An diesem Mittag trafen sich alle Helfer des Camps am Marché de la Capitale im Restaurant Maghreb, wohin Hartfield sie einlud. Eine kleine Verschnaufpause nach Tagen harter Arbeit. Der dunkelhäutige Hausklave brachte warmes Bier in Flaschen mit der Aufschrift „La Gazelle" Man prostete sich zu, erzählte Witze und sah dem Markttreiben zu.
Auf dem Markt wurde Ziegen- und Kamelfleisch angeboten. Fischer legten ihren Fang auf den Strand, verkauften ihn und ließen die Innereien im Sand liegen, wo sie, schwarz von Fliegen, stinkend vergingen. Jemand hatte Tintenfisch geangelt und schlug ihn auf einer Steinplatte weich. Kinder spielten mit einem Walskelett am Strand.
Als der Muezzin zum Gebet rief, knieten die hellhäutigen Mauren[49] nieder und ihre dunkelhäutigen Sklaven arbeiteten

[49] Männer des Westens

weiter. Am Hafen schoben einige Dutzend Flüchtlinge ein Fischerboot zu Wasser. Dann stiegen sie ein und machten sich auf den Weg zu den Kanaren.
Ein Zeitungsjunge kam auf die Terrasse und bot Zeitungen an. Hartfield nahm eine und las eine Schlagzeile vor: „Die amerikanischen Hedgefond- Manager John Paul und Timothy Georg verdienen jährlich zwei Milliarden Dollar, mehr als das Volkseinkommen Mauretaniens, tolle Kerle. Übrigens, Frank Talk, Ihr Artikel über Guelmin steht auch drin."

Elias kam um die Mittagszeit in Nouadhibou an und versuchte, sich zwischen Nomadenzelte, Lehmbauten und Kamelherden zu orientieren. Im Schatten einer Rampe glitt sein Blick über Hunderte von Schiffswracks, die rund um die Bucht bis hin zum Cap Blanc lagen, manche fast von Wasser verdeckt, andere von der See auf den Strand gehoben. Marktstände waren mit Stoffplanen vor der Hitze geschützt, die meisten Läden geschlossen. Der Hafen war menschenleer, nur bei den Fischerbooten saß ein Junge und flickte Netzte.
Das Schiff der Helping Hand lag am Kai, doch niemand löschte die Ladung, wogegen es am Schiffe nebenan trotz sengender Sonne vor Arbeitern wimmelte. Er wandte sich an den Jungen: „Kennst du dich hier aus?"
„Die Clandestines[50] wohnen dort, Monsieur?", sagte der Junge, zeigte nach Norden, wo man Blechhütten erkannte. „Ich suche jemanden von der Capitainerie", antwortete Elias, „jemand der ein Aggregat ablädt."
„Mittags werden keine Schiffe entladen", antwortete der Junge.
„Aber da drüben wird entladen."
„Das ist wichtige Ladung. Außerdem sind es Clandestines. Sie arbeiten auch mittags. Aber sie stinken, weil sie aus den Slums kommen, nur Buden da und tote Katzen. Fliegen sitzen auf der Kotze, dazwischen spielen ihre Kinder."

---

[50] Flüchtlinge

Der Junge legte das Netz zur Seite und erhob sich. Er war klein, hatte jedoch den Bizeps eines Boxers, trug eine kurze, gelbe Hose und ein blaues T-Shirt mit der Aufschrift Borussia Dortmund.
„Ich kann Ihnen zeigen wo die Büros sind“, bot er an, „und wo sie etwas zu trinken bekommen.“
„Am besten du zeigst mir, wo ich etwas zu trinken bekomme.“
„Ce bon, Monsieur. Ich zeige Ihnen alles. Sie können trinken und essen und eine Frau haben, wenn Sie wollen.“
In einem Imbiss mit dem Schild Restaurant servierte eine Frau in farbigem Matronenalter eine kühle Kamelmilch und der Junge, der sich als Haratin[51] vorstellte, plapperte unaufhörlich.
„Nouadhibou ist ein großer Hafen. Der größte an der Sahara. Alles geht über unseren Hafen, Waffen, Flüchtlinge, Holz, Zement, Erze für Europa.“
„Welches Schiff wird denn dort entladen?“
„Die Liao Chen, Hongkong. Sie entladen Pistolets d'appareil[52]. Wollen Sie eine? Für 50 Dollar besorge ich eine.“
Der Junge schien Elias aufgeweckt und interessiert und im folgenden erfuhr Elias alles über Nouadhibou: Über den Waffenhandel der Chinesen, über die Fischer, die ihre maroden Boote an Schleuser verkauften und sich neue bauen ließen, über die Pensionen, in denen Handelsvertreter der Firma Xinjang Ltd. wohnten und Navigationsgeräte verhökerten. Eine Firma namens Xingxing Corporation lieferte Waffen für die, die bleiben wollten, Außenborder für die, die gehen wollten.
„Holzlieferungen kommen aus Kamerun“, erklärte Haratin, „nicht das beste Holz, denn das geht nach Europa, doch das Holz ist gut genug für neue Cayucos. Die meisten Clandestines leben in den Hütten, nur die von Charles, die sind in den Wracks.“
Haratin zeigte nach draußen in Richtung der Leuchtturms: „Siehst du, die ganze Bucht von Levrier bis zum Cap Blanc,

---

[51] freigelassener Sklave
[52] Maschinenpistolen

voller Wracks und voller Clandestines. Sie kaufen die alten Cayucos, russisches Roulett, sagt mein Patron."

Der Rest der Kamelmilch war inzwischen warm geworden und das Glas von Fliegen umschwärmt, ein Ameisenzug wanderte über den Lehmboden,

Der Hafen erwachte aus der Mittagspause. Aus Häusern und Hütten kamen Männer und nahmen die Arbeit wieder auf, LKW wurden beladen, Taxis, turmhoch gepackt verließen den Hafen, Nomaden trieben Kamele auf eines der Schiffe, ein Beduine kam zum Restaurant herein und versuchte, Elias zu einem Kamelritt in die Wüste zu überreden.

Elias dankte freundlich und ließ sich von Haratin zum Zoll führen. Vor dem Gebäude stand ein blonder Tourist, von einer Horde Kinder bestürmt, die ihm ihre Dienste anboten: Stadtführung, zum Schiff bringen, ein Restaurant zeigen, Geld tauschen.

Der Mann vom Zoll schob eine Kiste mit der Aufschrift Weapons unter seinen Schreibtisch und machte einen abweisenden Eindruck, als Elias nach Schiff und Aggregat fragte. Wo denn der Bestimmungsort sei, es müssten Ausfuhr- und Einfuhrgenehmigung vorgelegt werden, und er verstehe im Übrigen Elias Französisch nicht.

Haratin beobachtete das Gespräch, stieß Elias an und machte verdeckt die Bewegung des Geldzählens. Elias wollte sich jedoch nicht ausnehmen lassen. Er mimte abwechselnd Hilflosigkeit und Empörung, doch schließlich gab er dem Mann 50 Dollar.

„Übermorgen", sagte der, „übermorgen bekommen Sie ihre Maschine."

„Soll ich Ihnen ein Zimmer besorgen", fragte Haratin, als sie wieder draußen waren, „ich kenne alle Hotels und alle Pensionen. Ich besorge ihnen eins ohne Kakerlaken."

„Woher weißt du so gut Bescheid."

„Ist doch klar. Ich mache den Spannmann für Matrosen, Kapitäne und ab und zu kommen auch Journalisten. Die fragen immer nach den Niggern, und ich führe sie hin, aber du bist ja

kein Journalist, sonst hättest du eine Kamera. Du hast nach einer Maschine gefragt, also bist du Ingenieur."
„Ich bin trotzdem Journalist."
„Erst habe ich gedacht, du bist auch ein Nigger und suchst die anderen Migranten?"
Elias griff in die Tasche und zeigte ein Foto von Asad. „Der Mann mit den zwei Fingern", sagte Haratin, „den kenne ich. Er wohnt ganz in der Nähe."
„Ce bon", sagte Elias, „gehen wir."
„Es gibt hier alle Sorten von Flüchtlingen", sagte Haratin, „sogar Pakistani, Inder und Chinesen. Sie landen in Nouakchott und gehen hier im Hafen in ihre Boote."
„Es reicht, wenn du mich zu dem Mann mit den zwei Fingern führst."
„Das ist dort." Haratin wies zu den Schiffswracks in der Bucht. Sie marschierten los.
„Ich kenne die Patrons, Brian und Charles. Die beiden Patrons sind Nigerianer, aber sie mögen sich nicht. Ich mag lieber Charles. Die Clandestines von Brian leben in den Hütten und sie stinken, und manchmal verprügeln sie Leute von Charles. Wenn ich irgendwann abhaue, dann mit Charles. Wir müssen an den Docks vorbei."
Haratin ging plappernd voran. Elias erfuhr, dass Brian einen Mercedes fuhr, beim Chinesen zu Mittag aß und immer Mädchen dabei hatte.
Als sie in Nähe der Havaristen kamen, hörte Elias Lautenschläge und eine Stimme, die wie Komanos klang. Doch das Lied war melodisch und hatte keine Ähnlichkeit mit den Rapsongs, die Elias kannte. Oder war es doch Komano?
Elias überlegte einen Augenblick, wie Komano hierher gekommen sein mochte, doch auch Asad und Ben waren schließlich hier. Haratin führte ihn zu einem Wrack, das auf dem Strand lag. Es war ein Dampfer aus an dem Anfang des vorigen Jahrhunderts, mit verrostetem Schornstein. Auf der Seeseite hing eine Strickleiter herunter. Haratin wurde von einer fröhlichen Kinderstimme begrüßt. Elias erkannte Chikes

Stimme. Sein Herz hüpfte. Wo Chike war, da war auch Alima. „Hallo Chike, was singst du für ein tolles Lied?", rief er hinauf. Er gab Haratin eine Münze und trat in die Sprossen. Er erwartete, jeden Augenblick Alimas Gesicht über der Reling. Umso überraschter war er, als stattdessen Charles Kopf auftauchte.
Elias schwang sich über die Reling: „Du schon bist zurück von Spanien? Hat dich dein Gewissen getrieben oder war es Vodoozauber?"
Charles Hand war verbunden und sein linkes Auge geschwollen: „Wir hatten Glück im Unglück", sagte er, „von unserem Boot sind nur drei gesunken. Doch am Strand wartete die Guardia Civil. Sie haben uns direkt nach Cappuccino gebracht. Dreimal satt essen, eine neue Hose vom Roten Kreuz, kostenloser Flug nach Rabat, dann Guelmin, das Übliche."
„Deinen Anruf von Cappuccino habe ich noch mitbekommen. Sag, wo sind Ben und Asad?"
„Sie sind mit Otman zu den Fischern. Sie besorgen Boote. Sie kommen zurück wenn es dunkel ist, wegen der Polizei. Es ist nicht mehr wie noch vor drei Wochen. Gestern haben sie Einige festgenommen."
„Otman ist auch hier?"
„Er wird in Marokko gesucht. Bei seiner letzten Überfahrt sind 40 ertrunken. Die See hat sie eine Woche später bei Tarifa angespült. Ihre Gesichter waren bereits verdaut. Man hat sie kremiert und in der Dose nach Marokko zurück geschickt."
„Sagt er immer noch Nigger?"
„Klar sagt er Nigger, doch ich glaube, er meint es nicht böse. Er war der einzige Patron, der seinen Gästen nicht die Hände verbunden hat. Wir machen gemeinsame Sache. er ein Boot, ich ein Boot, auf nach Teneriffa."
„Fuerteventura liegt günstiger."
„Nicht gut", antwortete Charles und verzog das Gesicht, „Feinradar, Suchscheinwerfer und so. Aber jetzt komm rein, sei unser Gast."

„Woher hast du denn die Blessuren?“, fragte er Elias, währende er in den Salon trat.
Alima kam entgegen und umarmte Elias: „Von Brians Bande“, zwinkerte sie und Elias hörte leise Genugtuung. Charles hatte das nicht mitbekommen: „Brians Werber ziehen durch die Slums“, prahlte er, „vorgestern wollten sie die Mädchen zurück haben, Pat und Dalmar. Da habe ich Brian klargemacht, Recht hat, wer härter zuschlägt. Sie lassen sich jedenfalls nicht mehr blicken.“
„Sollen die Hyänen seine Ziegen holen und die Affen seine Mangos fressen“, wünschte Alima, doch sie lächelte dabei: „Wie gefällt dir meine neue Pension, Elias?“
Der sah sich um und staunte: „Ist wie in Tanger, sogar die gleichen Leute.“
Der Salon des alten Dampfers war ausgeschlachtet, Fensterscheiben waren durch Pappe ersetzt, ein paar zerbeulte Campingmöbel bildeten das Mobiliar. Auf Säcken mit Reis, Nudeln, Bohnen, Spritkanistern und Werkzeugkisten, alles an den Wänden aufgereiht, saßen Flüchtlinge: Bamadou mit den Segelohren, Pat mit ihren open braids, Dalmar mit Bleichcreme im Gesicht und Adas Baby auf dem Arm und Männer, die Alima vorstellte. Da war ein Pastor aus Tansania, Jesus der Guerilla, Kinshasa der Kongolese, Henry aus Senegal mit schief stehenden Zähne, Tabari und Kebba, alles in allem an die 30 Männer.
Die Begrüßung war herzlich: „wie geht es? Wie kommst du hierher? Wie seid ihr aus Bouarfa hierher? Wie habt ihr Adas Baby wieder gefunden?“
„Sie haben es weg genommen, als ich vor der Moschee Salam Aleykum gemacht haben“, sagte Dalmar verschämt, „Alima wird dir erzählen, wie wir es zurück bekommen haben.“
Während der Begrüßung hörte man Komano singen: „Thousand years of different tongue, couldn’t disturb our brotherhood.”
„Wo ist Komano eigentlich?“, fragte Elias, „oder läuft da ein Tape?“

„Auf dem Vorschiff", antwortete Charles, „wir haben ihm verboten, im Salon zu singen."
"Five hundred years of slavery, couldn't destroy the black mans heart", erklang es draußen.
„Wunderschön", sagte Alima, „viel weicher als früher. Sag, Elias, möchtest du etwas trinken, oder essen?" Sie ging zur Kombüse. Elias bemerkte ihre schlanke Figur und dachte an die Weise Frau von Tanger.
„Gib mir eine Orange", antwortete er. Von draußen kam wieder Komanos Stimme: „Our flags should give a signifying, that we belongs together."
„Mit diesem Stück hat er uns genervt", behauptete Charles, „drei Wochen lang hat er daran herum gebastelt. Jede Sequenz mussten wir uns 1000 Mal anhören."
„Es klingt geheimnisvoll, mystisch", widersprach Alima, während sie Elias eine Orange reichte, „und ein bisschen traurig."
„Das kommt, weil du kein gutes Englisch sprichst", behauptete Charles.
„Mir gefällt es", sagte Elias, schälte die Orange und hörte Alimas Odyssey: „Es gab eine Razzia in der Rue Lahnot. Sie haben alle festgenommen. Ich war an der Moschee und wusste nicht mehr wohin. Drei Tage lang habe ich mich in der Gebetsnische versteckt. Da rief Charles an, sagte, er sei in Guelmin, man würde ihn nach Mauretanien ausweisen. Da habe ich mich festnehmen lassen. Im Krankenhaus sah ich Adas Baby und habe gesagt, es ist meins. Sie wollten mich dann nicht mehr ausweisen, doch ich habe gesagt, ich will nach Hause."
„Wir waren sofort einig", prahlte Charles, „wir gehen über Nouadhibou. Hier hat man mich damals von Bord gesetzt. Und ich wusste, hier liegen die Schiffe, wo man schlafen kann."
„Ja", sagte Alima, „und ich bin froh, dass ich gekommen bin. Dabei hatte ich Papiere bekommen weil ich gesagt habe, Adas Baby sei meines."
Elias warf die Orangenschalen durch ein zerbrochenes Fenster hinaus. Er hatte viele Fragen: Wie würde das Wetter in der

kommenden Woche? Wie viele würden bei der Überfahrt ertrinken? Wie viele verdursten?
Es war fast Mitternacht, als Asad, Otman und Ben zurückkamen. Ben steckte den Kopf zur Türe herein: „Wir haben die Boote“, triumphierte er.
Jetzt palaverte alles durcheinander. Die Frauen applaudierten trillernd. Einige umarmten sich, andere klopften sich gegenseitig auf die Schulter oder schlugen die Hände gegeneinander ein.
„Habt ihr auch gute Boote gekauft“, fragte der Pastor in dem allgemeinen Wortwirrwarr, „die Fischer verkaufen schlechte Boote.“
„Du bist noch nicht zwei Tage hier und willst uns etwas erzählen“, konterte Otman, „ich habe schon Boote gekauft, da trugst du noch keine Maskerade.“
„Ab und zu sieht man bunte Bretter am Strand, von den Kähnen die draußen versoffen sind.“
„Lieber versaufen als zurück“, rief Kinshasa dazwischen, „wenn ich in Europa Arbeit finde, kann meine Familie leben, sonst wird sie verhungern.“
In dieser Nacht wurde nicht geschlafen. Die Männer diskutierten die Besetzung der Boote. Auf jedem Boot sollten Erfahrene sein. Solche, die schon einmal eine Überfahrt gemacht hatten, solche die sich in der Navigation auskannten, solche die sich mit Motoren auskannten, solche die schwimmen konnten. Einige machten sich mit den GPS- Geräten vertraut, die Otman mitgebracht hatte.
Alima regelte die Versorgung: Proviant, Benzin, Ölzeug, Wasserkanister und Campinggas und Charles sammelte Geld mit zufriedener Miene.
Otman war wieder der Patron und gab seine Flucht zu Besten: „Es war eine verdammte Nacht, als ihr Ada gesucht habt“, erzählte er Elias, „danach haben sie mich gesucht. Einer von den Moros hatte meine Adresse in der Tasche. Ich hatte gerade die Zodiacs verschleudert. An einen Nigerianer der glaubte, das Geschäft würde wieder anspringen, im nächsten Jahr. Da sah

ich berittene Polizisten an der Uferpromenade. Ich habe meine Papiere in die nächste Mülltonne geworfen, damit sie mich nicht als Marokkaner identifizieren können. Seitdem gehöre ich zu den Harragas.[53] Nigger haben sie zu mir gesagt. Den Rest könnt ihr euch denken. Das Gefängnis am Hafen, kostenlose Fahrt durch Marokko, bis Guelmin. Sag mal Alima! Was machst du, wenn Charles wieder ohne dich abhaut?"

„Wer einen Hund liebt, muss auch seine Flöhe lieben", erwiderte Alima ernst, „doch wenn er wieder abhaut, dann schneid ich ihm den Pimmel ab."

Asad erzählte den Weg von Guelmin: „Man hat uns die Handys abgenommen. Zwei Tage später kamen Ärzte von Med Int und haben uns versorgt. Dann hat man uns des Nachts abtransportiert. Sie haben uns hinter der Grenze ausgesetzt. Wir sind Richtung Süden gelaufen weil wir gehört haben, dass man von hier aus fahren kann. Am zweiten Tag haben wir eine Staubfahne gesehen. Es war der Erzzug. Er fährt an manchen Stellen langsam. Mit dem sind wir hierher, Tabari und Kebba, Kinshasa und Ben. Letzterer brüstete sich: „Ich habe die Staubfahne zuerst gesehen. Hey, Charles, ich habe mich erkundigt. Brian macht es für 400 Euro."

„Dann geh zu ihm", erwiderte Charles abweisend, „wenn du 400 Dollar zahlst, ist das Boot leck und du kommst mit den bunten Brettern zurück geschwommen. Die Leichensäcke sind in Nouadhibou so knapp geworden, dass sie dich nackt beerdigen."

Nach und nach wurde der Ton wieder versöhnlicher. Erfahrungen wurden ausgetauscht: „In der EU gelten die Kapverden, Mali, Botswana, Mauritius, Senegal und Benin als sichere Länder", erzählte der Pastor, „wenn man dort herkommt, kann man im Schnellverfahren abgeschoben werden."

„Aber Spanien verhandelt über Rückführungsabkommen", gab Elias zu bedenken, „mit Gambia, Ghana, Guinea, Kamerun, Mali und Senegal."

---

[53] Menschen ohne Papiere

„Hey, Komano“, rief jemand, „was ist mit deinen Händen? Hast du in diesem Winter grünen Spargel gestochen?“
„War nichts mit Spargel“, antwortete Komano, „darum war ich in einer Färberei in Agadir.“
Man unterhielt sich, schloss Freundschaften, wie sie nur unter dem Druck eines gewaltigen Ereignisses entstehen, tauschte Adressen und Telefonnummer aus, gab Namen von Freunden weiter, über die man sich später würde treffen können.
Auch Elias erzählte von seinen Plänen und tauschte Daten aus. Er verspürte eine Verbundenheit zu diesen Menschen, dass er später glaubte, diese Nacht sei eine der schönsten in seinem Leben gewesen. Es war bereits hell, als man endlich schlief.
Elias und Asad standen noch spät an Deck: „Der kühle Wind, ein Hauch von Europa“, sagte Asad, „wir sind schon nahe dran. Bei klaren Nächten kannst du Spanien sehen, die Lichter ihres Reichtums, weit weg von der Armut.“
„Ich wünsche euch viel Glück“, sagte Elias, „und das in den nächsten Tage alles gut läuft.“
„Mach dir keine Sorgen, Elias“, antwortete Asad, „wir sind in Gottes Hand. Außerdem ist alles sorgsam geplant, Ersatzmotoren, Kanisterweise Sprit und jede Menge Proviant. Wir werden in der einen Woche mehr essen, als ein Somalier im ganzen Monat. In wenigen Wochen kannst du nachlesen, wie es uns ergangen ist. Tabari will alles aufschreiben und dann als Buch verkaufen. Er ist in den letzten Tagen schon so herum gelaufen, wie du in Tanger angekommen bist. Mit Manuskript in der Plastiktasche.“
Asad lachte. Elias schwieg, doch seine innere Stimme schlug Alarm. Mit Beginn der nächsten Abenddämmerung, wenn die Polizei Feierabend machte, würden die Fischer die Boote hierher zum Cap bringen. Man würde bunkern und ablegen, dann viele Tage lang offene See, Kälte, Sturm, unerfahrene Mannschaften.
Am anderen Morgen weckte sie das Getöse der Erzverladung. Der Zug fuhr mit blauer Lok und Hunderten von Loren im Ge-

folge nordwärts, um Erz für die Hochöfen Chinas und Europas zu holen.
Am Plage du Peche lagen Fische in großer Auswahl, und Frauen feilschen um die beste Ware. Andere Frauen saßen an diesem Tag in ihren bunten Kleidern am Strand, wiegten ihre Babys, scherzen untereinander und lachten. Auf dem Cap Blanc hütete ein Junge seine Ziegenherde. Auf der anderen Seite der Halbinsel fuhr ein Marinezerstörer mit marokkanischer Flagge.
Elias ging zum Hafenbüro und wartete auf die Entladung. Die Tristheit der Stadt war beeindruckend. Die einzige Farbabwechslung waren eine Gauloises- Reklame, Männer im blauen Tagelmust[54] und bunt gekleidete Frauen, die vor einer Handvoll Kartoffeln, Tomaten oder Zwiebeln saßen und auf Kunden warteten.
Spätnachmittags belud man Elias LKW. Er brachte ihn in einer Halle am Fischereihafen unter und ging zu dem Dampfer zurück. Dort wartete man voller Ungeduld auf die Boote.
Der Fischer, der mit seinen Gehilfen die Boote brachte, trug einen blauen Umhang, einen Schleier, der sein dunkles Gesicht umrahmte und einen Goldring am Finger. Während Charles den Mann auszahlte, begutachtete Elias die Boote. Auf dem Bug trugen sie eine Art Standarte mit aufgemalten Koransuren. Die Farbe der Planken war noch frisch.
Fünfzig Hände gingen daran die Boote zu beladen. Ersatzaußenborder wurden am Heck angeschraubt, beide noch in Ölpapier mit dem Endlosaufdruck „Xingxing Corporation."
Alles wurde mit Planen abgedeckt. European Quality, stand in Werbelettern darauf und die Früchte verrieten, dass die Planen einmal zum Abdecken von Obst gedient hatten. Auf den Bug der bunten Boote malte man die Namen, Flying Afrika und Wandring Afrika.
Die Besatzungen hatte man in der Nacht zuvor geregelt. Ein Boot wurde von Otman, eines von Charles geführt. Elias ver-

[54] Gesichtsschleier

abschiedete sich und wünschte Glück. Asad versprach, sich sofort nach Ankunft zu melden, und sie redeten noch, während die Leinen losgeworfen wurden.
Als die Boote grade abgelegt hatten, kam ein Mann den Strand entlang gelaufen: „Halt, halt, nehmt mich mit."
„Wir sind belegt", rief Charles zurück.
„Ich kann bezahlen. Ich habe genug."
„Wir sind schon über vierzig auf jedem Boot. Es geht nicht."
„Ich habe Geld bekommen, von meinem Vater, meinem Onkel, von den Nachbarn. Wenn ich jetzt zurückgehe? Nein, das darf nicht, das kann nicht. Man würde mich verspotten, über mich lachen, ich wäre ein Nichts, vielleicht würde niemand mehr mit mir reden und das Geld könnte ich nicht zurückzahlen, zwei Jahre umsonst, soll ich noch mal diesen Weg machen? Prügel von der Polizei, Prügel von Soldaten, Gefängnis in Tamanrasset, Gefängnis in Tanger?"
Schließlich ließ Otman zurück fahren und nahm den Bettelnden an Bord. Er hieß Habib und war angeblich Sudanese.

Elias sah den Booten nach. Die Flüchtlinge winkten und bei einigen war Übermut zu erkennen. Auf Charles Boot stand Komano mit der umgehängten Gitarre am Bug wie eine Galionsfigur.
Elias hatte sich vorgenommen, noch in der Nacht nach Nouakchott zurück zu fahren und ging zum Fahrzeug. Seine Brust war wie eingeschnürt. Würde er die lieb gewonnenen Freunde wieder sehen? Zehn unruhige Tage standen ihm bevor. Er würde nicht schlafen können. Es konnte soviel passieren, Sturm, Kälte, Treibstoffmangel, Motorausfall oder Verirren auf dem unendlichen Atlantik.
Vom LKW aus rief er die Boote an. Auf der Wandring Afrika bekam er Kebba ans Telefon: „Noch einmal, viel Glück, euch allen."
Auf der Flying Afrika meldete sich eine ausgelassene Stimme: „Ja hier Priesterseminar Kinshasa, am Ufer des Kongo. Was kann ich für dich tun mein Sohn?"

„Richte dem Kapitän meine Wünsche aus, gute Überfahrt und möge es euren Kühen gut gehen.“
„Hey Mann“, antwortete der Kinois,[55] wir haben keinen Käptain sondern einen Bürgermeister. Du weißt nicht, was Kinshasa ist: 10 Millionen Menschen, davon 9 Millionen Hühnerdiebe, hast du Bakschisch, hast du Glück, rumble in the Jungel, hey Charles, das kannst du nicht machen! Charles!“
Gleich darauf hatte Elias Charles am Telefon und er sah dessen hohe Gestalt, die Pudelmütze auf rasiertem Schädel, am Ruder stehen.
„Mach dir keine Sorgen, Elias“, sagte Charles und lachte, „du bekommst einen Bericht von der geilsten Überfahrt nach Europa. Ich werde dafür sorgen, dass Tabari alles notiert. Ist das okay Tabari?“
Der nickte stumm.
„Er hat ja gesagt“, berichtete Charles in den Hörer, „du musst dir wirklich keine Sorgen machen. Ich habe ein Handy. Wenn wir in Schwierigkeiten bekommen, rufe ich die Capitainerie von Los Cristianos an. Willst du noch mit Asad sprechen?“
Charles schob das Handy zwischen Asads verbliebene Finger, ohne auf die Antwort zu warten.
Während die beiden telefonierten, machte der Kinois weiter den Clown. Ein Simbabwer namens Edmund versuchte ihn zu übertrumpfen.
„Was ist schon Kinshasa geben gegen Harare?“, fragte er mit gespielter Verächtlichkeit, „und was ist Kongo gegen mein Land? Simbabwe ist ein Land wo man versucht hat, die Syphilis mit Malaria auszutreiben. Das Ergebnis war Aids. Harare ist die Hauptstadt des Aids.“
„Haha“, lachte der Kinois, „Kinshasa ist die Hauptstadt des Mülls, unübertroffen.“
„Harare ist auch die Hauptstadt der hungernden Kinder“, sagte Edmund und wurde plötzlich ernst.“

---

[55] Bewohner Kinshasas

„Unser Käptain ist aus Lagos, der Hauptstadt des Betruges“, warf Komano ein, „ich wette, er hat auch bei der Passage betrogen. Wir brauchen ein Betrugsdezernat an Bord.“
„Das kann ich organisieren“, sagte Asad, „ich bin aus Mogadischu, der Hauptstadt des Chaos.“
„Okay, okay“, sagte Edmund, „mach du das, aber erst muss Kinshasa ran. Hey, du Hauptstadt des Müll. Ziehe deine Füße ein und räum deinen Platz auf. Wie viele Menschen leben überhaupt in deinem Stamm? Gibt es da auch Häuser, und Straßen und Kultur?“
„Wir haben Straßen, mindestens 100000km, nur man kann sie nicht befahren.“
„Wenn man sie nicht befahren kann, dann sind es keine Straßen.“
„Doch sind es Straßen, man müsste sie nur ein wenig pflegen, in Kinshasa selber gibt es sogar Boulevards.“
„Wow, was ist denn ein Boulevard?“
„Eine Prachtstraße die immer verstopft ist, so dass die Taxifahrer über die Bürgersteige brettern. Ich muss das wissen, denn mein Vater hat den Verkehr geregelt, ich konnte ihn sehen, er stand immer auf dem gleichen Betonklotz. Genau auf der Mitte der Kreuzung,
Kinshasa, da haben sie sich alle legiert, wie das Gold im Tiegel, und die Mädchen sind schön, und nett, wenn du ihnen ein Geschenk gibst. Mein Vater hat das nicht mehr erlebt, und ich bin froh.
Geschimpft hätte er über den Sittenverfall und er hätte am Sonntag in der Methodistenkirche gebetet. Dann hätte er versucht mit der Pastorin zu schlafen, aus reiner Nächstenliebe natürlich, aber der Herr hat ihn davor bewahrt. Eines Morgens kam ein LKW, hat seinen Betonklotz umgefahren und ihn gleich mit und die Pastorin hat ihm eine schöne Grabrede gehalten. Dann haben sie eine Ampel auf die Kreuzung gesetzt, die einzige die in Kinshasa funktioniert.“
Tabari schrieb in sein Tagebuch: Wir haben den Hafen von Nouadhibou verlassen, als es fast schon dunkeln war. So kann

uns die marokkanische Küstenwache nicht sehen. Auf dem Boot scheinen alle gut gelaunt, doch ich glaube, sie tun nur so. Sie reden und reden, wie Kinder im Dunkeln, und doch sitzt allen die Angst im Genick, wie der Löwe dem Gnu. Das Gnu ergibt sich, wenn es von Todesgrauen gelähmt ist und die eindringenden Reißzähne nicht mehr spürt. Hoffentlich hat Allah mit uns die gleiche Barmherzigkeit.
Am Heck waren einige dabei, auf einer alten Autofelge Leberstücke zu grillen. Die ersten Stücke wurden halb roh verzehrt.
„Delikat wie Gorillazehen", sagte der Kinois, „weiß ich genau! Ich habe mir die Überfahrt mit Schmuggeln verdient, mit der Piroge nach Brazzaville hinüber, jede Nacht, auf der Hinfahrt Affenfleisch, auf der Rückfahrt High Heels, Dessous und Schokolade, der Kongo ist nicht breit, wenn man Hunger hat."
„Ich komme auch aus Kinshasa", sagte ein anderer, „nicht gut. Slums, Hunger unter Wellblechdach, ein Topf in dem du kochst und spülst und das Wasser kilometerweit holst. Es gibt keine Müllabfuhr und du läufst über Holzbohlen, damit du nicht im Dreck versäufst, das öffentliche Klo ist zu weit, außerdem quillt es über, weil die Leitungen verstopft sind. Die nächste Schule ist nicht weit, doch dein Kind muss arbeiten, damit du mit deiner Familie überlebst. Dein Kind schnüffelt Klebstoff, damit es den Hunger nicht spürt. Du siehst andere Kinder sterben und du hast Angst, dass auch deines stirbt. Ich bin so froh, dass es upstairs geht. Wenn ich in Paris Teller wasche, dann kann ich davon leben und meine Familien und meine Eltern in Kinshasa ernähren. Charles halte Kurs, in zehn Tagen sind wir in Europa."
Charles hielt Kurs nach dem GPS- Gerät und orientierte sich an den Sternenbildern. Er hatte weiche Knie, wenn er daran dachte wie viele Tage sie vor sich hatten. „Ja, Kinshasa, in zehn Tagen sind wir in Teneriffa und unser Chronist schreibt alles auf."
Tabari saß zwischen einem Äthiopier und einem Kenianer, die immer ununterbrochen plapperten. „Mein Bruder wurde von Soldaten gefangen und verschleppt", erzählte der Äthiopier,

„er wurde in Djibouti von äthiopischen Agenten geschnappt. Sie haben ihn verschleppt in das Militärlager Sabatenya. Im Februar ist er an der Folter gestorben. Die äthiopischen Agenten sind überall. Sie gehen über die Grenze nach Somalia, Djibouti und Kenia und holen Flüchtlinge zurück. Und dann foltern sie. Wir sind Oromo. Damit bist du automatisch ein Terrorist der OLF[56]
„Mein Bruder wurde auch ermordet", sagte der Kenianer und sah düster auf die vorbeiwandernden Wellen.
„Wie ist das passiert?"
„Der Mob hat ihn gelyncht."
„Warum haben sie das getan?"
„Sie haben gesagt, er hat Menschen getötet, mit der Kalaschnikow. Acht Leute soll er erschossen haben. Aber er ist unschuldig gewesen."
„Unschuldige bringt man doch nicht um."
„Doch in Kenia schon. Sie haben ihm mit dem Buschmesser den Kopf abgehackt."
„Und warum bist du geflohen?"
„Ich hatte Angst, sie bringen mich auch um."
„Aber du hast niemand getötet."
„Natürlich nicht. Ich hatte damit überhaupt nichts zu tun, hörst du? Ich hatte damit nichts zu tun. Ich habe gar nicht gewusst, dass es unsere Leute waren. Es war doch ein Versehen. Es waren die Viehdiebe aus Somalia. Sie haben 500 Rinder mitgenommen, ich habe mich versteckt und die Nachbarn haben sie verfolgt, als sie zurück kamen habe ich gedacht es sind Somalier und habe geschossen, acht waren tot, als ich gesehen habe, wen ich getroffen habe, da bin ich abgehauen. Da haben sie meinem Bruder den Kopf abgeschnitten."
Tabari notierte um gegen 5:00 Morgens: Alle haben die ganze Nacht geredet und geschnattert. Jeder hat eine Geschichte. Es ist grausig was sie erzählen. Doch vielleicht erzählen sie auch,

[56] Oromo Liberation Front

weil sie frieren. Die Sonne geht auf. Asad löst Charles ab. Charles sagt, ich soll 350grd in das Buch schreiben.

Tabari sah auf, als vom Bug her Geschrei kam: „Schaut euch das an. Das Kerlchen aus Nouadhibou."

Jemand zog Haratin an den Haaren unter dem Schandeckel hervor: „Schaut mal her was ich habe. Er hat sich im Bug versteckt wie ein Erdferkel im Termitenbau. Hat er überhaupt bezahlt? Charles, was machen wir mit dem blinden Passagier? Sollen wir ihn über Bord werfen."

„Lass Charles schlafen", zischte Alima, die mit Chike im Achterschiff neben Charles saß, „er hat die ganze Nacht gesteuert. Und lass den Jungen in Ruhe."

„Er hat nicht bezahlt und wir werden ihn über Bord werfen, oder will jemand für ihn zahlen?"

„Charles hat versprochen mich mitzunehmen", wehrte sich Haratin, „ich werde meinen Platz auch bezahlen, sobald ich Arbeit habe."

Charles war aus seinem Halbschlaf erwacht: „Wir nehmen ihn mit. Wo 40 Mann drauf passen, da passen auch 41 drauf."

„Du kannst ihn ja in Teneriffa verkaufen", schlug Edmund vor, „er ist aus Nouadhibou, der Hauptstadt der Sklaverei."

*

Die Wandring Afrika fuhr etwas später als die Flying Afrika aus dem Hafen. Außer Otman waren noch 35 Mann an Bord und einige kannte er inzwischen mit Namen. Da waren Kebba und Ben, die Senegalesen Robert und Moussa, der Sudanese Habib, der einarmige Sierra Leoner Gaston, und Jesus, der Ugander aus Konys Guerillatruppe.

Dicht gedrängt saßen sie in dem offenen Holzkahn, einige trugen Ölzeug, manche Rettungswesten. Letztere saßen an exponierten Stellen. Zwischen ihnen verteilt lagen Säcke mit Reis und Hirse, Maiskolben, Brote und eine frisch geschlachtete Ziege. Gaskocher, ein Eimer voll Holzkohle, und einiges Gerät

war unter den Schandeckel verstaut, dazu ein paar Angeln und Köder. Der Kübel für die Notdurft stand Mittschiffs.
Das Boot war an die 20 Meter lang, oben war es offen. Am Heck befanden sich zwei Motoren, der laufende auf die Holzbrücke geklemmt, der zweite als Reserve daneben, noch in Folie gehüllt.
Otman bestimmte den Kurs mit GPS, nachdem er feststellte, dass der Kompass wohl eher zufällig nach Norden zeigte. Er ging mit Kebba und Jesus dem Guerilla abwechselnd Ruder. Diese beiden schienen ihm am besten geeignet.
Als sie Cap Blanc umrundet hatten, setzte Otman Kurs180grd und fuhr zunächst dicht unter Land. Das Boot von Charles war außer Sicht. Die Stimmung an Bord war gedrückt, als die wenigen Lichter von Nouadhibou im Dunkel verschwanden. An der Steuerbordseite lag die Saharaküste als schmaler Streifen im fahlen Mondlicht, und der Außenborder dröhnte in der Stille. Gesichter lagen im Dunkel, mal mit fluoreszierenden Augen, mal im Schein einer Taschenlampe, die neben den Koransuren an der Standarte hing. Nach einer Stunde wurden die ersten seekrank, und eine Zeitlang wollte das Würgen kein Ende nehmen.
Elias rief auf Kebbas Handy an und wünschte ein weiteres Mal viel Glück und gute Reise und seine Stimme war voller Sorge.
„Es ist alles okay“, antwortete Kebba, „wir kommen gut voran. Nicht wahr Otman?“
„Ja, in drei, vier Tagen sind wir...“, antwortete der und in seiner Stimme schwang Angst. Er schien es zu merken und brach den Satz ab.
„Elias fragt, ob er noch irgendetwas für uns tun kann?“
Otman wehrte ab, und die letzte Verbindung nach Afrika wurde gekappt.
„Elias wird Afrika nie verlassen“, sagte Ben, und er erzählte die Geschichte, wie er das Geld von Konstantin Justin geholt hatte, um Elias aus dem Gefängnis freizukaufen. Er schnitt dabei gewaltig auf und fühlte seine Angst nicht mehr. „Elias hat

nicht den Mut. Er kann nur schreiben. Aber wir, wir gehen nach Europa.“
Durch Ben Geschichte verbesserte sich die Laune, und er verspürte es mit Stolz.
„Wohin gehst du?“, fragte Robert, der Senegalese.
„Ich weiß noch nicht“, sagte Ben, „Deutschland ist bäh, Wohncontainer, Stinkefüße, Eineurojobs und die Leute glauben wir sind Donkeys.“
„Aber kennst du dort jemanden?“
„Meinen Bruder“, erwiderte Ben stolz, „erst habe ich nicht gewusst, wo mein Bruder ist, aber vor drei Wochen, da hat er sich gemeldet. Er studiert Freizeitpädagogik.“
„Was ist denn das für eine Fakultät?“
„In Africaans weiß ich kein Wort dafür, auch nicht in Bantu oder Suaheli, aber in englisch könnte es heißen, Leisure time pedagogy. Hey, Moussa zieh deine Beine ein, du machst dich breit wie ein Nilpferd.“
„Mir schlafen sonst die Beine ein“, wehrte Moussa ab, „ich kenne das schon. Es ist meine vierte Reise. Dass erste Mal war ich bis Gran Canaria. Da war ich sechs Wochen. Beim Roten Kreuz gab es dreimal am Tag zu Essen. Das waren sechs Wochen im Paradies. Das zweite Mal ist das Boot abgetrieben, weil wir keinen Sprit mehr hatten. Das dritte Mal ist die Kiste kurz hinter Cap Blanc abgesoffen, weil die Fischer uns ein verdammtes Scheißboot angedreht haben. Aber dies Mal schaffen wir es. Wow!“
„Dies ist meine zweite“, erzählte Gaston, „ich war in Frankreich, aber ich habe etwas falsch gemacht. Ein paar Kerle aus Freetown haben mir ein Geschäft als Spediteur angeboten. Ich brauchte Knete, also habe ich die Fingerlinge geschluckt und bin mit dem Zug über die Grenze. Im Kanton Graubünden haben sie mich geschnappt. Drei Monate, dann zurück nach Freetown. Besser drei Monate in einem schweizer Knast als eine Woche Freetown.“
„Ich habe es einmal von Tunis aus versucht“, erzählte Habib der Sudanese, „wir hatten ein Schlauchboot und wollten nach

Lampedusa. Der Steuermann hatte keine Ahnung und ist an der Insel vorbei gefahren. Dann ging der Sprit aus. Wir haben zwei Tage gedümpelt und gebetet. Drei von uns sind verloren gegangen. Sie waren plötzlich tot und wir mussten sie über Bord werfen. Ich hab das kaum noch mitbekommen. Ich glaube, ich war auch nahe dran zu krepieren. Auf einmal war da ein Schiff. Es war die Cap Anamur. Sie haben uns nach Sizilien gebracht. Aber wir durften keinen Hafen anlaufen. Drei Wochen auf diesem verdammten Kahn. Dann hat der Kapitän Palermo angefahren. Er ist in den Knast gekommen, wegen Beihilfe zur illegalen Einwanderung. "

Mit Erzählungen und Aufschneidereien vertrieb man die Angst, und alle waren froh, als der Morgen graute, und die Wellen sichtbar wurden, die des Nachts an den Planken entlang geschlürft waren.

Otman übergab das Ruder an Jesus den Guerilla und argwöhnte missmutig, Charles habe alle guten Männer auf sein Boot bekommen. Für die Wandring Africa war nur der Schrott übrig geblieben und natürlich Kebba, der ein guter Schwimmer war und nicht seekrank wurde. Doch wenigsten waren keine Kinder an Bord. Kinder machten die Dinge nur schwierig.

Otman lehnte sich übermüdet an die Planken, während die anderen über die Brote herfielen. Ein nicht enden wollendes Geschnatter begleitete das Frühstück.

„Europa", jubelte Robert, „das war immer mein Traum, schon als ich Junge war. Man erzählte immer davon. Manche waren auch schon da gewesen. Sie schmissen mit Geld um sich, hatten moderne Klamotten an, wurden von allen bewundert. Es lebten bei uns auch ein paar Portugiesen oder Franzosen. Die schwärmten von Portugal und Spanien und Frankreich und vom Weihnachtsmann. Bei uns gab es nicht zu erzählen außer den alten Geschichten die jeder schon kannte. Unser Leben war sehr einfach, wenig Abwechslung: jeden Tag sieben km zur Schule, den Rest des Tages auf dem Feld, meinem Vater helfen, mit den Hühner ins Bett, eine Geschichte von Mam.

Da bin ich nach Dakar, mit 22, Taxifahrer, Bäcker, Kellner im Hotel wenn die Rallye kam, dann Aushilfsjob im Krankenhaus, dann Krankenpfleger, neun Jahre. Man hat mich gelobt, doch Zeit für Frau und Kinder hatte ich nicht. Von dem magreren Salär konnten wir grade leben, doch ich hatte meine Träume: Ein kleines Haus, Studium für den Sohn und die Tochter. Ich habe nachgegrübelt wie ich es mache. Viele Freunde waren schon in Europa gewesen. Ich hatte keinen Mut, fühlte mich wie ein alter Esel, den niemand mehr haben will.

Es wurde viel geredet, und darüber, wie man Europa erreichen könnte zu Wasser zu Lande und in der Luft, wie viel Geld man brauchte.

Alle hatten soviel Ahnung wie Schnee in der Sahara liegt. Im Hafen traf ich einen Mann, der Transporte organisierte. Der hat mir eine Schiffspassage auf der Albatros besorgt hat, 1000 Dollar, inklusive Verpflegung.

Als ich am vereinbarten Tag zum Hafen kam, lag keine Albatros im Hafen und der Name des Mannes war unbekannt. Ich hatte schon allen Freunden und Bekannten davon erzählt, und jetzt habe ich mich nicht mehr getraut, nach Hause zu gehen. Also bin ich losmarschiert.

Senegal, Mauretanien, Mali, Agadez, Tamanrasset, Libyen, Lampedusa, Rom.

Ich traf Afrikaner aus ganz Afrika auf dem Weg nach Europa. Sie alle hatten eine Geschichte. Umso mehr ging mir allmählich auf, das Europa weiter war, als ich gedacht hatte. Ich hörte von Menschen, die in der Sahara verdurstet waren.

Ich traf einen Kameruner, der in Ceuta über den Zaun gesprungen war, danach hatte man ihn über Marokko zur Grenze von Algier gebracht und in der Steppe ausgesetzt.

Wir machten uns gleich auf den Weg, ohne Geld, hungrig, durstig, mit geschwollenen Füßen und fröhlich.

Wir versuchten es mit hitch hiking, und ein Buschtaxi-Fahrer nahm uns mit.

Er hielt zwischen den Sanddünen bei einem ausgebrannten LKW und nicht weit davon lagen Schädelknochen.
„Was wollt ihr zahlen?“, hat der Fahrer gefragt.
„Wir können nicht zahlen“, habe ich gesagt.
Da hat er auf die Gerippe gezeigt: „Dann geht es euch genauso.“
„Verdammt“, hat der Kameruner gesagt, „du kannst uns doch hier nicht verdursten lassen. Wir steigen einfach nicht aus.“
Da hat der Fahrer uns seinen Revolver gezeigt. Er hat dem Kameruner das Handy weggenommen und zwei Dollar, und wir standen in der Wüste.“
„Aber wie kamst du nach Lampedusa?“
„Wir haben es irgendwie bis Tripolis geschafft. Dann haben wir uns in der Bilge von einem Kutter versteckt. Der Patron wollte uns nicht mitnehmen.“
Viele an Bord hatten ähnliche Erlebnisse wie Robert, und doch hörten sie ihm zu, ohne ihn zu unterbrechen. So erzählte Robert von der Schufterei auf italienischen Plantagen und wie viel Geld er nach Hause geschickt hatte. Er wollte gerade von seiner Abschiebung berichten, als Jesus der Guerilla aufschrie:
„Verdammt! Was ist das?“
Erschreckte Augen blickten auf. Jesus stand am Ruder und starrte auf seine Füße: „Wasser, es ist Wasser im Boot. Otman! Wir haben ein Leck.“
Otman fuhr auf und griff instinktiv nach seinem Amulett. Der Beutel an seiner Brust war weg. Es überlief ihn heiß. Der Schutz der Dschinoun, der guten Geister war weg. Gestern, bevor sie in See stachen, hatte er den Inhalt noch kontrolliert. Otman robbte nach hinten, wo Jesus in knöcheltiefem Wasser stand.
„Kebba! Sieh dir das an.“
Unter den Ruderstand hatte sich Werg aus einer Ritze gelöst, und aus dem Spalt quoll unaufhörlich Wasser.
„Wir müssen es zustopfen“, rief Kebba, „schnell. Gebt mir irgendetwas. Hemden, Säcke, Planen.“

Otman riss sich den Pullover vom Körper: „Hier, damit geht es."
Er verschaffte sich Platz, Jesus der Guerilla setzte sich auf die Achterplanke und zog die Beine ein. Otman untersuchte das Leck mit den Händen und kam mit einem Jutesack hervor, der in ein faustgroßes Loch gestopft und mit Farbe überstrichen war.
Der Wasserstrahl wurde plötzlich armdick. Otman versuchte das Loch zu kalfatern. Man gab ihm Jacken, Hosen, Planen. Der Strahl wurde dicker. Schon war das Boot zu einem Viertel voll Wasser. An Bord brach Panik aus. Die Männer kletterten auf die Planken oder strebten zum Bug. Das Boot krängte. Alles schrie durcheinander. „Wir ertrinken, man hat uns betrogen, Charles hat uns ein Scheißboot angedreht."
Einige versuchten zu telefonieren, bekamen jedoch keine Verbindung. Die Küste Marokkos war bereits hinter dem Horizont verschwunden.

*

Auf der Flying Africa schrieb Tabari in sein Tagebuch: Das Boot ist wie ein hungriges Kamel. Es zupft mal nach links, mal nach rechts nach Gräsern, und das im vollen Galopp. Wir werden durchgeschüttelt. Die Aufregung über Haratin hat sich gelegt. Alle sind froh, dass er dabei ist, denn er ist eine lustige Quasselstrippe.
„Tabari", fragte Haratin, „was schreibst du die ganze Zeit. Immer bist du am Schreiben."
„Ich schreibe unsere Geschichte auf. Alle Geschichten, die uns bis Spanien einfallen. Nachher verkaufe ich das als Buch."
„Wenn ich in Spanien ankomme, bin ich achtzehn", stellte Haratin fest, „und ich werde eine Arbeit finden als Esclave moderne."
„Sollen wir solange fahren? Außerdem, in Spanien gibt es keine Sklaven."

„Natürlich gibt es in Spanien Sklaven. Wer soll denn sonst die Arbeit machen? Nur, in Spanien werden die Sklaven bezahlt wie ein Esclave moderne, und sie müssen achtzehn sein. Darum sage ich, ich bin achtzehn. Oder meint ihr, ich finde keinen neuen Herrn?"
„Natürlich findest du einen neuen Herrn", sagte Tabari. Er kannte die Sklaverei aus dem eigenen Volk. Das Thema war ihm unangenehm, und er versuchte ein anderes zu finden, doch Komano kam ihm zuvor: „Was für eine Art Sklave warst du denn, Haratin? Hausnigger oder Feldnigger?"
„In Mauretanien ist das so", begann Haratin, „es gibt verschiedene Sorten. Bist du ein Esclave domestique, du musst alles machen für den Patron, doch Monsieur Bubakar[57] sagt, das ist verboten. Besser ist natürlich, wenn man ein Esclave administratif ist, dann arbeitet man für die Republik und der Patron bekommt Geld und ich auch etwas. Noch besser ist Esclave moderne. Man ist Chauffeur, oder so etwas. Man bekommt sogar ein Papier mit einem Bild. Wenn ich lange genug bleiben würde, ich wäre bestimmt ein Esclave moderne geworden. Aber dann sagte der Patron, dass er mich verkaufen will wie meinen Bruder und zwar an Saudis zum Reiten bei Kamelrennen. Da bin ich zu Monsieur Bubakar."
„In Spanien ist alles anders", sagte Henry der Senegalese, „ich weiß das, war schon mal da. War gar nicht so einfach, dahin zu kommen. Erst habe ich drei Jahre in Tanger gewohnt, am Cap Malabata, immer Spanien vor den Augen. Das Schlimme war, immer wenn ich genügend Geld zusammen hatte, kam etwas dazwischen. Achtmal bin ich verhaftet worden, Gefängnis, Ausweisung, Guelmin, Oujda, Westsahara, immer wieder zurück.
Dann habe ich es in zwei Jahre lang in Mellila versucht. Ein Marokkaner gab mir den Tipp zu schwimmen. Er hat mir auch eine Schwimmweste gekauft. Fünf Stunden lang bin ich geschwommen, um die Eisengitter herum auf die spanische Sei-

[57] Präsident der mauretanischen Antisklavenbewegung

te, Hurra, hab ich geschrieen und mich gemeldet. Nach zwei Wochen haben sie gesagt, sie wollen mich zurück bringen, da bin ich ausgerissen, zum Hafen runter. Es gab eine Razzia in der Nacht, Schreien, Rufen Hundebellen, Kommandos, doch sie haben mich nicht gefunden.

Ich habe mich in einem Container versteckt, Spedition Merida, Malaga – Melilla, zwischen Postsäcken und Paketen. Ich weiß nicht mehr wie lange. Jedenfalls geht die Fähre abends um 11:00 von Melilla ab. Am anderen Morgen war ich in Malaga.

Meine Schwester wohnt in Malaga, der Hafen war bewacht, ich habe mich auf einem Segelschiff, der Amerina Stockholm versteckt und bin nachts raus in die Stadt. In Malaga hing noch der Weihnachtsschmuck in den Bäumen an den großen Straßen.

Ich traf ein paar von meinen Leuten und meine Schwester. Wir haben Schnitzereien aus dem Senegal verkauft, made in China. Mit so etwas kannst du reich werden in Malaga. Meine Schwester hatte mir geschrieben: „wenn du clever bist, kannst du hier zwei Jahre lang leben ohne aufzufallen. Wenn du dann erwischt wirst, nimmst du Asyl und hast noch mindestens ein Jahr, bis sie dich abschieben."

Die Guardia Civil ist nur am Tag auf den Straßen, also musst du abends arbeiten. Dann sitzen sie auf den Ramblas an ihren Tischen und essen: Italiener, Engländer, Deutsche, Schweden und natürlich Spanier. Die halbe Welt kommt nach Malaga. Du gehst hin und bietest dein Zeugs an. Wenn sie nicht kaufen, gehst du um die Ecke, gibst das Zeug deinem Freund und der versucht es. Aber es gibt auch Musiker und Gitarrenspieler. Die gehen von Tisch zu Tisch und betteln. Aber trotzdem, Malaga ist schön, alles ist grün.

Eines Morgens bin ich über die Paseo Espania. Sie haben so komische Ampeln. Wenn die Ampeln grün sind, läuft ein grünes Männchen in dem Ampellicht.

Ich bin über die Straße, und plötzlich blieb das Männchen stehen und war rot. Ich blieb auch stehen, so überrascht war ich. Autos haben gehupt und sind einfach losgefahren und ich

stand mitten auf der Straße. Die Guardia Civil hat mich dann festgenommen, und so bin ich zurück nach Marokko. Den Rest kennt ihr."
„Wir haben alle weite Wege", meinte der Journalist aus dem Tschad, „als ich über das Erdölprojekt geschrieben habe, musste ich fliehen. Ich kam über Agadez, Arlit, Tamanrasset, zurück nach Agadez, nach Mali, wieder nach Algerien, Schutzzölle, Steuern, Kommissionen, 2000km zu Fuß, viermal überfallen, dreimal in der Wüste ausgesetzt, 2 mal verprügelt, 1 mal im Gefängnis, gehungert und gedurstet, aber jetzt, jetzt geht es nach Europa. Wenn ich auch nur den Zipfel von Teneriffa zu packen bekommen, lasse ich nicht wieder los."
„Du kannst besser in Spanien am Strand Nippes verkaufen, als in Afrika auf Regen warten", sagte der Pastor aus Tansania, „wenn du gerade lesen willst, wird der Strom abgeschaltet. Du machst dir eine Anlegestelle am See um zu fischen, am anderen Morgen ist der See nicht mehr da. Der Viktoriabarsch kann nur überleben, wenn Gott ihm Füße wachsen lässt und wir werden nur überleben, wenn man uns mit der Mangrove kreuzt, damit wir Salzwasser trinken können."
„Schwarze Mangroven, ha, ha", Henry lachte, der Pastor lachte, alle lachten, man redete durcheinander.
„Man müsste Zisternen bauen, Regen gibt es mehr, als wir trinken können."
„Wasser ist genug vorhanden, schau dich nur um."
„Wenn man in der Regenzeit das Wasser auffängt, so reicht das, um alle zu versorgen."
„Wasser und Geld sind auf dem Globus genug vorhanden, doch es ist nicht richtig verteilt."
„Schwarze Mangroven, die Salzwasser trinken und von Scheiße leben können."
„Und dabei nicht aus dem Hals stinken."
„Aber das wäre doch egal."
„Und die Weiber aus Holland, der Schweiz, aus England?", warf Edmund ein, „alle wollen ihren Rastamann. Aber er darf nicht aus dem Hals stinken, selbst wenn Madam 70 ist."

„Stimmt", sagte Henry, „wenn du so eine erwischst, hast du ausgesorgt." Er strich sich gedankenverloren über den Bauch: „Hey, Alima, wo bleiben unsere gebackenen Bananen?"
Alima saß im Heck neben Charles und gab Adas Baby die Flasche. Chike spielte ein Würfelspiel mit Fatou der Sudanesin, die niemandem in die Augen sah und unbequem zwischen Spant und Kielschwein saß, das Knie unter sich. Sie hatte Alima leise von Reitermilizen erzählt, den Janjaweed, die Dörfer überfielen und die Frauen vergewaltigten. Eine Frau wurde dann aus der Familie ausgestoßen. Oft habe man die Frauen vor den Augen ihrer Familien, ihrer Männer, ihrer Kinder vergewaltigt und die Janjaweed hatten dabei gesungen: Ihr seid nur Sklaven und unsere Diener.
Eine Frau die vergewaltigt worden sei, könne nicht mehr in ihrem Dorf leben, sie würde ausgestoßen und müsse verhungern und verdursten, denn man ließe sie nicht mehr an die Brunnen. Nein, ihr sei das nicht passiert, hatte Fatou gesagt, sie wäre geflohen, damit es nicht passiere.
Alima hörte zu, munterte auf und verschwieg, dass sie das Fatous Schicksal erahnte.
Alima war bestens gelaunt. Es war so einfach, nach Europa zu kommen. Sich ins Boot setzen und zehn Tage Geduld haben. In Spanien würden Charles und sie Arbeit finden, sie würde Adas Baby für das ihre ausgeben und man würde sie nicht ausweisen. Sie würden eine gute Ehe führen, nicht wie in Kano, sondern gleichberechtigt wie die Gazellen, die gleich lange Hörner trugen. Alima atmete die Seeluft ein. Sie war frischer als in Tanger, mehr nach Freiheit und rein und klar. Alima reichte das Baby an Fatou weiter und machte sich mit Pat und Dalmar daran, Reis zu kochen.
Am anderen Morgen bekam der lustige Henry Koliken. Er krümmte sich vor Schmerzen, als er sich auf den Kübel setzte. Sein Stuhl war milchig weiß.
„Er hat die Cholera", stellte Asad fest, „wir haben kein Mittel dagegen, außer Wasser. Er braucht zehn Liter am Tag um das Bakterium auszuschwemmen. Charles, hast du gehört?"

Charles teilte Henry eine große Menge Wasser zu. Andere murrten darüber: „Wir haben nicht genug, wenn er zehn Liter am Tag bekommt. Er bekommt viermal mehr als wir und wir werden dursten müssen."
Henry sagte nichts, doch aus seinen Augen grellte die Angst. Er nahm das Wasser, und wenig später hatte es seinem Körper durchlaufen und landete spritzend im Kübel. Die anderen setzten sich so weit es ging von dem Kübel weg.
Ab Mittag blieb Henry auf dem Kübel sitzen und verließ ihn erst am Abend. Es schien ihm jetzt etwas besser zu gehen und er versuchte ein Lächeln: „Ich gehe bestimmt wieder nach Malaga", sagte er leise, „alles ist beleuchtet, alles ist aus Marmor, Glas und silbrigem Stahl."
Nach dem Abendimbiss aus Reis und Soße zeigten Haratin, Edmund, Dalmar und der Journalist die ersten Symptome der Cholera. War der Kübel besetzt, hingen sie mit dem Hintern über der Reling, von einem Kameraden am Arm gehalten.
In der Nacht fiel Henry bei einem solchen Manöver außenbords. Er schrie um Hilfe, doch sein Kopf verschwand in den Wellen und seine Rufe schienen mal von vorn, mal von hinten zu kommen.
Sie suchten, fuhren im Kreis, leuchteten mit den Taschenlampen das Wasser ab und Henry schrie. Sie fuhren erneut im Kreis und leuchteten. Jetzt schien Henrys Ruf von der anderen Seite zu kommen. Sie wendeten.
Sie suchten nach ihm solange sie in hörten, drei Stunden lang. Dann gaben sie die Suche auf und nahmen wieder Kurs auf.
„Er konnte gut schwimmen", sagte Haratin, der jetzt auf dem Kübel saß, „sonst hätte er nicht so lange geschrieen, und ich? Ich kann überhaupt nicht schwimmen."
Am anderen Morgen hielten sie eine kurze Andacht. Der Pastor las aus der Bibel und schloss mit den Satz: „Gott hilft denen, die zu ihm beten und an sich glauben. Er schuf das Meer, wir die Cayucos. Er erfand die Frauen und wir die Liebe. Er gab uns Lehm, wir bauten Häuser."

„Gott schuf die Windstille“, ergänzte Charles, „und Johnson den Außenborder, Amen.“
Tabari notierte in seinem Tagebuch: Der Pater ist sauer, weil Charles seine Autorität nicht anerkennt. Charles verteilt Wasser, doch Asad meint, es würde nicht helfen. Wenn noch drei oder vier weitere die Cholera bekommen, sind unsere Kanister in zwei Tagen leer, und was dann nicht an Cholera vertrocknet wird verdursten.

*

Die Wandring Africa ächzte schwerfällig durch die Wellen. Der armdicke Wasserstrahl füllte das Boot rasend schnell. Schon stand Seewasser fünf Handbreit hoch im Boot und die Vorräte schwammen. Otman versuchte zu stopfen, doch der Wasserdruck presste die Lappen immer wider heraus. Das Leck im morschen Holz wurde ständig größer. Je mehr Otman stopfte, desto größer wurde es.
Am Bug lenzten Gaston und Kebba abwechselnd mit dem Kübel. Einige rissen sich die Pullover vom Leib, saugten mit ihnen Wasser auf und wrangen sie über der Reling aus. Andere saßen auf der Reling und lamentierten.
„Rufe Charles an“, schrie Kebba zu Otman hinüber, „er soll kommen und uns aufnehmen.“
„Ja, richtig“, riefen einige, „Charles hat das größere Boot. Er muss uns retten. Ruf Charles an!“
„Ich sehe nirgendwo ein Boot“, schrie Otman zurück, „während er erneut einen Lappen in das Loch am Boden stopfte, „und ich kann keine Position machen. Das GPS liegt im Wasser. Wir müssen das Wasser stoppen und lenzen. Dann das GPS trocknen.“
„Ich stelle mich auf die Lappen“, rief Jesus der Guerilla dazwischen und bohrte die Hacke auf den Pfropfen. Der Strahl war gestoppt, doch Jesus stand bis zum Knie im Wasser.
Sie brauchten drei Stunden, das Boot zu leeren. Otman und Kebba machten Bestandsaufnahme. GPS, Handys, Batterien

und Akkus waren nass und funktionierten nicht mehr. Ein Teil der Vorräte war verdorben, einige beim Lenzen über Bord gegangen.

„Wie lange wollt ihr mich hier stehen lassen“, murrte Jesus, der noch immer am Ruder stand, den Fuß auf dem Dichtungspfropfen gedrückt.

„Ich komme“, sagte der einarmige Gaston und nahm Jesus Stelle ein, „die Füße haben die mir gelassen, alle beide. Aber lasst mich hier nicht zulange stehen.“

„Wir werden es irgendwie abdichten müssen“, antwortete Otman, „Vorschläge!“

Er diskutierte mit Kebba, Jesus und Robert und fluchte innerlich. Wie gerne hätte er jetzt einen Kerl wie Abdurahman dabei gehabt.

Schließlich legten sie Ölzeug über das Loch, deckten einen Reissack darüber und klemmten diesen mit einem Ruder fest. Am Reissack vorbei sickerte noch immer das Wasser, doch nur sowenig, dass ein einzelner Mann es wegschippen konnte.

Otman wischte sich den Schweiß von der Stirn und nahm wieder Kurs auf. Es war also auch ohne Amulett gegangen. Vielleicht gab es auf dem Meer auch keine Geister. Konnten Dschinoun überhaupt schwimmen? Er dachte noch darüber nach, als Jesus fluchte: „Verdammt! Ihr habt den einzigen Sack Reis zum Abdichten gebraucht.“

„Der Sack bleibt liegen“, bestimmte Otman, „Wir essen etwas anderes.“

„Ich mag sowieso keinen Reis“, sagte Gaston, „Meine Eltern waren Reisbauern in Lunsa[58].

„An uns denkst du nicht?“ murrte Jesus.

„Das Brot ist auch hinüber“, sagte Ben, „wenn wir das alles einsparen wollen was über Bord ist, müssen wir zwei Tage hungern.“

„Wir können ja abstimmen“, sagte Otman, „wer will hungern? Wer will den Reissacke vom Loch nehmen?“

---

[58] Sierra Leone, Nähe Freetown

Das Ergebnis war einstimmig. Die Laune an Bord war auch wieder hergestellt. Otman staunte. Es wurde palavert, erzählt und aufgeschnitten.
Otman wandte sich beiläufig an Gaston, wies auf dessen Armstumpf: „"Wie ist denn das passiert?"
„Damit ich die Grammar Scholl besuchen konnte, hat Vater mich zu einem Onkel nach Freetown geschickt. Ich musste viel arbeiten, kochen, putzen, Cousin und Cousinen versorgen und nachts lernen für die Schule. Hab einen tollen Abschluss hingelegt. Dann, ein halbes Jahr später ist es passiert. Da haben die Kinder von Papa Charles mich kurzärmelig gemacht. Mit einem Arm bist du nichts in Afrika. Aber ich bin noch gut dran. Ich kann mir noch selber den Arsch abwischen."
„Glaubst du denn, in Spanien würdest du besser klarkommen?"
„Ha, ich war doch schon in Spanien. Hab zwei Jahre Maniok ohne Ende verdient, oh Mann und dann, Abschiebehaft, kostenloses Flugticket nach Freetown, doch in einer Woche bin ich wieder in Spanien."
„Sobald wir auf dem Festland sind, gehe ich nach Italien", sagte Moussa der Senegalese, „die Spanier sind unfreundlich, sie mögen uns nicht."
„Die Spanier sind doch einfach", widersprach Gaston, „wenn du einem Spanier auf die Füße trittst, dann sei freundlich, entschuldige dich, jammere solange über das Missgeschick bis er lacht. Bei rassistischen Sprüchen verstehst du plötzlich kein Spanisch und du fragst: Excusar a señor, yo no te entendía. Er wird seinen Satz nicht wiederholen."
„Spanisch werde ich nie lernen", antwortete Moussa, „es klingt wie Steine in der Maniokpresse."
„Ha, ha, Steine in der Maniokpresse. Der Witz ist gut. Hey, habt ihr das gehört? Spanisch ist wie Steine in der Maniokpresse."
Otman lachte nicht mit. Der Außenborder lief schon eine ganze Weile unruhig und die Fehlzündungen nahmen zu. Das Ding lief schon seit 50 Stunden.

Otmans Blick ging zum Himmel. Das Wolkenbild war düster geworden. Otman tastete erneut nach seinem Amulett. Wieder überlief es ihn heiß. Ach, Unsinn, sagte er sich dann. Alles Aberglauben. Ich muss nur alles richtig machen, dann können die Geister mir nichts anhaben.
„Holt die Plane aus dem Bug“, befahl er dann so schroff, als wolle er die Dschinoun vertreiben, „es gibt ein Unwetter. Moussa, Robert, die Plane. Kebba, Ben und Jesus! Packt mit an, wir tauschen den Außenborder. “
„Aber er läuft doch noch“, protestierte Jesus.
„Schau mal in den Himmel. Wenn er im Unwetter ausfällt, dann haben wir ein Problem. Wir tauschen jetzt aus. Basta.“
Das Auswechseln dauerte nur wenige Minuten. Sie packten den Motor zu dritt, lösten die Schrauben und zogen das Triebwerk ins Boot.
Gerade als sie den zweiten Motor von Klemmbrett lösen wollten, legte sich das Boot schräg. Die beiseite gelegte Maschine kippte um. Die Pinne hakte sich hinter Otman Jacke und riss ihn über die Reling und hinab in die Tiefe. Otmans Schreckensruf verging in einem Gurgeln. Helfende Hände streckten sich nach ihm aus, doch er kam nicht wieder an die Wasseroberfläche.

*

Auf der Flying Africa hatten inzwischen vier weitere die Cholera und für die Gesunden wurde Wasser rationiert. Die Kranken mussten sich vorn im Bug aufhalten. Asad wollte es so. Er ordnete auch an, dass die Gesunden und Kranken unterschiedliches Trinkwasser nahmen und dass man sich die Hände, wann immer nötig gründlich mit Seewasser reinigte. Haratin lag im Bug und litt und redete:
„Asad, kann ein Flusspferd unsere Boot umkippen?“
„Es gibt hier keine Flusspferde.“
„Aber hier ist viel Wasser und wo es Wasser gibt, da gibt es auch Flusspferde.“

„Es ist Salzwasser, überall um uns“, antwortete Asad, „mach dir keine Sorgen. Es wird alles gut.“
„Es gibt hier jede Menge Haie. Sie werden uns fressen wie sie Henry gefressen haben. Was meinst du? Fressen sie zuerst die Eingeweide? So wie Wildhunde?“
„Sie fressen zuerst die großen Muskeln. So wie die Löwen.“
„Hört auf mit dem Gequatsche!“, rief Alima, „es ist ein verdammtes Gequatsche. Sag es ihnen, Charles! Sie sollen den Mund halten.“
„Ihr habt gehört?“, sagte Charles.
Adas Baby war durch Alimas energische Stimme wach geworden und begann zu schreien. Pat tröstete es. Alima bereitete ein Fläschchen, doch das Kind ließ sich nicht beruhigen, und schließlich weinte auch Chike.
Einer der Flüchtlinge lachte: „Mister Hawkins hat für diese Woche den Weltuntergang vorausgesagt.“
„Wer ist Mister Hawkins?“
„Der Referent des House of Yahweh. Er ist ein Heiliger. Zumindest hat er uns das immer erzählt. Und er hat Geld gesammelt.“
„Tabari“, stöhnte einer der Kranken, „du wolltest doch etwas schreiben. Schreibe, Monrovia ist ein schwüles Dreckloch, vermoderte Taylorbaracken ohne Wasser, Strom, du musst von Glück sagen wenn du über die Straße kommst ohne erschlagen zu werden. Es gibt welche, die haben einen Kühlschrank und der ist voll mit französischem Käse, Thunfischkaviar, und Lachspastete, sie wohnen mit Meerblick. Dort leben sie hinter Betonwänden mit hohen Stacheldrahtverhauen. Sie nennen sich UN-Angestellte, Wahlbeobachter. Wenn von denen Interviews im Fernsehen laufen, sprechen sie zuerst darüber, dass die Kantine funktioniert. Bist du Liberianer, verdienst du vielleicht 30$, doch wenn du Geld hast, bekommst du alles, lege 3000$ hin und du wohnst klimatisiert, leg noch 1500$ drauf und du hast Internetanschluss. Alles gibt es für Geld. Doch das hat Taylor mit nach Nigeria genommen.“

Am Abend schrieb Tabari in sein Manuskript: Das Baby hat nicht mehr aufgehört zu schreien, bis es tot war. Auch der Kongolese war plötzlich tot. Er ist wortlos gestorben. War einfach weg. Sie haben die beiden über Bord geworfen und der Pastor hat wieder ein paar Gebete gesprochen. Diesmal hat Charles keinen Witz gemacht. Etwas später konnte man Dreieckflossen sehen und alle haben weggeschaut. Mein Tagebuch wird immer dicker und einige Geschichten habe ich schon gesammelt. Jetzt setze ich mich zu Asad. Er kommt aus einem Nomadenvolk wie ich. Er hat mir seine Geschichte versprochen.

„Ich bin nach der Welle aus Somalia geflohen“, erzählte Asad, „Djibouti, Adis Abeba, Sudan, Niger, Agadez, Tanger. In N'Djamena bin ich in eine Demonstration geraten. Vor einem Gebäude standen Menschen. Sie hatten Spruchbänder und Sprechchöre. Plötzlich fielen Schüsse. Es gab eine Panik und ich wollte weglaufen. Dann wurde ich verhaftet. Sie haben mich zusammen mit anderen in ein Erdloch gesteckt, vier Meter tief ausgebaggert und groß genug für 150 Menschen. Dann kamen die Verhöre.“

Asad durchlebte noch einmal die schlimmsten Stunden seines Lebens, als er an die Verhöre zurück dachte, erlebte einmal mehr die Willkür eines afrikanischen Staates.

„Wie lange bist du bei der CUD?“ fragte der Militär.

„Was ist das?“

„Coalition for Unity and Democracya[1].”

“Ich kenne die Organisation nicht.”

„Wer hat die Demo organisiert?“

„Ich weiß von keiner Demo“, sagte Asad.

„Du warst dabei, also weißt du auch wer organisiert hat.“

„Ich bin aus Somalia.“

„Du hast keinen Pass. Woher soll ich wissen ob du aus Somalia bist?“

„Ich spreche nur schlecht Ihre Landessprache.“

---

[1] Koalition für Einheit und Demokratie

„Aber du sprichst sie.“
„Aber ich spreche nicht gut.“
„Du kannst dich verstellen.“
„Ich verstelle mich nicht, hören sie, ich habe alles verloren, durch die Welle, ich will nach Europa.“
„Und da kommst du hierher um zu demonstrieren.“
„Ich habe nicht demonstriert.“
„Wer sind die anderen?“
„Ich kenne niemanden von denen.“
„Du bist seit drei Tagen im Loch und weißt nicht wer bei dir ist? Ihr redet doch den ganzen Tag, man hört euch schnattern.“
„Ja. Aber wir reden nur.“
„Erzähl mir von den anderen!“
„Einer ist Journalist, einer ist Student, mehr weiß ich nicht.“
„Du bleibst einstweilen hier. Wenn dir einfällt wie du heißt und wie die anderen heißen, dann kann ich vielleicht etwas machen.“
Anschließend kam Asad in eine Zelle zusammen mit 24 anderen. Ein Eimer für die Notdurft, ein Teller, ein verbogener Löffel. Einmal am Tag, die Zeit war unbestimmt, kamen die Kalfaktoren und füllten die Teller mit Brei. Einmal gab es Reis mit Fleisch, das aussah, als ob es bereits einmal gegessen worden wäre. Seine Mitgefangenen waren Studenten, Lehrer, ein Journalist.
Der Journalist zog an seiner Hose: „sie haben mir den Gürtel weggenommen“, er lachte, „damit ich mich nicht aufhänge.“
„Du kannst meinen haben“, sagte der Lehrer, „aber nur wenn du ihn wirklich brauchst.“
„Was ist mit dir? Du sagst ja gar nichts.“
„Ich bin Somalier.“
„Und hast mit uns demonstriert.“
„Scheint so.“
„Scheint so, scheint so. Ist ja auch egal wo du in Afrika demonstrierst. Es ist überall richtig.“
„Ist ja auch egal wo ich im Gefängnis sitze. Nelson hat es jahrelang ausgehalten.“

„Haha, die südafrikanischen Gefängnisse waren ja auch die Besten."
„Ich hätte lieber ein europäisches Gefängnis."
Zwei Tage später befand sich Asad, zur Zwangsarbeit abkommandiert, marschierend zwischen den Fahrzeugen eines Militärkonvois. Jeeps mit durchlöcherten Kotflügeln und aufgepflanzten Maschinengewehren fuhren langsam eine Straße entlang. Zwischen den Fahrzeugen marschierten zerlumpte Gestalten, manche in Kampfanzügen. Der Konvoi hielt vor einer Stadt. Am Stadtrand hoben Bagger Gruben aus. Ein Soldat rief Kommandos und Gefangene gingen an einen LKW, nahmen Leichen herab und warfen sie in die Gruben. Schaulustige, Frauen und Kinder standen am Straßenrand,
„Hey du", rief einer der Soldaten, „muss ich dir Beine machen?"
Asad sah auf und begriff plötzlich, dass er gemeint war und er packte zögernd einen Toten an den Beinen, doch der Soldat zeigte auf einen der Pickups.
„Take it away."
Der Fond des Fahrzeuges lag voller Waffen: Maschinenpistolen, Handgranaten, Schnellfeuergewehre verschiedener Fabrikate. Asad musste sie auf den Boden legen und ordnen wie eine Strecke erlegten Wildes. Weitere Fahrzeuge kamen und brachten Tote.
In einiger Entfernung stand ein Wagen mit der Aufschrift:
„Medecins sans Frontieres"
Der Fahrer sprach mit einem Offizier und Asad sah den Militär energisch abwinken.
Der Wagen der Ärzte ohne Grenzen fuhr schließlich davon.
„Was machen sie jetzt mit uns?", flüsterte ein Junge von vielleicht 13 Jahren, der Asad half.
„Ich weiß nicht", sagte Asad, „ich weiß nicht, was das Ganze soll."
„Es ist gestern passiert", sagte der Junge, „wir wollten demonstrieren und da ist es passiert."
„Und die toten Frauen und Kinder?", fragte Asad.

„So etwas passiert“, sagte der Junge, „es sind die Kugeln. Sie prallen ab, wenn sie auf Eisen treffen oder auf Steine. Niemand hat es mit Absicht getan. Niemand tut so etwas.“
Asad dachte eine zeitlang nach und kaute am Nagel eines verbliebenen Fingers. „Weißt du, Tabari“, sagte er dann, „was soll ich dir noch erzählen? Du hast schon so vieles aufgeschrieben. Ich bin irgendwie aus dem Loch raus gekommen, dann über Agadez auf einem überfüllten LKW. Den Rest kennst du. Jetzt kannst du nur noch notieren, wie es mit uns weitergeht.“
„Mein Vater hat gesagt, in Afrika war das Paradies.“
„Das ist aber lange her.“
„Er hat auch gesagt, dass es zurückkommt.“
„Bis dahin gibt es unsere Art nicht mehr.“
Am anderen morgen schrieb Tabari in sein Tagebuch: Zwölf Mann haben jetzt die Cholera. Als die Sonne aufging, konnten wir sehen, wer tot war. Es waren Komano und Haratin und Fatou und noch drei andere. Wir haben Komano seine Gitarre mitgegeben. Wir waren alle sehr traurig, denn Komano konnte so schön singen. Auch über Haratin waren wir traurig. Der Esclave moderne hat gekämpft. Die ganze Nacht trank er Wasser und brachte es wieder zum Kübel. Er war tapfer wie ein Mungo, doch schließlich hat ihn doch die Kobra gebissen.

*

In Nouakchott wurde die Schlange vor dem Ärztecamp von Tag zu Tag kürzer. Nur noch wenige lagen in Quarantäne, und es gab keine Cholerasterbefälle mehr. Ärzte und Helfer atmeten auf.
„Ein paar Tage noch, dann kann das Camp abgebaut werden“, sagte Hartfield eines Morgens zu Elias, „Wir nehmen nicht viel mit zurück. Die Wasseraufbereitungsanlage schenken wir dem mauretanischen Ärzteteam. Die Medikamente lassen wir auch hier. Ich habe das natürlich mit London abgestimmt.“

Hartfield brach ab und blickte Elias nachdenklich an: „Sie hören ja gar nicht zu."
„Ich habe nichts gehört", antwortete Elias, „acht Tage lang keine Nachricht. Sie müssten längs angekommen sein. Ihr Wasser geht zu Ende, selbst wenn sie sparsam waren. Auch dürfte vorgestern oder gestern ihr Proviant ausgegangen sein."
„Ich habe gelesen", begann Hartfield, „ein Kamel hält sieben Tage ohne Wasser aus."
„Auf den Booten sind Menschen, keine Kamele", sagte Elias heftiger als beabsichtigt.
„Sie können nichts ändern", sagte Hartfield, „es ist fatal wie ihre Landsleute in den Tod gehen. Es ist doch bekannt: jeder dritte geht dabei drauf."
„Danke! Sie haben mir sehr geholfen."
„Sorry", sagte Hartfield, „war blöde von mir."
„Mathematisch haben sie vollkommen Recht", entgegnete Elias, „80 sind unterwegs, also werden 55 Menschen ankommen."
Elias hatte in den letzten Tagen die Nachrichten minutiös verfolgt. Täglich meldeten die Medien die Ankunft neuer Migranten auf Lampedusa, Malta, Sizilien und auf den Kanaren, doch weder von Otman noch von Charles kam ein Anruf.
Elias überprüfte sein Handy, die SIM- Karte und die Akkus und rief sowohl auf Charles, als auch auf Otmans Handy an, doch er hörte immer nur die Ansage. Mehrmals sprach er Nachrichten auf die Mailboxen: „Hier Elias, ich mache mir Sorgen. Meldet euch!"
Täglich ließ er sich von einem Zeitungsjungen die Gazetten Mauritanian Newspaper und Journaux Mauretanien bringen und suchte Artikel über Flüchtlinge. Er las sie alle in der Hoffnung, Hinweise zu finden: Die Hilfsorganisation Médicos del Mundo meldete, ein Boot sei auf den Weg zu den Kanaren an Marokkos Küste gestrandet, man habe die Männer festgenommen und an der mauretanischen Grenze abgeschoben. Die Bootsflüchtlinge seien in der Wüste Sahara ausgesetzt worden, einer verdurstet. Elias rief daraufhin bei der Médicos del

Mundo an, und man gab ihm die Namen der Flüchtlinge durch. Es war kein bekannter Name dabei. Elias suchte weiter in den Zeitungsartikeln und alle Schlagzeilen, gleich welcher Art, schienen plötzlich etwas mit seinen Freunden zu tun zu haben: Ein Rudel Löwen, so genannte man eater, hatten in Kenia vier Kinder getötet. Konnte es an Bord zu Kannibalismus kommen?
Jeder zweite stirbt bei der Todesfahrt zu den Kanaren, berichtete eine französische Zeitung. Wenn das stimmte, so würde die Hälfte seiner Freunde sterben, zuckte es durch Elias Hirn, jeder Zweite, jeder Zweite, jeder Zweite!
Mauretanien erhält 2,5 Millionen Euro von der EU für Maßnahmen gegen den Flüchtlingsstrom. Wo war die Menschlichkeit der Europäischen Staaten?
Verstärkte Überwachung der See- und Landgrenzen durch europäisches Militär. Wollte man Afrika einmauern? Den drittgrößten Kontinent des Erdkreises durch Wirtschafter und Banker aussaugen und seine Menschen am Grenzzaun verhungern lassen?
Eine Schlagzeile des Figaro traf Elias in die Seele: 28 Flüchtlinge bezahlten den Traum vom Leben mit dem Leben! Elias verschlang den Artikel: Die Migranten waren mit einem Cayuco von Nouadhibou aus gestartet. Vor der westafrikanischen Küste war ihr Boot von der Bugwelle eines Tankers erfasst worden und gekentert. Nur noch 12 Personen waren von einem Fischkutter aufgenommen worden. Die Männer waren vierzehn Tagen unterwegs gewesen. und.... Hier hörte Elias auf zu lesen. Es konnten nicht seine Freunde gewesen sein. Die waren erst seit acht Tagen unterwegs.
Das bestätigte jetzt auch Hartfield. „Acht Tage“, beschwichtigte er, „noch ist nichts verloren. Sie werden sehen, Elias, die melden sich in den nächsten Tagen, vielleicht schon in den nächsten Stunden. Und jetzt wechseln wir einmal das Thema, damit sie auf andere Gedanken kommen. Ich habe mit London telefoniert.“
„Das sagten sie bereits.“

„So?“, fragte Hartfield, „auch, dass ich Ihre Einstellung erreicht habe? Ihre ordentliche Einstellung bei Med Int?“
„Sie wollen mich doch nicht veralbern?“
„Ich will mich bescheißen wie ein Cholerakranker wenn ich lüge. Sie, Elias Justin, sind Mitarbeiter der Med Int und wir beide, Sie und ich, haben unseren ersten offiziellen Auftrag. Laut Auftrag der WHO sollen wir die Trinkwasserversorgung in Nouadhibou unter die Lupe nehmen, damit nicht noch einmal eine Katastrophe entsteht wie hier. Morgen brechen wir auf.“
„Ich weiß nicht ob ich weinen oder lachen soll“, antwortete Elias, „so eine Gelegenheit, doch ich freue mich nicht. Wenn ich wüsste, dass die Boote angekommen sind, ich glaube, dann könnte ich mich freuen. Sonst könnte ich mich wohl nie wieder freuen.“
„Was glauben sie, wo ihre Freunde jetzt sind?“
„Auf dem Meer.“
„Auf welchem? “
„Natürlich vor den Kanaren.“
„Worauf warten sie dann noch? Dort hängen die Karten, dort ist das Telefon, wir haben E Mail, Fax, Handys. Rufen sie die Capitainerien an, schreiben sie an die Nachrichtenagenturen, informieren sie alle Schiffe in der Umgebung. Noch ist nichts verloren.“
Die kommenden Stunden verbrachte Elias damit, Nachrichten über die beiden vermissten Boote zu verbreiten, ihre Bootsnamen, ihre Aufbauen, ihre Ausrüstung, ihre Besatzung, deren Namen und deren Handynummern. Er informierte alle Häfen und gab ein Mayday Relay über den Kanal sechzehn. Auf Teneriffa erreichte er die Rettungswacht, und der wachhabende Offizier versprach seinerseits, die Mannschaften der Seerettung, die Helikoptercrew von Palma, alle Fischer und die Ausflugsboote Shogun und Peter Pan zu informieren.
Gegen zwölf legte Elias endlich das Telefon beiseite. Mehr, da war er sicher, konnte er nicht tun, und so ging er anschließend

daran, zu packen und die Ausrüstung für den Einsatz in Nouadhibou zusammen zu stellen.
Er war gerade dabei, den Jeep zu beladen, als der Zeitungsjunge die neuesten Nachrichten der internationalen Presse brachte. Die folgende Schlagzeile war allen Zeitungen gemein: Die Menschrechtsorganisation Journalisten ohne Grenzen zeichnet Frank Talk mit dem Friedenspreis des Jahres 2006 aus.

*

Die Wandring Africa trieb seit drei Tagen in der offenen See, nachdem der zweite Motor ausgefallen war. Kebba hatte nach Otmans Tod das Kommando übernommen und machte den Standort. Das GPS zeigte: 27° N, 30 Min; 17° W, 20Min. Mit bloßem Auge sah man am Horizont den Teide.
Seit der ersten Sicht telefonierte Kebba, versuchte die Capitainerie von Los Cristianos zu bekommen, doch es war entweder besetzt, oder er hörte das Freizeichen.
Der Proviant war seit drei Tagen aufgebraucht, das Wasser seit vorgestern. Sie litten unter dem Durst und der erbarmungslosen Sonne.
„Wasser ist kostbar", sagte der Namibier, „sehr, man muss es machen wie der Schwarzkäfer. Er stellt sich auf den Kopf in den Wind, und die Feuchtigkeit der Luft kondensiert an seinem Rücken, und sie fließt hinab und direkt in sein Maul."
„Dann stell dich doch auf den Kopf", sagte Ben gleichgültig.
„Graslandbantu", erwiderte der Namibier verächtlich.
Am folgenden Morgen versuchten sie, den Tau mit der Abdeckplane zu sammeln. Die wenigen Tropfen reichten jedoch nicht einmal für einen, geschweige den für 35 Menschen. Sie gaben trotzdem erst auf, als die Sonne zu brennen begann.
Mittags sahen sie ein Containerschiff und sie winkten, doch ihr Boot war von den Brücken solcher Schiffe kaum auszumachen und mit Radar nicht zu erfassen.

Sie sahen an diesem Tag noch ein Kreuzfahrtschiff und einen Tanker und jedes Mal sank ihre Hoffnung auf Hilfe. An Bord machte sich Lethargie breit. Einige wurden aggressiv.
Kebba selbst hatte Fieber und sein Fuß, der schon seit dem Marsch durch die Hamada geschwollen war, hatte eine offene, entzündete Wunde. Doch Kebba biss die Zähne zusammen und unterdrückte Schmerz und Furcht. Stündlich kontrollierte er den Standort, und jedes Mal waren sie etwas weiter westlich abgetrieben.
Teneriffa lag zum Greifen nahe und war doch unerreichbar. Die wenigen Seemeilen hätte ein Schwimmer in wenigen Stunden zurücklegen können, doch der einzige der schwimmen konnte war Kebba. So dümpelten sie in den Abend hinein und einigen wurde erneut übel. Aus dem Hafen fuhr die letzte Fähre nach Gomera hinaus. Sie winkten, doch sie hatten keine Chance, gesehen zu werden und die Fähre verschwand am Horizont.
Kebba versuchte immer noch zu telefonieren, doch inzwischen zeigte der Akku eine miserable Spannung. Irgendjemand gab ihm eine Nummer vom spanischen Forum für Integration, dort sei ein Bekannter, doch auch hier blieb er ohne Erfolg. Es wurde dunkel. Der Mond lag sichelförmig auf dem Rücken und die Lichter der Strandpromenade von Los Cristianos strahlten wie eine goldene Kette auf dem nachtblauen Horizont.
Ein Kreuzfahrtschiff zog mit hell erleuchteten Aufbauten an ihnen vorbei, so nahe, dass sie Gesang aus der Bar hörten und die Essensdüfte der Kombüse zu ihnen herüberwehten. Sie winkten, sie schrieen, gaben Lichtzeichen mit den Taschenlampen, doch niemand schien sie zu hören.
Am anderen Morgen bekam Kebba Kontakt mit dem Forum für Integration. Der Mann fragte nach der Position und versprach, die Hafenbehörden zu benachrichtigen. Die Migranten warteten noch einmal acht Stunden, bis ein Bergeschiff hinaus kam.

Salvamar Alpheratz hieß das Rettungsschiff, das sie vier Seemeilen vor Los Cristianos aufbrachte und in den Hafen schleppte. An der Pier standen Menschen hinter Absperrleinen und schauten neugierig zu den Ankömmlingen. Auch auf der Terrasse des Fährterminals standen schaulustige Touristen.
Der Mann der Kebba aus dem Boot half, trug Gummihandschuhe und Atemschutzmaske. Fotoapparate klickten, im Hintergrund lag der Teide und es roch nach Rosmarin und gebratenem Reis mit Safran.
Kebba war wie betäubt, doch er lächelte: endlich in Europa, er wusste kaum, wie ihm geschah.
So humpelte er mit gesenktem Kopf einem Mann hinterher und sah nur noch das rote Kreuz auf dessen Rücken. Man brachte sie in eine Traglufthalle, gab ihnen Wasser und Brote.
Draußen im Hafen simulierte ein Boot der Guardia Civil das Aufbringen von Flüchtlingsbooten, und am Kai gegenüber hob ein Kran Kebbas Cayuco aus dem Hafenbecken und legte es auf einen Stapel anderer Holzboote. Einige davon waren auseinander gebrochen, dazwischen lagen Kleidungsstücke, Rettungswesten, Propangasflaschen und Reste von Nahrungsmittelpaketen, Reis, Hirse.
„Tenías suerte“, sagte der Mann vom roten Kreuz.
„Asyl“, antwortete Kebba, „Asyl.“
Jemand stieß ihn an: „Es hat gesagt, wir haben Glück gehabt.“
„Asyl“, sagte Kebba, „Asyl.“
Sie kamen zum Untersuchungsraum. Der Arzt der Kebba untersuchte, trug Vinylhandschuhe. Er schaute sich Kebbas Fuß an und er machte dies so sorgfältig, dass Kebba es mit der Angst zu tun bekam.
„Was ist mit meinem Fuß?“
„Es sieht böse aus“, sagte der Arzt, „wir werden uns darum kümmern müssen. So kann es nicht bleiben.“
Mit einem Bus transportierte man sie zum Kommissariat Policia Nationale zur Vernehmung.
„Papiere?“, fragte der Offizier.
„Keine Papiere“, antwortete Kebba, „Asyl.“

„Sin Papeles, sin Papeles, Tag für Tag Hunderte sin papeles", schimpfte der Spanier, griff zu einen Kasten mit Zählnummern, klebte Kebba den Zettel auf die Brust und schob ihn weiter.
„Bleib ruhig, Santos", sagte ein anderer Beamter, „das Meer ist ruhig. Da kommen sie."
„Es sind bereits 400", schimpfte Santos, „und der Tag ist noch nicht zu Ende."
„Gestern kamen keine."
„Versucht haben es bestimmt welche", schimpfte Santos weiter, „Moros, Sin papeles, Einparkhelfer, Bettler."
Nachmittags wurden sie erneut transportiert. Polizisten standen Spalier, als man sie mit: „Hopp, hopp", zu bereitstehenden Bussen trieb.
Hinter einer Absperrung standen Touristen und fotografierten.
„No flash", brüllte einer der Beamten ärgerlich und bedeckte sein Gesicht.
Man brachte sie in das Lager La Hoya Fria, bei einer Militärkaserne, kurz vor Santa Cruz. Die Eindrücke waren entsetzlich: Betonmauern, graue Wände, Stacheldraht, Scheinwerfer, Lautsprecher, der Lärm der nahen Autobahn und das Surren der 380 KV-Leitung, deren Trasse das Lager kreuzte.
„Wie lange müssen wir hier bleiben?", fragte Kebba einen seiner Zimmernachbarn.
„Sechs Wochen", sagte Ben, oder war es Jesus der Guerilla? Es konnte auch Gaston gewesen sein, „nach 5 oder 6 Wochen schieben sie dich ab. Wieder nach Afrika, aber die meisten nach Spanien. Wenn sie nicht wissen, woher du kommst, müssen sie dich nach Spanien bringen. Wenn es ein Reklamationsrecht gibt, dann geht die Reise zurück. Aber mich können sie nicht zurück schicken! Ich habe nicht gesagt woher ich komme. Als erstes suche ich mir einen Job, schicke das Geld meiner Familie. Sie haben nämlich kein Geld mehr, alles gespart für meine Überfahrt. Bevor ich nicht alles zurückgezahlt habe, gehe ich nicht heim.
„Ich habe gesagt, ich will Asyl", sagte Kebba.

„Dann musst du sagen, dass du verfolgt wirst. Das ist sehr schwierig. Wenn sie dich fragen wo du geboren bist, dann musst du ein Dorf nennen, wo man die Kinder nicht meldet, dann kann man dir nicht sagen, du wärest dort nicht geboren. Aber wenn du nicht gemeldet bist, so hast du auch keine Schule besucht. Wenn du sagst, du hast eine Schule besucht, so können sie prüfen, ob du tatsächlich eine besucht hast, du musst sagen, es gebe im Dorf keine Schule, wenn du keine Schule besucht hast, dann ist es schwierig zu behaupten, du seiest politisch verfolgt, warum sollte man dich verfolgen, wenn du nicht einmal lesen und schreiben kannst? Wenn du zu einer Partei gehörst die nicht erlaubt ist, z. B. die AU, so kannst du zumindest diese Buchstaben, also kannst du lesen, also musst du als Namen jemanden nennen, den es wirklich gibt, oder den es gegeben hat. Das kontrollieren sie und stellen fest, dass du geboren bist."
Von Charles Boot konnte Kebba niemanden entdecken, und er erkundigte sich nach dem Boot und nach den Leuten, die er namentlich kannte. Danach versucht er Elias zu erreichen, kam jedoch nicht durch. Statt dessen erhielt er eine SMS seines Bruders: Ich gehöre zum Gambia Kontingent der afrikanischen Friedensmission im Sudan, Wüste, Sandstürme, wenig Wasser, eine Ziege kosten zehn Dollar, ich kann mich in Zakawi[59] gut unterhalten, ich vermisse den Gambia und Euch. Es gibt hier viele Kriegsparteien, die SLA[60], die JEM[61] und die Janjaweed. Zehnjährige haben hier chinesische Maschinenpistolen und ziehen in Horden herum. Die Rebellen morden, brandschatzen, vergewaltigen, es gibt Flüchtlingscamps mit zigtausend Menschen. Ich möchte zurück zum Gambia."
Einen Tag später wurde Kebba in ein Hospital gebracht. Man sagte ihm, sein Fuß müsse operierte werden, weil er eine Blutvergiftung habe.

[59] Sudanesischer Stammesdialekt
[60] Sudanesische Befreiungsarmee
[61] Gleichberechtigungsbewegung

Bei der Anästhesie ging etwas schief. Vielleicht lag es an seinem geschwächten Zustand. Er erlitt ein Narkosetrauma und wachte drei Wochen später fußamputiert wieder auf.

*

Auf der Flying Africa waren 28 Flüchtlinge an Cholera gestorben und sie waren noch zu zwölft, unter anderem Charles, ein Kenianer, Burkina Faso, Kinshasa, Asad, Tabari, ein Gambier, ein Malier und der Pastor aus Tansania.
Am Horizont sah man den Pico de Teide mit seiner Schneekappe. Der Berg schien ganz nah, doch der Sprit war Tags zuvor ausgegangen.
In der Nacht haben sich zwei gebissen, notierte Tabari. Es sind Brüder. Dem einen fehlt jetzt ein Ohr. „Brüder“, hat Charles gesagt, „sie müssen sich schon im Mutterleib bekämpft haben wie die Haie. Haltet sie auseinander, einer zum Heck, einer zum Bug.“
Charles versuchte seit Stunden die Capitainerie in Los Cristianos anzurufen, doch er kam nicht durch und inzwischen war der Akku leer, der zweite Akku war nass geworden und er hatte ihn weggeworfen.
„Scheiße“, fluchte Charles, „kein Reis, kein Fleisch, kein Wasser. Wie lange halten wir das aus?“
„Poulet à la moumabe“, sagte der Kenianer, „dazu Reis, vielleicht auch Hirse.“
„Um diese Jahreszeit war schon die Baumwolle gesammelt und gewaschen“, erzählte Burkina Faso, „wenn das Jahr gut war, dann hatten wir satt zu essen und Vater konnte beim Schmied eine neue Hacke bestellen. Meine Mutter hat Agoutis[62] gemästete. Sie hatte viele, bestimmt ein Dutzend. Es ist leckerer als Kamelfleisch.“
„Tabari, willst du noch etwas schreiben?“, fragte der Kenianer. „Ich habe noch zwanzig leere Seiten.“

---

[62] Buschratten

„Meine Mutter hat Möhren angebaut und auf dem Markt verkauft. Da kam die Polizei. Sie haben gesagt, sie darf es nicht. Sie hatte keinen Gewerbeschein. Es ist illegal, die Möhren anzubauen, wenn man keine Lizenz hat und man darf sie nicht verkaufen. Es ist Korruption und Korruption muss man bekämpfen. Meine Schwester ist bei einem Onkel Er ist kein richtiger Onkel und ein Nachbar hat gesagt es wäre ihr Vater. Doch obwohl er der Vater meiner Schwester ist, bin ich nicht sein Sohn und er wollte mich nicht haben. Hier! Das ist meine Mutter." Der Kenianer zeigte das Foto einer Frau beim Maniokpressen.

Wenn nicht ein Wunder geschieht, treiben wir auf den Atlantik hinaus, schrieb Tabari, dort werden wir verhungern und verdursten. Wir zwölf haben die Cholera besiegt, doch die See wird uns fressen und die Sonne brennt uns Brandzeichen in die Haut, erbarmungslos wie ein Sklavenjäger. Einige reden schon wirres Zeug.

„Was soll ich meiner Familie sagen? Sie haben Geld für mich gesammelt, 2000 Euro."

„In Madrid kannst du an einem Tag mehr verdienen, CD verkaufen oder besser noch Viagra."

„Schreib an Vater und an Mutter. Ich studiere jetzt auf Hawaii. Ich werde mich wieder melden sobald mein Handy geladen ist."

Das Boot trieb westwärts und der Teide wurde kleiner und kleiner, bis er am Horizont verschwand.

„Erzähl noch einmal die Geschichte wie du nach Italien gekommen bist", forderte Tabari den Malier auf.

„Die Schnellboote der Guardia Financia patrouillieren vor der Küste, aber sie nehmen Schiffbrüchige nur auf, wenn sie innerhalb der Zwölfmeilenzone sind. Das haben wir geschafft. Dann kamen wir in das Lager Lampedusa. Wir waren auf dem Hof zusammengepfercht. Man konnte sich nicht setzen, weil die Scheiße von den Klos auf den Hof lief. Es gab kein Klopapier, die Spülbecken waren voll gekotzt, die Carabiniere stand mit der MP herum und machten Witze über uns. Schimpfen durfte man nur stumm, sonst bekam man Schläge. Der Mann, der die Personalien aufnahm arbeitete mit Word. Er schrieb den ersten Namen den er hörte: Balunga. Den kopierte er vierhundert Mal. Wir hießen dann Awinga Balunga, Abi Balunga, Betin Balunga, streng nach dem Alphabet. Vierhundert Mann, alle hießen Balunga. Drei Tage später ging der Rücktransport. Ich hatte Glück. Ich habe einem Offizier die letzten 400 Euro gegeben und er hat mich als Asylsuchenden eingetragen."

„Wir heißen alle Balunga." antwortete Tabari.

Der Pastor trank am Mittag Salzwasser, wenig später bekam er Krämpfe und stöhnte den Tag und die Nacht hindurch. Am anderen morgen war er nicht mehr an Bord.

Tabari notierte es, doch seine Schrift war fast unleserlich: Ich fühle mich wie in der Ténéré. Unendlich und blau ist der Horizont, und das Boot ist der Mittelpunkt der Welt. Asad ist tot. Sie haben ihn heute Morgen hinaus geworfen. Er ist sofort untergetaucht. Er ist jetzt frei. Ich wäre gern in Europa gewesen. Vielleicht hätte ich dort meinen Vater wieder gefunden. Doch ich bin so müde. Ich lege mich jetzt ein bisschen schlafen. Aber ich darf nicht lange schlafen. Ich bin der einzige, der noch Kraft hat für das Ruder.

Tabari erwacht am Morgen, den Oberarm um die Pinne des Ruders gelegt. Die Nebelwand im Osten schimmerte rötlich vom Licht der Morgensonne. Tabari zitterte in der Morgenkälte. Seine Kleider waren klamm, doch nicht mit genügend Feuchtigkeit, dass er sie hätte auswringen können um davon zu trinken. Die Sonne kam allmählich hoch, und am Horizont erkannte man die Wolkenbildung einer fernen Insel.

Charles lag mit dem Oberkörper über den Planken. Tabari zog ihn zurück: „Du sollst nicht auch noch ins Wasser fallen."

Auch Kinshasa lag verrenkt über dem Sitzbrett. Tabari zog an seinen Beinen, bis er grade lag.

Noch einige andere lagen auf dem Boot, die Tabari nicht kannte. Wahrscheinlich waren es welche vom Stamm der Kanuri aus der Oase Bilma. Hatte er sie richtig begrüßt, mit dem Fingerschnippen, wie es Brauch war? Er wusste es nicht mehr. Es waren ja Unbekannte, für die ein Imohar nicht mehr als unverbindliche Freundlichkeit hatte. Doch immerhin sollte man alle Menschen ehren, und er würde sie nachher im Sand beerdigen. So hatte sein Vater es ihn gelehrt. Ja, er würde sie nachher im Sand begraben, und Allah würde sie zu sich nehmen und ihre Gebeine sollten nicht von den Füchsen gefressen werden. Nachher, wenn er ausgeruht hatte. Der Marsch durch das Land der Leere war anstrengend. Nachher würde er sie beerdigen. Er lehnte sich zurück um auszuruhen. Ein Vogel flog vorbei und schien ihm etwas zuzurufen. Tabari frohlockte. Das war Moula, der Marabu gewesen. Wo Moula war, dort gab es Wasser. Er war der Vogel des Glücks. Tabari schloss selig die Augen.

Als er erneut die Augen öffnete, stand die Sonne im Zenit und die Thermik einer fernen Insel trieb Wolken in den Himmel. Waren es Wolken? Oder war dort nicht der Arbre du Ténéré, der ihm den Weg zu den Salinen von Bilma wies?

„Vater", rief Tabari, „Vater, was ist das?"

„Deine Phantasie spielt dir einen Streich", antwortete sein Vater, „doch sieh! Dort ist Moula- Moula. Du siehst ihn schon das zweite Mal."

„Was geschieht Vater wenn ich ihn heut noch einmal sehe?"

Doch sein Vater antwortete nicht mehr. Nur das Kamel neben ihm wiegte sich durch die Sandwogen, unablässig wiederkäuend und in stoischer Überheblichkeit.

„Lauf, Tabari, lauf!", schien es zu kauen, „sieh, die Geister der Wüste, sie holen dich ein. Lauf Tabari!"

Und Tabari lief durch die Wogen des Sandes, durch den Erg mit seinen monotonen Flächen und unregelmäßigem Geröll. Die Geister im Reich der feurigen Felsen würden ihn nicht einholen.

Die Sonne versank im unendlichen Sandmeer des Maghreb, und Nacht breitete sich aus mit ihrer Kälte und einer Stille, dass er den eigenen Pulsschlag hörte. Ein Lagerfeuer entflammte inmitten des Dorngestrüpps und das Knistern der Flammen kam ihm wie Donner vor. Heiß und süß rann der

schaumige Tee seine Kehle hinunter. Er hatte Moula, den Marabu nur zweimal gesehen, und jetzt war der Tag zu Ende und nichts Böses konnte mehr geschehen.
Bald musste er zuhause sein, bald war die Karawane am Ziel. Vielleicht schon würde er in der nächsten Nacht in seine Oase ziehen um zu rasten für die große Reise zu den Hausa, die sehnsüchtig auf das Salz warteten. Fern, ganz fern sah er ein verspätetes Hirtenmädchen mit den Ziegen und darüber fielen Sternschnuppen: „Vater, mein Vater“, rief Tabari, „nicht Geld und Gold, nur Vater.“
Dann war der Morgen da und Tabari marschierte weiter durch den Erg, den er erneut bezwungen hatte. Schon sah er das Airgebirge mit seinen Tamarisken.
Da war Timia, sein Timia; die Palmen vom Harmattan in gelben Sandnebel gehüllt, am Ziehbrunnen zog seine Mutter den Eimer und dort kam sein Vater entgegen und Tabari lief und lief und war sicher, die Geister der Wüste würden ihn niemals einholen.
In Nouadhibou wartete Elias auf ein Lebenszeichen seiner Freunde. Die Freude über die Auszeichnung der Journalisten ohne Grenzen war nur kurz gewesen und hatte seine Angst um die Weggefährten nur vorübergehend dämpfen können. Wo blieben die Anrufe von Charles und Otman? Sie hätten doch schon längst auf den Kanaren ankommen müssen. Es waren doch schon elf Tage vergangen. Die Kameraden waren mindestens seit drei Tage ohne Wasser und Proviant. Elias telefonierte erneut mit der Hafenwacht in Los Cristianos, erreichte jedoch niemand, der ihm Auskunft geben konnte.
Er besorgte sich erneut Zeitungen, gleich ob sie bereits mehrere Tage alt waren oder nicht. Er las alle Berichte in der Hoffnung einen Hinweis auf Charles oder Otman zu bekommen: Vor der Küste Siziliens hatten sich 12 Leichen afrikanischer Flüchtlinge in den Netzen eines Trawlers verfangen.
Vier Leichen afrikanischer Flüchtling waren am Strand von Tarifa angespült worden.

Ein Fischkutter aus Senegal mit 350 asiatischen Flüchtlingen an Bord war vor dem Hafen von Los Cristianos aufgebracht worden.
Nach einer Meldung der CISP[63], befanden sich mehr als 100.000 Flüchtlinge auf dem Weg nach Europa und waren nun durch die neue Grenzüberwachung Frontex abgeriegelt, hatten weder eine Chance nach Europa, noch nach Hause zurück zu kommen, da ihnen die Mittel fehlten.
Von den Cayucos seiner Freunde stand nichts in den Zeitungen und Elias legte sie müde beiseite.
„Wieder nichts?“ fragte Hartfield.
„Was mag nur passiert sein?“, fragte Elias.
„Es hat keinen Zweck, dass Sie sich quälen. Sie können nichts ändern. Entweder sie sind angekommen und wir haben bloß keine Nachricht, oder...“
„Oder sie sind tot.“
„So oder so, Sie haben getan, was Sie konnten“, tröstete Hartfield, „vielleicht hat man ihre Freunde auch schon wieder zurück geschickt.“
„Dann ginge die wahnsinnige Reise wieder von vorne los.“
„Das glaube ich nicht“, entgegnete der Arzt, „nicht mehr von Mauretanien aus. Haben Sie nicht die neuen Patrouillenboote im Hafen gesehen?“
„Wenn nicht von hier, dann fahren sie vom Senegal aus und dann von Gambia und dann irgendwann durch den Ozean, durch die Beringstraße durchs Nordmeer über Skandinavien“, antwortete Elias, „aber sie werden fahren.“
„Ich verstehe Ihre Verzweifelung“, sagte Hartfield, „es ist auch schwer zu verstehen, wie die Welt mit Afrika umgeht. Durch den Tsunami starben 300.000 und die ganze Welt hat gesammelt. In Afrika sterben Jahr für Jahr sechsmal so viele und die Welt baut Zäune. Eine neu entdeckte Affenart im malaiischen Busch erzeugt mehr Interesse, als der Tod von 1000 Flüchtlingen.“

[63] Comitato Internazionale per lo Sviluppo dei Popoli

„Afrikas Bäume haben lange Wurzel“, antwortete Elias, „doch seine Menschen haben keine. Sie werden auf der Flucht geboren, sie sterben auf der Flucht. Doch ich sage Ihnen, wer Afrika beherrscht, dem gehört die Welt.“

„Die Welt scheint das bisher nicht gemerkt zu haben. Ob sie es je begreift?“

„Wenn ich die Waffenlieferungen sehe, denke ich, die Chinesen haben es gemerkt. Wer weiß was daraus wird? Was machen Sie wenn das hier zu Ende ist?“

„Ich gehe zurück nach Tanger. Dort geht es bald wieder los. Der nächste Flüchtlingssommer kommt bestimmt. Aber, Sie kommen doch mit?“

„Ich weiß nicht was ich tun soll.“

„Einen Job bekommen Sie natürlich überall. Schließlich sind Sie jetzt einer der bekanntesten Journalisten Afrikas. Andererseits, bei Med Int sind sie besser aufgehoben, als...“

„Als auf dem Gauklerplatz in Marrakesch“, fiel Elis dem Arzt ins Wort, „das wollten Sie doch sagen?“

„Wir müssen packen“, knurrte Hartfield und signalisierte damit, dass die Privatunterhaltung zu Ende sei, „Proviant, Wasser, jede Menge Wasser und Diesel.“

„Okay, okay, bin schon dabei.“

Elias erledigte die Routine, doch seine Gedanken waren weit draußen auf dem Meer bei den beiden Booten und bei seinen Gefährten. Er arbeitete bis spät in die Nacht und wälzte sich danach unruhig im Bett.

Nach dieser durchwachten Nacht, der zwölften, seit die Boote abgefahren waren, ging Elias am frühen Morgen den Strand entlang.

In Nouakchott begann allmählich das Leben, der Muezzin rief, Männer knieten zum Gebet im Sand, Ziegen blökten, Kamele brüllten.

Fischer landeten ihren Fang an und Händler warteten mit ihren Eselsgespannen auf die frische Ware. Ein alterschwacher Pritschenwagen wurde mit Fisch beladen bis seine Kotflügel im Sand hingen, Flüchtlinge krochen verschlafen aus den umliegenden Wracks und Schakale am Strand stritten um eine Fischkarkasse.

In heruntergekommenen Hotelhinterhöfen machten Afrikareisende ihre Landrover klar, füllten Sprit– und Wassertanks. Zwischen Dünen säugte ein Kamelkalb an den Zitzen der Stute.

Die Hafenstadt wurde immer lauter, immer heißer, der Erzzug von F’ derik rollte in den Hafen ein und scheuchte Millionen von Vögeln auf, Marktstände wurden aufgebaut, Männer kauften blaue, die Frauen bunte Kleider, Flüchtlinge mit Regenzeug und Pudelmützen stiegen in marode Cayucos, und vor der Küste bliesen Grindwale.

Elias Gedanken waren weit weg. Weit, weit draußen, da sind die anderen, dachte er. Irgendwo da draußen sind meine Freunde, meine Kameraden. Dort hinter dem grauen Horizont.

Der Atlantik rollte seine Wellen auf den Strand, sie zerbarsten und das Wasser lief ihm erneut zu und das Spiel wiederholte sich. Elias spähte über die brechenden Wellen und meinte, mit jeder See müsste ein Brett der Cayucos herangespült werden, oder sonstige Reste der Boote, die doch so marode gewesen waren. Wieder warf das Meer eine Woge auf den Sand, und wieder und wieder. Und seltsam, jedes Mal, wenn die Wellen sich zurückzogen, vermeinte Elias eine Melodie zu hören. Er wartete auf die nächste grollende See, auf das zurück flutende Wasser und lauschte. Wieder war da dieses Klingen. Elias war nun ganz Ohr. Ein feiner Ton, abwechselnd klar und gedämpft im Rhythmus des Wellenspiels. Was mochte das sein? Es klang wie eine Gitarrensaite, immer nur ganz kurz. Dann verschwand es wieder im Bersten der nächsten See. Elias Augen suchten den Strand ab. Er lief schneller. Die Schakale stoben auseinander, jeder mit einer halben Gräte im Fang. Vögel, eben noch vom Erzzug aufgescheucht, landeten erneut und hinterließen ihre gezackten Fährten.

Einige liefen zu einer Kiste die am Strand lag, beäugten sie neugierig, pickten daran und liefen weiter auf der Suche nach Nahrung.

Elias kam näher, die Kiste nahm Formen an. Eine Rundung, eine Einbuchtung, ein längliches Teil.
Wieder zerbarst eine Welle und wieder zog das Wasser sich zurück und wieder war da dieses Klingen. Die Töne kamen von dieser Kiste, die von der Brandung geschüttelt wurde. Elias lief. Er lief immer schneller, bis seine Lungen bersten wollten und je näher er kam, umso um so mehr wurde im zur Gewissheit, was dort auf dem Strand vor ihm lag. Es war eine Gitarre! Eine Konzertgitarre, wie Komano eine gehabt hatte. Die hatte doch einen Aufkleber mit den Umrissen Afrikas auf der Rückseite gehabt. Schon war Elias bei dem Instrument, doch einen Augenblick hatte er Scheu, es aufzuheben. Dann fasste er den Gitarrenhals und wendete das Instrument. Ein gleißender Schmerz durchfuhr sein Inneres. Da war der Aufkleber, an den Ecken bereits ein wenig abgelöst. Es war Komanos Gitarre, ein Gruß, eine grausame Botschaft.
Die Gitarre hatte sicherlich schon länger im Wasser gelegen, doch sie war unversehrt. Keine Seite war gesprungen, die Wirbel waren vollzählig, der Hals ohne Verzug. Elias nahm das Instrument auf, legte das Schulterband um seinen Nacken und ging am Wasser zurück, die Gitarre mit der Rechten an sich drückend und plötzlich war ihm, als höre er Komanos Stimme vom Wrack des altes Dampfers über den Hafen singen:

Thousand years and thousand tongues,
couldn't disturb the black mans heard.
Five hundred years of slavery,
couldn't destroy the black mans land.
God promised us this continent,
for gentleman agreement.
Now God has given sovereign,
and we destroy the promised land.
Oh Niger, my old rolling boy,
your waves bears many tears,
your waves I tell in deep despair,

I don’t want go upstairs.
Oh, holy angels, no one there,
to serve with heart and hand,
we are in charge of freedom now,
but lose the promised land.

Zwei Monate später erfuhr Elias von dem Geisterboot in der Karibik. Er ahnte, um welches Boot es sich handelte, und er wusste, dass auf diesem Boot ein Manuskript verborgen sein musste. Mit Hilfe Dr. Hartfields bekam er ein Visum und flog nach Barbados, um es zu holen.
Im November des Jahres nahm er den Menschenrechtspreis der Journalisten ohne Grenzen entgegen. Er kehrte nach Douala zurück. Konstantin Justin wurde auf internationalen Druck freigelassen. Die Zeitungen Cameroon Pictures und Cameroon Objective sind inzwischen die meistgelesenen des Landes.

Ich hörte von dem Geisterschiff in den Nachrichten des deutschen Fernsehens, beschloss, der Sache auf den Grund zu gehen und begann die schwierigsten Ermittlungen meines Lebens. Von den Flüchtlingen mit denen ich sprach, möchte ich drei heraus stellen.

Ich traf Kebba Dalasi in Melilla, nachdem er, von den Kanaren abgeschoben, dort zum zweiten Mal, diesmal mit zur Hälfte amputiertem Fuß, über den inzwischen sechs Meter hohen, mit Störmitteln bewehrten Zaun gegangen war. Sein Bericht brachte mich entscheidend weiter.

Ich traf Ben Amadou in einem Asylheim in Dortmund. Er erzählte mir von seiner Flucht und von den seltsamen Abschiebepraktiken deutscher Behörden, die sich der Schleuser bedienen um Flüchtlinge zu identifizieren.

Elias Justin traf ich in der Redaktion der Cameroon Pictures. Als er erfuhr, dass ich ein Buch über Afrika schreibe, schenkte er mir das Manuskript Tabaris. Ein Arabist der Universität Bochum übersetzte das Tifinagh der zerflederten Seiten.

Danksagung

Ich danke allen, die mich bei der Erstellung dieses Buches unterstützt und bei meiner Schreibarbeit beraten haben. Mein Dank gilt insbesondere der Schriftstellerin Judith Gottschalk, dem Journalisten Elias Justin, dem Flüchtling Kebba Dalasi, dem Flüchtling Ben Amadou, dem Schriftsteller und Journalisten Jan Michaelis, dem Schriftsteller Tobias Reichelt, der Schriftstellerin Agnes Arnold, dem Schriftsteller Carsten Wunn, dem Lektor Peter Dürbaum und den marokkanischen und spanischen Grenzbeamten, die mich trotz meiner eigenwilligen Recherchen mehrmals wieder auf freien Fuß setzten.

Mein besonderer Dank gilt meiner Lebensgefährtin Dr. Christiane Flüggen.

Der Autor

Von Peter Gallus erschien bisher:

Vor Allahs Angesicht
Ein Roman über den Kurdenkonflikt

Das Halsband des Lambert von Oer
Theaterstück

Ende 2007 erscheint der Roman:

Tod vor Toulon
Ein Roman aus dem Seglermilieu

Zurzeit arbeitet der Autor an:

Lambert von Oer Bd. I
Roman

und

An dem Theaterstück

Der Schulstreit von Havixbeck
Die Geschichte der belgischen Lehrerin Anna Maria Rocho

Gespielt wird 2008 in dritter Saison:

Das Ostermusical
Von Daniel Verhülsdonk, Manuel Hermsen und Peter Gallus

Besuchen Sie Peter Gallus auf seiner Homepage:

www.Peter-Gallus.de